沙地姻缘

Sandy Parts Of The Marriage Story

朱国飞 著

中国文联出版社
http://www.clapnet.cn

图书在版编目（CIP）数据

沙地姻缘 / 朱国飞著 . -- 北京 : 中国文联出版社 ,2018.5

ISBN 978-7-5190-3624-9

Ⅰ . ①沙… Ⅱ . ①朱… Ⅲ . ①长篇小说 - 中国 - 当代 Ⅳ . ① I247.5

中国版本图书馆 CIP 数据核字 (2018) 第 102085 号

沙地姻缘

作　　者：朱国飞

出 版 人：朱　庆

终 审 人：奚耀华　　复 审 人：蒋爱民

责任编辑：胡　笋 贺　希　　责任校对：傅泉泽

封面设计：李秀国　　责任印制：陈　晨

出版发行：中国文联出版社

地　　址：北京市朝阳区农展馆南里 10 号，100125

电　　话：010-85923039（咨询）85923000（编务）85923020（邮购）

传　　真：010-85923000（总编室），010-85923020（发行部）

网　　址：http://www.clapnet.cn　　http://www.claplus.cn

E - mail：clap@clapnet.cn　　hus@clapnet.cn

印　　刷：三河市华东印刷有限公司

装　　订：三河市华东印刷有限公司

法律顾问：北京市德鸿律师事务所王振勇律师

本书如有破损、缺页、装订错误，请与本社联系调换

开　　本：710 × 1000　　1/16

字　　数：180 千字　　印　张：14

版　　次：2018 年 5 月第 1 版　　印　次：2018 年 5 月第 1 次印刷

书　　号：ISBN 978-7-5190-3624-9

定　　价：48.00 元

内容提要

小说描写了江南几对青年男女在逆境中相爱相助移民沙地的故事。

十九世纪初叶，江南富商少女细娘与做茶食的青年朱一茗相恋，经历生活的曲折磨砺，冲破社会陋见与黑社会流氓势力的迫害，追随朱一茗迁徙沙地汇龙镇并喜结良缘。沙地青年杨同记因年少不知世情被恶少欺骗流落江南，得到姑苏少女姝姝相助得以返回沙地。杨同记在朱一茗、细娘善良为人影响下痛改前非，苦心经营“同记酱园店”而发家致富。数年后，杨同记再赴江南寻找并追求姝姝，姝姝跟随杨同记迁徙沙地，结百年秦晋之好。河南开封青年胡老四，因为遵循父嘱的婚约到江南追寻细娘而流落街头，被江南艺人小香凤接济，在小香凤遭遇毁容案时挺身而出，并将残疾的小香凤娶为妻。胡老四、小香凤又跟随细娘等移居沙地。

小说通过以物传情、以情叙事的艺术形式演绎历史，重现沙地乡风民俗，拓展沙地人物故事的空间，叙述沙地先辈迁徙生活的原生相和移民记忆，歌颂沙地人淳朴善良、大爱臻情的优秀品质和向往自由艰苦创业的精神，具有较强的传奇色彩和感染力。

目 录

Contents

序：江南烟雨孵梦中…………………………………… 001

人物谱………………………………………………… 001

第一章　迷上唐寅的画………………………………… 001

第二章　勘破迷案一局棋……………………………… 012

第三章　大姐桃红……………………………………… 034

第四章　江风吹过鸭乌沙……………………………… 048

第五章　走不出的江南………………………………… 059

第六章　油菜花开似黄金……………………………… 075

第七章　沙地琵琶女…………………………………… 095

第八章　寻梦到江南…………………………………… 108

第九章　乡间亦藏聚宝盆……………………………… 127

第十章　愿随佳人到天涯……………………………… 144

第十一章　为伊看破红尘……………………………… 180

第十二章　相濡以沫…………………………………… 200

后　记………………………………………………… 206

序：江南烟雨孵梦中

前年春天开始写作酝酿多年的长篇小说《沙地姻缘》，小说里的人物从江南的烟雨里走出来，移居到江北沙地去，演绎了几段缠绵悱恻的爱情故事。因工作之需，我曾寓居苏州十多年，如今追寻小说里的历史踪迹，忽然觉得自己的故乡沙地与江南的渊源变得如此之近。

今日的江南和沙地，旧时的江南和沙地，都曾在苏州的景色里映照过浸泡过。

旧时苏州是一座“枕”在河上的小城。走进苏州，就是走进曲里拐弯、密如丝网般的水巷。在阳光明媚的日子，石砌河栏与老街的一扇扇雕花木窗洒满金阳，河柳婀娜多姿地依偎在石栏边，在金阳里轻袅袅挥动她手中的绿丝带，仿佛在俯身倾听河中小船吐出的咿呀桨声；二层木雕楼头轻漾着油漆灯笼的绒绒绣穗，仿佛姑苏小绣娘伸展着隔夜的红酥手，在河水的倒影里轻诉柔肠；那翠绿的镶嵌着细线条的兰花从临河的窗户挂垂下来，轻拂着纤细的身段想与旧墙上的爬山虎牵手；那爬山虎是从波光潋滟的小河浜里爬上灰白的墙壁，一直攀到雕花楼窗的，并躲藏于窗沿下偷听室内飘出幽咽如诉的琵琶索弦声。雨天，小河浜上行走着乌蓬小船，小船上载了头戴斗笠的撑船女，在密密的雨丝里竹篙撑出了一串串小小涟漪，将青青水草挑拨于石砌屋基的砖缝里。此时，细雨笼罩着街街巷巷，那些错落有致、灰白柔和的色彩就像一朵朵水墨画里的水印颜料弥漫着雾气水色涂抹在微白的宣纸上，花萼里、莲子巷、桃花坞、柳叶巷……玲珑秀丽的庭院与临水而筑的亭台楼阁，如一首首宋词词牌跃然其上。如若透过这濡染的画纸，仿佛能看到烟雨里的少女，在戴望舒的《雨巷》里走着，“撑着油纸伞，独自彷徨在悠长、悠长又寂寥的雨巷”。的确，旧时姑苏的小巷蕴涵了诗意，如唐诗般含蓄，宋词般委婉，元曲般清澈。

这“枕”河人家，在诗意里活着，在诗意里荡漾。

“小楼昨夜听春雨，深巷明朝卖杏花”，那是个春日曈曈的傍晚，我穿越了繁华的街市，走近了临水而筑的一幢幢木质小楼，脚下踩着了清韵铮铮的青石板路，推开了简洁朴实的石库门，走进了一个画家的小院落。我的感觉是我变成了一颗石子，投破了一池春水的宁静，一串串绿色的记忆在我曾迷恋过的水乡小巷的图画里一圈圈扩散，扩散得那么惬意，那么从容而恬静。恬静之中，蕴藏着无与伦比的高贵气质，一种超凡脱俗的雅致，充满水乡小巷的清幽。画家竟住在一个幽深宁静的令人心跳的小巷深处。这里院墙上爬满绿色藤蔓，金灿灿的喇叭花悠然怒放。透过院墙的漏窗，又见河浜对岸的石砌栏杆与嵌着爬山虎的灰墙，一股清新水气在院落里弥漫，水香悠然。哦，这就是苏州的小巷人家。这小巷深处果然沾染着江南水乡特有的文化韵味。一个现代画家，住在这里，本身就是一种文化。画家引我入室，木质地板，一杯香茗，挂了现代画的画墙，在我眼里都湿漉漉地。

“这几幅画都是台商要的，你看画得怎样？”

画家是以画为生，在寒山寺北街租一店面卖画。从他的嘴里，我掂出了他的身价。他的那些画都是以姑苏水乡为创作素材，那些被油彩涂抹得密实的画布灰灰暗暗，在我眼里很像一团团模糊的蒿草，乱蓬蓬地生长在这画布上。

“印象派？”

“看来你不喜欢这暗色调，可台商很喜欢呢，催得紧，我这几天就画完的。”画家微笑着说，“你可远视着欣赏，会好些。”

哦，远视确实很好看，那些粗糙的油彩在傍晚的光线里凸凸凹凹出它的神采。这一幅是画了一垛水乡的旧墙，在一弯柳丝的掩饰下，半条小船正从那垛旧墙跟下撑出来，船娘的斗笠在柳丝里若隐若现。半幅油画呈灰白色，只有那旧墙的颜色条块与船娘握篙的手清晰可辩。那一幅是半条街巷，半遮半露的街面泡在晨雾中，此岸泊着小船，停在一幢小木楼的墙脚下，二三级石阶从水中爬上街路。另一幅是几株翠竹掩隐着一排石砌雕栏，河水从雕栏的缝隙间流过，几只鸬鹚在远处墙跟下戏水。这江南小巷在画家的画笔下都变为隐隐约约的风景。

“有画人物的吗？我喜欢真实的鲜活活的人物画。”我是为《沙地姻缘》的插图求画而来，我要反映旧时江南的生活场境和人物的那种画。

“暂时没有，你需要的话，我可画的。”

“哦，那我把文章复印件交给你，你按文意构思画。”

“好的，一星期后你来看画。”画家胸有成竹地说道。

生意谈成，画家送我出来。我慢慢踱出小巷。哦，枕河人家，在我的记忆里渐行渐远，那轮廓愈来愈模糊，只剩下江南雨与船娘苍白的手在雨帘中轻柔地招摇，让小船轻轻游进水巷的画卷之中。那画卷亦驻在我的心里。

《沙地姻缘》的插图是为小说里的朱一茗、细娘等人物设计的，朱一茗、细娘等都曾生活在江南古镇上，因为爱情与追求自由的生活，他们从江南的烟雨里走出来，走进江北清新静美的沙地老街开始新的生活。

我想，如果拿到画家给《沙地姻缘》构思和描绘的如意插画，我会为之庆幸的。我相信插画里的人物曾经是我的故乡沙地先辈们的身影，他们从俗世里来，到灵魂中去，漾映在我绵绵眷恋的敬意烛照里，永不熄灭。

（作者写于上海万里城 /2018 年春）

人　物　谱

主要人物： 细　娘

朱一茗

次要人物： 杨同记（沙地青年）

姝　姝（杨同记女友）

胡老四（沙地移民）

香　凤（胡老四女友）

一般人物： 桃　红（细娘大姐）

梨　花（细娘二姐）

爹　爹（细娘父亲）

文　白（朱一茗外祖父）

静　尼（紫金庵尼姑）

老　尼（桃花庵尼姑）

小和尚（光福寺和尚）

杜神医（桃花山乡间医生）

黑　娃（桃花山山民）

杨粮户（杨同记父亲）

郑樵公（上海滩古董商）

朱鸿儒（沙地地主）

杨二婶（小荷香豆腐店店主）

金班主（苏州戏班子班主）

银　嫂（苏州戏班子管事）

老板娘（蓝印花染布店店主）

大师傅（印染店雕版师傅）

大奶奶（赵琦老婆）

管　家（赵琦管家）

张姆妈（细娘邻居）

亨　利（英国商人）

反面人物：滚刀肉（枫泾镇小流氓）

瘦　猴（海匪）

朱二毛（沙地小流氓）

赵　琦（桃花山地主）

少奶奶（赵琦小妾）

第一章　迷上唐寅的画

汇龙镇的鼎和斋茶食店是十九世纪初叶从江南枫泾镇的百年老店漂来的，创办人俗名叫细娘，也不知道姓氏，小脚伶仃，穿戴着江南小细娘的衣服，红唇白齿，俏丽过人。潘家弄染布店的新花式蓝印花布的原型就出自细娘的故事，这故事断断续续地记载在雕版大师傅的日记中，年代久远的故事，显得朦朦胧胧。

细娘老家江南枫泾镇有座百岁桥，细娘就出生在百岁桥南的那条老街上，她在家中排行老三，俗称三小姐。踱过百岁桥，再转身踏上八级青石台阶，折向东去十多米远的街弄口有家很老的店就是细娘家开的。街弄口栽着一棵极大的银杏，树身一半嵌入墙缝，一半露在弄口，突出的树根古意斑斓。细娘家的店紧挨古树，牌匾上的字字迹陈旧，暗红色的篆体显出年代的久远古朴。老店后面的厢房也掩遮在银杏树的枝叶间，厢房里飘出茶食的醇香。清早，做茶食的大师傅们的身影在作坊里晃动，走廊上挂着的画眉唱着好听的晨歌，将大师傅们晨练般的赶制排演得规规矩矩。这些做茶食的师傅都是从苏州府的“采芝斋”“稻香村”等名店挖角而来的，传统的技艺在这里得以传承，极平常的糯米果品在他们的手艺中梦幻般变出许多口感极好的茶食糕点，闻之香气扑鼻，尝之腹中留着酥醉。大师傅们被邀请被挖角来后，有的单身做事传授一些技艺后返回原苏州老店，忠于老东家挺讲行业规矩；也有的拖家带眷断绝后路，意在长久替新东家谋活。在这档子茶食师傅中有一个年轻的小师傅，他做事极认真，手脚特麻利，是被挖角的大师傅裹夹带来的唯一高徒。他和大师傅一道早起晚收工，还提前将大师傅们的水烟壶擦拭得精光锃亮，将大师傅们的茶壶洗涤干净，将大师傅们喜欢喝的江南龙井茶早早泡酥后放置在长条桌上。小师傅上过私塾，会讲许多古人故事，什么“三言二拍”，《杜十娘怒沉百宝箱》《卖油郎独占花魁女》《宋江杀惜》《武松斗杀西门庆》，大师傅们有这样的高徒陪着，不寂寞。当他们耳朵里听到“才子佳人”的传奇故事时，他们都以默许的眼光视之，或吸了水烟轻轻吹几口，或慢慢哼几下苏州评弹的腔调，传达着自己的喜欢。因为这种“才子佳人”的故事只会发生在历史传说中，现实里的生活实在太窘迫太单调。

细娘爱上大师傅的高徒，只在不经意间。

细娘喜欢唐伯虎的仕女画。唐伯虎是苏州才子，一生画了许多写意的水墨画，画仕女极少。那天黄昏时分，细娘在斜阳复照下跨出闺房去隔壁的“三鸾斋绣品店”看新上市的苏州横塘刺绣。那些“翠鸟枯荷”“织女牵黄”“绣娘拾禾”颇具风骨。他来了，手中拿了一卷旧画。

“小师傅阿有空，到绣品店做啥事体？”店掌柜认识隔壁店的高徒，抬眼翩然迎上来。

“有空，得一息闲，拜托看看这幅家藏的画。”

“唔，有点像唐伯虎的真迹，那是很稀贵的东西。”店掌柜眯缝了眼说。用手轻轻抚了抚画，用两根手指贴着画的皱褶处。

“哇……”三小姐细娘凑近了观这画。听了店掌柜的点赞，看了难得一见的仕女画，细娘细小的眼眸里灌满了惊讶，蓦然产生出一种莫名的眷恋。

“高祖手上的画，藏匿久了，一般人识不得，店掌柜涵养好，能识得宝，佩服佩服！”

"唔，还真被我蒙对了，我这小店人眼拙，其实识不得宝的。"店掌柜脸热了一下，又轻轻抚那画的一角，眼不离画。

小细娘这才从画上撤下恋慕的目光，轻轻睨了自家店里的小师傅一眼，才发现这自家店里的小师傅身材清秀，骨子里透着一股迷人的文人气息。唉，小细娘轻轻叹着，眼睛睁得很大地认真盯住他看。这小细娘今年才十七岁，刚刚从私塾毕业，稚气的脸上泛出红晕，细嫩的嘴唇噘了噘，朝店掌柜的手臂推了推，说：

"先生既然识得宝，贵店里可有唐寅画的绣品？让我们见识见识？也好在这老街上给小店扬扬名，可好？"讲完这话，细娘"咯咯"笑了一下，侧脸朝自家店里的小师傅努了努嘴，以示助力。

"有啊，可这绣品是描摹，比不得真迹的，三小姐可别嫌难看啊。"店掌柜慢慢从这幅仕女画中脱出眼光，朝小细娘侧着头说。

"那好哇，看看再说。"小细娘拿细眼朝自家店里的小师傅瞄了瞄，她看到他年轻的脸上掠过一丝极细的傲色。

"小郎。"店掌柜眼光不离仕女画，吩咐店小二去取那幅绣品。

"难得掌柜喜爱，掌柜可知唐寅故事？"小师傅突然这样说，他自己也感到有点唐突无礼了。

"当然晓得些，这唐伯虎是苏州人，我也是苏州人。"店掌柜的眼睛仍旧盯着仕女画看，脸带着耽溺的笑。

店小二把那幅绣品拿来了，是仿唐寅的《秋风纨扇图》。

"唔，不错，这绣品绣得好，仕女的服饰有点唐朝女人的特点，尤其这眼瞳很传神，有一种透明的感觉。"小师傅赞道。那边掌柜头也没抬，似乎不在意小师傅的评品。"不过，唐寅的画，譬如水墨写意花鸟，墨韵明净、格调秀逸，画一只八哥栖于枝上，秃笔点叶，一两条细藤，数笔野竹，现出山空寂静人声绝，栖鸟数声春雨余。"

"噫。"店掌柜听出小师傅的话意了，噤声。

“这仕女画么，线条细劲，敷色艳丽，气象高华，墨韵流转处显得绮罗绚烂，形象正确而神韵独具……”小师傅面对着绣品，嘴上滔滔不绝地说着唐寅的画风，口吐机枢出神入化，“三鸾斋绣品店”里静悄悄的，几个人都在细听他的品评，脸露惊讶之色。

“唐寅最出名的当数《王蜀宫妓图》，还有《班姬团扇图》等，当然这《秋风纨扇图》也是很有名的。我家高祖传藏的这幅画是否唐寅真迹，现在还真不好说呢。”小师傅用这句话做结尾，嫩脸上稍显浅浅的汗渍。

“三鸾斋绣品店”里有人品画谈艺本是很平常的事，今天因为来的是隔壁店里的人，且谈风高雅，大大出乎店掌柜意料。看着手里的画中珍品，店掌柜被诱惑住了，不知身在何处。“小师傅，你还真是个行家，老朽眼拙了。”

“哪里哪里，望先生多指教。”小师傅慢慢从店掌柜手里抽回画，轻轻卷拢，并用红丝带系牢，“西街日头都落下去了，店里都要上灯了，我要回屋去做事体了。”小师傅拿了画转身跨出店门而去，店掌柜望着他的背影有点恋恋不舍的样子。小细娘呢，还待在这店里，眼睛木然地望着《秋风纨扇图》绣品，好像要从这绣品中寻觅些什么，神态痴迷，惹得从门口收回眼光的店掌柜嘿嘿地笑了。他轻轻讪笑着对小细娘说：“这画不是那画，你有心，可以找你自家屋里厢的小师傅借去，他可是唐伯虎画的行家，自有自便当，保管你称心，嘿嘿嘿……”

说者无意，听者用心。小细娘的嫩脸倏地红了，从那件绣品上收回目光，急急转身出店而去。

自此三日，小细娘茶饭不思。某日晌午时分，鼎和斋茶食店里来了一位稀客，店主人急急叫店小二沏茶招待。此人中等身材，脸留长须，面色和善，见过店主人，就叫“亲家”，声音琅琅。店主人同此人喝过茶，即将三小姐叫来。

“三囡囡，”店主人用手指了指客人，“快叫寄爹！”

小细娘朝那人看了一眼，转身就要往后厢房走，因为她根本不认得此人，爹爹何故要她认此人为寄爹。

“莫要任性，三囡囡你听我讲。”店主人一把抓了小细娘的手，“爹爹我年轻时落过难，是这位寄爹出手相救，使这老店如枯木逢春……”

“爹爹，既然如此的大恩人，你要我叫他寄爹，何不请我大姐二姐两家都来认亲，单单叫我来叫？”小细娘的心思很重，说话很聪颖，店主人被她问住了。

“哦，这就是三丫头？”长须老者离座朝小细娘点点头，回身从行李中取出一个三寸左右的物件，用红绸包裹，“喏，寄爹初次见面，送你一个纪念物。”老者看着细娘，眼睛笑眯成一条线了。

细娘抬头望了眼老者手里的物件，很淡然地说：“爹爹的恩人大老远地跑来，就为送我纪念物，这也太离奇了吧？”转而又对店主人说，“爹爹想叫我做啥事体，就说做啥事体，弄得我心跳跳的，这几天女儿我身上来了不舒服，就不陪你们说话了！”细娘说完转身就走，弄得店堂屋里的人很尴尬。那位长者见事情不圆满，老脸上有点挂不住，将那红绸包裹的物件捏紧了，双手握成拳头朝店主拱了拱，说：“打扰了打扰了！”起身拿了行李往店外就走。店主急急拉住他，一边赔礼一边劝说。老者这才平静下来，将手中物件交与店主，慢慢落坐与店主交谈。因是故交，似有很多话要说，又因刚才的事，大家意想不到，反倒觉得唐突些了，谈着谈着都嘿嘿嘿笑起来。

这件事体发生后，小细娘心里隐隐着急，她已经估摸到那位突然登门来访的客人与自己有关，要么是自己曾是那客人的什么人，要么是关乎婚姻之事。小细娘最害怕婚姻之事，因为她已有意中人。小细娘虽说读了私塾，懂得许多道理，尤其是关于做人的道理。但对封建的婚姻，父母之命，媒妁之言仍有抵触情绪，故很害怕父亲提及，每每面见父亲时总是小心回避，极少答言。父亲以为三丫头长大了，女大十八变，有叛逆心理，也处处小心不用言语伤之，静待时机而暂不讲那老者提亲之事。

一晃三个多月过去了，小细娘跟随父亲进账房学做账。小细娘读书好，算盘也打得好，做账之技对她来讲并不太难。时间不长，茶食店的账目已经熟透于胸。父亲也慢慢将店内账目交由细娘代管，自己做了甩手先生。父亲除了每天仍到作坊里转转，看看大师傅们的手艺，闻闻新出炉的茶食糕点香味，就到街西的茶馆店里喝茶听书去了，落得清闲。小细娘呢，因为接手父亲管理账目，与作坊里的大师傅们接触的机会多起来，与那个肚里深藏着文墨的小师傅接触的机会也多起来了。细娘账目上的茶食食材种类繁多，光各种花的辅料就有数十种，什么玫瑰花、茉莉花、月季花、紫荆花、芍药花，细娘借口辨识花料将她暗恋的小师傅请来。细娘请小师傅坐在她账桌对面，细细盯住了看。细娘不问辨识花料，也不问小师傅的来历，却直接询问小师傅的年庚，问小师傅的婚姻。小师傅被她问得脸孔红红的，脸孔潮湿得要淌汗。小师傅在这家茶食店待久了，早晓得三小姐的脾气，但根本想不到她会问婚姻。因为小师傅晓得自己的长工身份，晓得他读过的古书里那些才子佳人的故事都是纸书上的胡诌，文人的胡编乱造，而三小姐的一厢情愿也是空中楼阁，海市蜃楼，当不得真的。所以他脸红了一会儿，也就当作玩笑，嘴巴上轻轻沉吟了一句：

“双飞蝴蝶梦庄周，翩翩然然不聚头；假使硬牵牛，眼穿肠断折翅愁，转首已千秋。”

“啊。”细娘听清了小师傅吟诗的意思，轻叹了一下，沉默了一会儿，不再问什么，低头写字做账打算盘。小师傅也慢慢起身，轻轻说了声：“三小姐有啥事体请多吩咐。”盯着细娘的脸静静地看着，不作声。细娘也不作声，让他静静地看着，嘴角慢慢浮现一丝笑意。

阳光从窗棂悄悄照进来了，照着细娘的账桌也照着细娘的脸，细娘的脸白而净，满头的青丝用一条香帕拢扎着，账房里透撒着一股极细的清香。

“你去吧，我会喊你的。”静默了一会儿，细娘对小师傅说道。

小师傅走了，细娘抬头看着他的背影，轻轻地笑了。

隔了两天，细娘又把小师傅请来，要他给自己的一幅画题个词。细娘画的是一个少女盘腿坐在池塘前的草地上吹箫，少女的身旁栽着一棵桑树，枝叶间掩挂着几粒暗红桑葚，一对彩蝶从池塘的绿荷上掠翅而来。小师傅默默地看了一会儿，转身用账房里的脸盆盛些水，洗干净手上的面粉屑，擦干净手臂，坐到细娘坐的红木椅子上，选了一支细狼毫笔，在画的左侧上方的空白处写了一首词：

久怪东君不理人，拂音将夏迎；
彩蝶双飞掠翅近，绿荷乃藏春；
桑田沧海故园亲，红葚滴滴情；
碧波微风清音在，小棹荡舟深。

细娘目不转睛地看着他挥毫抒写，那几行细腻漂亮的书写如点点细雨渗入眼眸，她眼睛慢慢红了，好像有泪水要洇出来，被她忍住了。

半晌，小细娘才抬头对小师傅说：

“这是你自己作的诗句吧？”

“嗯，胡乱涂几句，让小姐见笑了！”

“你文化底蕴深厚，是在哪里上的学堂，又为何来鼎和斋做这茶食师傅的活计，家乡在哪里？”

小师傅见细娘又要盘问，晓得这细娘关注自己了，躲也躲不过，就搁下细狼毫，坐稳了身子，略显脸红地摸了摸左边的脸和耳朵，稍微口吃了一会儿，开始讲述自己的故事。小师傅平时在大师傅们面前滔滔不绝，讲述的是从古书上看来的故事，添油加醋或者无中生有，有时拉拉扯扯演绎虚构故事，让听故事的大师傅们很过瘾。如今讲述自己，他有点心跳的感觉，舌头有点干涩发笨。他不敢虚构，他必须认真回忆自己曾经的生活，毕竟年轻，那些细节并不遥远，好像就在昨天。

小师傅姓朱名一茗。父亲叫朱成商，安徽歙县人，从安徽贩卖药材到苏州木渎镇，再从镇上采购丝织品返乡销售。朱成商在江南小镇住得久了，老熟客多了，闲暇时常到茶馆书厅喝茶。偶尔结识了小镇私塾的教书先生文白。这文白先生五十出头的年纪，除了教书就喜欢喝茶听唱书，与客居苏州的朱成商性格上很投缘，因为这年轻人很健谈，且对安徽的歙砚徽墨爱好，与文先生对字画书法的爱好相暗合，故谈资丰富，成为忘年之交。文先生有时乘兴邀朱成商去他的教书坊看他的收藏品。渐渐地，朱成商成了文白的常客，也认识了文白的独生女儿文静。这文静名如其人，朱成商一见钟情。一来一往，时间长了，年轻人相互喜欢，女儿文静即向父亲透露自己心迹。这文老先生是个开明老者，当然也喜欢朱成商。这文老先生书香门第，且有珍贵书画传承收藏。文老先生心里还有点想法，就是担心这朱成商在苏州跑动做生意，商人天性见钱眼开，他要观察一下朱成商。有一日，文老先生邀朱成商看画，一张是古画真迹，一张是仿品。

“成商，这两张画怎么样？”文先生轻轻将画展开。朱成商低着头欣赏，点点头说：“蛮好的！”抬头看看脸露微笑的文先生，又向内屋张望，心思全在他的女儿文静的身上，对古画并不上心。

“成商，你没有看出这两幅画中有一张是唐寅的画？”

“没有啊，这唐寅的画现在市面上假画很多，随便看看都像是唐寅画的呢。”

“如果是真迹呢？”

“那很难得，要好好收藏，要传家的！”朱成商说，两眼仍在向内屋瞧，等待着文静。

“嗯。”文先生将画轻轻收好。自己沏了茶，请朱成商喝。朱成商并不关注文先生桌上的画，还忍不住问文静在哪里，她上次要的绣花丝线已经买到了。一边喝茶一边从衣袋里往外掏。文先生仔细看看朱成商，笑了，回首向内屋喊女儿。文静也笑着走出来，说：“爹爹，你的宝贝画叫成商看完了？”

“看完了。”文先生微笑着回答。

“看完了，爹爹就要为我做主，不要再反悔了？”

“爹爹不反悔，爹爹做主！”文先生几乎要笑出声来，招呼女儿给朱成商倒茶。

文静为朱成商添了茶，又邀朱成商进内屋看她绣的荷花绣品，朱成商连连点头，脸上红光熠熠。文白先生开心得大笑。

时光荏苒。朱成商入赘文家五年后幸得一子，小名叫茗儿，聪明憨厚，深受文白老先生喜爱。文老先生从茗儿牙牙学语到蹒跚走路时就教其学唱儿歌，三岁始教其吟古诗，五岁时教其学画，六岁时教其围棋，七岁时教其书法，八岁时教其读古文，到得十岁时这茗儿琴棋书画已经督教初成，把文老先生乐得天天捋须而笑。朱成商在木渎镇开了一爿茶叶店，夫妻和睦，夫唱妇随。那年春天，忽一日，店里来了一位算命先生，疯癫癫，诳语乱说道，说这爿小店有无妄之灾。朱成商听闻后从店堂里跑出来，请教。算命先生说，我远观此处好像有棋局，老街风水近日有凹陷，店主需暂避。朱成商半信半疑，问避几天可消灾？算命先生说：世上输赢一局棋，谁知局内有阴阳；道翁昔日留遗语，胜固欣然败亦宜。

算命先生说完，甩甩袖子走路而去。朱成商呆然许久，回店堂里拿了几个铜板，去追那先生。老街上人影寥寥，已经不见先生身影。朱成商转而回店，心思黯然。傍晚时分，文老先生无意间踱步到朱成商茶叶店，望见朱成商坐在昏黄的柜台前发呆，就走进店里。朱成商给文老丈人恭敬让座沏茶，闲谈中说起算命先生这件事。文白听后捋须细细思忖，忆起当年木渎镇上曾经遭遇太湖土匪抢劫的往事，莫非朱成商招惹了湖匪？朱成商在苏州从商多年，安分守己，经营茶叶很在行，这与湖匪何干？文老先生思忖许久，不得其解。朱成商邀文老丈人进店后房间小坐。朱成商茶叶店后面是一条小河，店面房子紧靠小河而筑，小河两侧的房子渐次亮起灯光，倒映河水之中。

“算命的说世事如棋局，看来其用意很深呀。成商啊，古人说，做人做事要清白，人算不如天算。算命的基本是讲那因果报应世道轮回的，也许他说的是这种事。如果是这样，愁也无用，是祸是福顺其自然了。”朱成商觉得文老丈人说得对，点头默许。

春去秋来，朱成商茶叶店安然无恙。某日黄昏，秋风乍起，老街石桥旁的梧桐树飘起层层落叶，小河里也漂浮几番黄叶。朱成商早早关门打烊，任凭风吹门缝呜呜咽咽地响。静夜时分，对面小弄里有人喊救命。朱成商梦中惊醒，披衣开门察看，只见对面小弄里冒起浓烟。朱成商随手拿了一只提桶从自家备用的水缸里舀了水飞快地奔过去救火。失火的是小弄里采芝斋茶食店的作坊，一团浓烟正从作坊里滚滚而出。一对夫妇抱着衣物从浓烟里跑出来，妇人出来后哭喊救命。朱成商急急询问屋里还有什么？夫妇齐说救救吾儿！朱成商二话没说，将一桶凉水浇在头上，冲进火场。很快，朱成商抱出一个婴儿交与夫妇，那妇人还在哭喊说里面还有老人。朱成商喘了口气，身上已经被热火烘干，如何救人？他情急之下拉扯了夫妇手中的被单往头上一裹又冲进屋去。烈火在秋风中肆虐，屋梁轰然倒塌压着了朱成商，朱成商被烈焰吞噬。一夜烈火，烧毁了采芝斋茶食店作坊，也烧毁了文老先生一家的希望。文静早已哭成泪人，悲伤成河。那对火场逃生的夫妇抱着婴儿跪在文静面前千恩万谢，双双泪流满面。

朱成商突然逝世，文白看着女儿文静孤儿寡母伤心至极，终日老泪纵横。他辞了教书馆，帮助女儿打理茶叶店。终因老迈多病，支撑了几年，茶叶店关了门。自此，文白家道衰落，唯可喜的是，孙儿十分孝顺懂事，文白拖着老朽之躯埋头调教，留一份书香传家之念。岂料，女儿文静自从失去丈夫后终日神思恍惚，做事丢三落四，木木呆呆。茶叶店关门没几年，文静去屋后小河洗衣物，失足溺水而逝。文白伤心过度，重病在床，面对十几岁的孙儿，天天落泪。正在无奈之时，对门采芝斋茶食店作坊那对从火场逃生的夫妇来看文白，他们说要收养朱一茗，教朱一茗谋生之技。文白看着那对夫妇善良的笑脸，突然回想起朱成商说起的算命先生之说，又一次泪湿衣衫。自此，文白唤孙儿白天跟采芝斋的大师傅学做茶食糕点，晚上跟他学习国文，费尽心血，望孙成才。

“啊……”细娘听了小师傅朱一茗的叙述，感叹不已。

“后来我跟着师傅转身受聘你家，我师傅看到你家老店招牌也蛮硬，就考虑做长工了，也算酬谢你家老板的赏识之恩。我也考虑在这里做长些，手头阔绰了准备把外公文白也接来同住，但愿能成……”

细娘与朱一茗絮絮叨叨闲谈了几个时辰，不觉日头都偏西了，一缕缕温馨的阳光复照进账房的窗格里来，洒在细娘的账桌上，洒在细娘情窦初开的嫩脸上，朦朦胧胧的感觉，稍微有点心跳的感觉，仿佛喝了一点老酒的感觉，舒展在细娘的心坎上。细娘陶醉在甜蜜之中。

掌灯时分，朱一茗才离去。

第二章　勘破迷案一局棋

春去夏来，枫泾镇最好的时节刚刚过去，曲曲弯弯的枫泾河载着桃花水很轻盈地从西往东流，流淌过古时吴越分界线的界牌，流过百岁桥，往河东流逝而去，只剩下老街上闲汉老媪们闲聊时的斑驳记忆。老街上商家趁着这季节的转换，许多改换了门楣，店排门涂了新油漆，店门前后的瓷瓶里插了红红的月季花，门廊檐挂了披着红绣衣的画眉笼子，家家透着鲜旺的气息。细娘待在后屋的账房里打算盘，打腻了，跑到老街上透透新鲜空气。她脱了稍旧的上衣，换上一件淡黄色的薄衫，短而窄的薄衫袖口紧紧地贴在臂上，露出半截白嫩的手，拿了一本线装书，袅袅婷婷向老街西面的百岁桥走去。百岁桥桥堍边围着几个人，细娘踮起脚尖一看，她的阿爹竟然与一人对面席地而坐，两眼紧盯着地上的一局残棋发呆。细娘看清楚了与阿爹下棋人的脸，这人三四十岁年纪，脸皮微黄，长着一双细眯眼，看人时总是抬着下巴，用细眯眼睨着，似看非看的样子。这人是个地地道道的二流子，败光了祖上相传的屋宅家资，专门以白相出名，真名叫马小辫，绰号“滚刀肉”。

“红棋吃黑棋的当头卒！”

“红棋的兵往前顶呀，可将军了！”

围观的闲汉看到棋局里的破绽，忍耐不住提醒着，下棋人却呆呆地不肯落子，双方僵持着。细娘虽属女流，但读书读多了，对琴棋书画都有浸染，好像也看懂了爹爹与滚刀肉下的残棋，为啥爹爹迟迟不肯携子进攻呢。慢慢地，爹爹额上渗出细汗，且愈渗愈多，爹爹好像预算出自己的棋子陷入危机且有无法挽回的结果。爹爹一世精明，棋艺也是在这枫泾镇上数一数二，难道爹爹今天这局棋竟然会败在这毫无棋艺的滚刀肉之手？细娘反复观看这局棋，还是看不出爹爹的败象在哪里，那几个围观者好像也被这棋局所迷惑。

“不下了，算我输。”细娘听到爹爹轻轻说道，爹爹举起一只手在空中挥了挥，再去揩额上的细汗。滚刀肉摇了摇头，好像献媚似的朝爹爹讪笑。围观的闲汉们瞪着惊奇的眼睛，盯着残棋，脸露迷惑。

“猜不透棋局，一辈子吃苦，计算了别人，等于计算了自己，该输呢！”爹爹嘴巴里喃喃着，撩起长袍，从内衣袋里掏出一块光洋丢到棋枰上，“咚”的一声响。哇——光洋呀！围观者喊叫了，很觉惊奇。爹爹输了棋自觉脸面无光，慢慢起身拨开围观者走了，没看细娘一眼。细娘很替爹爹思忧，又认真细看爹爹掷下的那局残棋，细细思考爹爹认输的原因。滚刀肉拿了那块光洋，喜滋滋地在手掌里抚弄着，抬头看到低头沉思的细娘，盯着细娘细嫩的脸嘻嘻笑：

“三小姐，你也想试试？”

“没啥好看的臭棋，留着你一个人玩吧！”细娘肚子里正闷着，没好言了，收回眼光回敬了滚刀肉一句，掉转身也走了。只听滚刀肉在那里讪讪地说了一句：“有本事赢了大爷！”又听到滚刀肉将那块光洋轻轻敲着桥堍石阶旁边的那块大方石，弄出叮咚的声音。

细娘肚里生着闷气，走路也有点摇摆，回首看了看百岁桥，慢慢向西踱过去。

百岁桥往西50多米远的街角处，“小荷香豆腐店”的店排门半开半闭着，本来很热闹的店竟然人影稀疏。柜台内没有伙计，柜台旁边的坛坛罐罐上长着层绿茸茸的毛，且从屋内飘出一股酸臭。怎么那样子，出啥事体呢，好好的小店说败落就败落呀。细娘轻轻叹息，正要转身，小店的排门吱呀一声开了，店主杨二婶将系在瘦腰上的蓝花布围腰裙解下来，在自己的两只手臂上甩甩，见着小细娘的身影子，急急唤她。

“三小姐，请留步请稍等！”杨二婶略显衰老的脸上浮了浅浅的笑容，“三小姐，我俚厢是老邻居，屋里厢烧火外头闻得到香，隔夜里老酒泼出来醉得到老邻居，熟得三天三夜里都困勿着觉……”细娘听着杨二婶一连串的搭讪，肚子里暗暗思量，这杨二婶肯定遇到生活难处了，仿佛落水的田鸡抓到啥就要攀啥了。

“三小姐你还勿晓得吧，我这爿小店虽然很小，也已经有几十年的历史，前几年这里风调雨顺，日脚好过，黄豆价格便宜，这豆腐呀豆腐饼呀啥都吃香，卖啥都赚钱，可是今年乡下花地欠收，黄豆价格出奇的高，这爿小店做着做着就亏本了，好在有你爹爹看在老邻居面子上暗中帮助我硬撑着……”杨二婶竟然将早年爹爹与她相好暗中私交的事也不管不顾地告诉细娘，令细娘很尴尬。杨二婶最后告诉的一件事让细娘更吃惊。杨二婶说她这爿小店细娘家有一半的股份，去年杨二婶借了高利贷，现在已经欠了一屁股的债，这爿小店要易主，你爹爹恐怕也要受牵连……杨二婶说着说着已经哭了，不停地撩起围腰裙擦眼泪。

“啊！”细娘终于弄明白杨二婶要拉着自己诉苦的原因，她吃惊的程度不亚于刚才在百岁桥看到爹爹赌棋赌输时的情景，爹爹甩棋时的那种懊丧与绝望的神色。怎么会弄成这样子？细娘的心像被突然蜇了，突突地乱跳。细娘突然想到爹爹在这条古镇上到底做了哪些隐私的事，半年前爹爹叫她去认一个外乡客为寄爹，莫非爹爹也曾经在外乡客处惹过什么祸？爹爹做事的精明和糊涂都混乱地结合在一起，爹爹一辈子辛苦，也一辈子倒霉。

“三小姐啊，二婶我今天告诉了你，二婶知道你现在是鼎和斋的内当家，这高利贷是吃人不吐骨的孬事，让你也费心呀，是我害苦了你家呀，作孽呀！”杨二婶说完这些令人揪心的话，擦干净脸上的泪，重新低下头转身回店里去。细娘默默地站在“小荷香豆腐店”门口发呆，店内的酸臭一阵阵地透着店排门发散出来，透着阵阵凉意，使细娘觉察不到初夏带给古镇的热闹氛围。

细娘闲逛的心思好像被一阵风吹刮走了，原本闲适的心思里添了几分愁绪。透过老街的屋缝隙，望见后河里撑来撑去的小船那稍黑的船篷在河边的柳条里穿行着，偶尔传来船工的轻轻吆喝声。午后的阳光从西南边懒散着照过来，老街的一侧被逐渐移动的光线涂淡了，屋檐下的几窝雨燕正在窝内嘈嘈切切细语，几只稚鸟躲藏在老鸟的翅膀下叫着，看得见它们那几颗毛茸茸的脑袋。朦胧的脑袋有点像鼎和斋老店里的桂花糕上绘制的图案。听得见街河里跳动着捉鱼的鱼鹰扑扑腾腾的声音，给稍微欠安的老街增添了活泛的气味。啊咦咦、吭唷吭唷，掮包子的劳工扛着货物从停泊在岸脚边的商船上走下来，有几缕阳光落在他们油油的背上，落在他们细黑的脚脖子上，小船上伸下来的脚踏板发出咚咚咚的响声。

老街西南角是一片荷塘，老街上飘来荷塘里的几翅红蜻蜓，在小街小弄里飞舞。街角的旧屋里传来年轻母亲的摇篮曲：

牵磨叽咖喂，做粑粑给外婆吃，外婆勿吃，省了给郎郎吃，郎郎吃了去看黄牛，黄牛落到井潭里，锄头铁搭扒勿起，两根芦头直豁起，一豁豁到饭碗里……

细娘品味着这飘来飘去的童谣，心思落寞。回忆自己童年时光，好像渐渐远去的画面。学堂里老师古板的面孔，黑乎乎的教室里门窗总是关着的，阳光好像调皮的孩子，硬是从窗格的空隙里时不时漏射进来，带着影影绰绰的水墨图案，迷迷糊糊的光线有点叫人困顿。她记不清老师摇头晃脑地吟诵古文时的面孔，也记不清那些长短句与名词，细细想起来都变成似曾相识。她喜欢老师在吟诵古诗时特地挂到讲台上的几幅古画，看着古画她能记住诗意。她看过一幅画湖泊的画，浅浅的湖深深的意境，令她有点着迷。那幅画的意境真的很特别：

岚烟染笑青青草，
茫茫一片波光妙。
野菊映斜阳，
秋风阵阵香。
白鹅摇紫陌，
闲叟撩黄雀。
鹭划两三痕，
惊飞湖里云。

童年课堂上的老师就像那湖里云，天天在她的年轻头脑里飘来飘去。那时她父亲最喜欢她的聪明与读古诗时的懵懂。她父亲送她去读书，心里的底线是看中细娘的心细而并非她的聪明。她父亲需要细娘接班做鼎和斋茶食店的掌柜或账房先生。教室里坐着听课的除了细娘，还有这古镇上有钱人家的七八个小男孩。镇上人家的小男孩穿戴都很整洁，读书却很平庸，加上稍微有点调皮捣蛋，被细娘看好的一个也没有。老师教两本书，一本是语文，一本是珠算。老师教珠算教得很快，一年就教完。其余时间教古文，之乎者也。几年读书下来，细娘也会之乎者也，但她喜欢读古书中的诗词,后来喜欢看传奇小说。她暗自庆幸自己能上学读书，这条古镇上读书的女孩很稀少，因为重男轻女，镇上的人家不肯在女孩身上花费铜钱。可是女孩子读书识字，也背上了包袱，将来嫁出去反倒要被男方增加选择的难度。因为男方家境较贫的高攀不上，有钱的又怕压不住，所以细娘读完私塾，父亲就开始为她的婚姻操心，这在细娘心思里慢慢烙有阴影，使她变得有点忧郁。古镇上风俗男方提亲女方应聘，细娘快到出嫁的年龄，又是镇上百年老店的才女，很受老街人注目。细娘在这老街上悠悠地闲逛，好几家商铺里的老人们伸着头来看她，细细欣赏她袅袅婷婷的样子。

细娘在老街上闲逛了一圈，肚里好像空空的，有点饿。在她返回鼎和斋老店的时候，她觉得这老店的门槛有点高，有穿堂风吹在身上脸上，凉飕飕的。她进门一抬头，西街“小荷香豆腐店”的杨二婶正站在店里同她爹爹絮絮叨叨地说着话，肩膀一抽一抽地在哭。爹爹脸上愁云一片，手里拿着一只水烟壶，火捻子已经快烧完了。

“回来啦？”

“回来了！”细娘一边回答爹爹的话，一边轻轻从他俩的身旁穿过去，生怕扰了爹爹的情绪。她瞄见杨二婶侧脸看了自己一下，又痛苦着低下头来。爹爹将水烟壶轻轻一放，倚着店柜台唤住细娘：“三囡囡，回账房拿几块铜钱！”

“噢，晓得了！”细娘回答得很快，她晓得爹爹的心思。

杨二婶拿了铜钱走了，细娘看到爹爹呆呆的眼神，爹爹心思很重。

东隔壁玲珑月棉布店的张老板来邀爹爹去看张家花圃里新买的兰花，爹爹支吾了一会终于跟着去了，爹爹有点老态龙钟的样子令细娘很心痛。

晌午已经过去，西边的日头有点发晕。场院里静悄悄的，做糕点的师傅将新出炉的茶食一屉屉拿到东厢房里去包装，团团香气在鼎和斋茶食店徘徊，透着一丝丝老店的风韵。细娘透过账房的窗格，想看到小师傅朱一茗的身影。场院里的鸡冠花贴着墙根冉冉生长，紫红的花朵染得白壁影影绰绰地晃着淡红的色彩，引得花蝴蝶在墙根下面羽羽地飞翔。看着阳光在地上慢慢地消逝，看着大师傅们懵懵懂懂地重复着工作，看着静瑟的老店温馨的旧颜，细娘心里浮起淡淡的略感平庸的乡愁，如常的岁月慢慢浸湿着她年轻的心扉，有一种像花蕾萌发的情缘也在慢慢生长着，仿佛在月色浮泛的河面打捞起一件青青的衣衫，或者打捞起画着仕女的青瓷，想看一看青瓷上的春花秋月。因为思恋，也因为闲愁，细娘的眼色迷蒙，掏出绸绢轻轻在脸上擦拭，拭去洇在眼角的一丝细泪。

下弦月升起，细娘正在后厢房看书，隐隐听到前厢房有人哭泣。细娘因为白天杨二婶的事挂在心上，悄悄起身去察看。细娘循着月色，轻轻踏过场院的青砖，细听哭泣之声。细细的泣声时断时续，听不到详细。慢慢地，泣声低了下去，最后消逝了。细娘抬头望望细长的月儿在云朵里穿行，西边的云层很厚，覆盖了天空。细娘慢慢地退回来，重新在灯下看书。

这一夜，细娘做了一夜的梦。

时间一晃，五月端午节到了。古镇上的年轻人都蠢蠢欲动起来，因为这古镇的小河里有划小船的比赛。这条古镇历史漫长，唐朝时这里就有古运河可通商，到宋朝时这里聚集有八方商贾，小镇上开凿了石砌的枫泾河，许多商铺将店面筑到这枫泾河的两岸，开窗可看到河里的小船被船娘的竹竿撑来撑去的影子。细娘早早忙完手里的活,想去看划船比赛。爹爹突然失魂落魄地跑进店里吩咐店小二去西街“小荷香豆腐店”帮助办丧事。

“爹爹，西街那里出啥事体呀？”细娘问道。

“杨二婶死了！”

细娘好像被当胸掴了一掌，闷得透不过气来。她赶紧起身跟着店小二去西街。她脚踩着老街的青石板路,脚板头上重重的,有点迈不开步子。细娘回头看到爹爹踮着脚尖看着他们的背影，眼泪顺着脸颊往下淌。

细娘协同爹爹处理了杨二婶的丧事，又把杨二婶的远房亲戚寻来，将“小荷香豆腐店”盘过来，做了作坊。杨二婶的远房亲戚欢天喜地拿了钱走了。留下来一个身体细瘦无家可归的小伙计派给朱一茗的师傅当学徒。从此，“小荷香豆腐店”的招牌改成了“鼎和斋茶食店作坊”，豆腐店的名字只留在古镇人的记忆中。“鼎和斋茶食店”的烦心事也从收购“小荷香豆腐店”开始了。先是几个镇上的小混混隔三岔五跑进店里伸着手讨要铜钱。

那天晌午，小混混又来，遭店小二呵斥，小混混就是赖着不走。街面上渐渐有看热闹的站在门口起哄，嘴巴里还呜哇呜哇乱嚷嚷。细娘出面给了小混混几个铜钱，小混混竟然朝着细娘“寄娘”长“寄娘”短地瞎叫，弄得细娘很尴尬。细娘没办法，跑进后厢房叫出朱一茗，请他想方法解决店面上几个无赖的纠缠。朱一茗埋头沉思了一会儿，微微点头一笑，说三小姐请放心，我会弄倒他们的。

当店里的无赖闹得正凶时，朱一茗手里拿了一块象棋棋盘，笑嘻嘻地跑进店，将棋盘往柜台下面的青砖地上一丢，摆了一副残局。小混混看到朱一茗的架势，以为也是来起哄捣乱的，就围着象棋看热闹。

“兄弟们，谁能赢了我？”

“啥臭棋，糊弄你爷！”几个小混混拽拳勒臂说。

“谁能赢了我一局棋，可赚大洋一块，赢了我二局棋，可赚大洋十块。赢了我三局棋，我将这家店的店面盘下来送给你，谁想试试？”

朱一茗赌注一出口，惊呆了所有人。

“那如果挑战者输了呢？”

“这个赌注不重，请输棋者自打耳光三下，脱光衣服，从这家店走出去！”

“啊……”小混混们嘴里稍稍惊叹一声，似乎觉得这赌注有点新鲜，这好像是有钱人家拿钱来玩，让输者脱光了走出去，那叫塌台面现世宝。小混混们凑着这棋盘，侧头侧脸地看，一点闹腾的意思都没有了。店门口观看热闹的看到这店内的人不闹腾了，安安静静看棋盘，感觉无趣就各自散了。唯有躲在观热闹的后面的一个人踮起脚尖拿眼看这棋盘上的棋子，又不想贸然进店里来。

“大哥大哥！”一个小混混急乎乎用手招着门外的人，门外的人使劲朝他瞪眼睛。“大哥大哥！”那小混混不管不顾只是招手叫着。门外的人甩甩手，转身要走。小混混急忙跨出门去拉拽。

“干啥干啥，要吃耳光吗？”门外汉脸露凶相说。

“大哥大哥，那局棋大哥你肯定能赢！”

“为啥？”

“那局棋和你在百岁桥摆的一模一样！”

“啊！”

那门外汉来劲了，细眯眼眨了又眨，吐口唾沫在手掌上，用劲搓了搓。“走走走，去给爷撑腰助威，今天让爷也露一手，叫这小子吃点苦头！”门外汉重新走进店里，用手拉开围观的小混混，端坐到朱一茗棋盘对面，眯着眼看棋。

“大哥想试试？”朱一茗笑嘻嘻说。

“落子无悔！”那人扭了扭脖子说。

“大哥想赢我几局？”朱一茗稍显紧张地说。

“你想输我几局？”那人硬着脖子回答。

“大哥你这是到这店里来抢钱的吗？”朱一茗有点嘲弄的口吻说。

“就抢钱了，怎么的，你要反悔？”那人抬起下巴睨看朱一茗。

“大哥你要抢钱也许看错了地方，这家店是江南有名的百年老店，听说做生意很讲信誉，从未得罪顾客，大哥你被得罪了吗？”

“去去去，我只管下棋赢铜钱，你到底下不下！”

“下下，大哥如果我输了我会守信用，大哥如果输了守不守信用？”朱一茗微笑着说。

“哈哈哈，这条镇上谁不知道我——”那人突然收住口不吱声，因为他好像看到细娘正从店堂里面走过来，赶紧微微低了头。细娘走近了，看到店堂里围着一圈人，心里正忧烦，突然看到地上坐着的那门外汉竟然是滚刀肉，一股无明火要从胸腔里喷涌出来。

“三小姐，我今天凑个热闹，无妨无妨！”那滚刀肉翻翻眼皮抢先与细娘搭腔，口气油滑。细娘瞪了他一眼，再往青砖地上摆的棋谱睨了睨，啊！细娘惊讶得睁圆了眼睛，因为她看到朱一茗自摆擂台的那盘残棋竟然同那天爹爹在百岁桥输给滚刀肉的一模一样！爹爹输棋后的落魄与滚刀肉的张狂曾经让细娘苦闷好几天。她想提醒朱一茗，可是朱一茗已经挪棋走开了。细娘额头上沁出细汗。

双方下得很慢。细娘只盯着朱一茗的棋,每落一枚她心里都惴惴不安。店堂里静静的，店小二算盘也不打了，探着脑袋观棋。老街上传来叫卖的声音，卖沙梨唷……

“咦……”慢慢地，滚刀肉嘴巴里呼出极细极细的叹息声。汗水顺着他的硬脖子淌下来，洇湿了衣衫。他的细眯眼慢慢睁大了，两只小耳一动一动。他被朱一茗的棋子镇住了，每走一步都如染重疴。吔，今朝这棋路竟然越走越偏，原来的套路走不出来了。本来这残棋就是个圈套，对方只要一进入圈套就必败无疑。可朱一茗的棋就是压着他的棋路，偏偏不进入圈套，且愈来愈兵临城下，看不出丝毫破绽。

“诸葛亮无兵守空城，司马懿败走闻琴声……”朱一茗竟然在搏杀正酣时轻轻哼起歌来，自哼自吟。细娘从未听过朱一茗哼歌，沉稳的音色中略带鼻音，很具男人味的腔调，让细娘觉得很有感染力，好像这轻轻的歌吟里还有胜利者的万丈豪气。

滚刀肉的叹息声没有了，只剩下两只细眯眼呆呆地盯着棋盘，头爿也像插在田野里的稻草人僵在那里一动不动。

“大哥你走呀，吃了红棋的当头兵！”一个小混混好像看出一点门道，忍不住提醒滚刀肉。

"你懂个屁，滚一边去！"滚刀肉睁开眼睛狠狠骂了小混混。嘴里咬着一根手指，咬得很深也不喊疼。

卖沙梨唷……

细娘更加关注朱一茗的棋，关注久了，这棋盘好像是一张宣纸，红红黑黑的棋子在宣纸上慢慢描摹着，渲染着，堆积着金钩银画，笔锋点击处，似有铿锵铿锵的声音传过来，文字博弈其间，峰回路转，书写着传奇。朱一茗安静地端坐着，嘴巴里的歌吟时断时续，细娘听久了，竟有点着迷。

"诸葛亮无兵守空城，司马懿败走闻琴声，郎里个郎；张翼达虎吼长板坡，赵子龙军中救阿斗，郎里个郎；关云长大意失荆州，周瑜赔了夫人又折兵……"朱一茗的歌吟越发清亮，在鼎和斋茶食店里悠悠徘徊，伴着店柜里刚上架的糯米糕点散发出阵阵清香。细娘眼睛里又要沁出泪来，细娘眼里的朱一茗风度翩翩，少年英俊。再看那滚刀肉，额角上的细汗冒出来，不停地用手背去揩，头发乱蓬蓬的，越发萎靡宵小。

双方弈棋，大约一个时辰。鼎和斋店门口在不经意间聚了许多人。除了隔壁商店里的熟人，还有古镇上稍有棋艺的闲汉，经常买茶食的街坊邻居等。细娘的爹爹也从茶馆店里喝了早茶回来了。看到细娘也站在店里静静地观棋，有点着急，心里盘桓，今天店里一定遇到难处了。这滚刀肉竟然敢跑到自家店里来下棋，想必是要横耍昏了头。细娘爹爹自从上次输棋后，细细琢磨滚刀肉摆的残棋，仍未有破解之招。今天这滚刀肉上门来抢铜钱，太嚣张。围观者见是店里的老店主回来了，又知老店主棋艺很高的，赶紧让他进门。细娘爹爹不晓得今天这滚刀肉下棋的赌注，但他看到细娘的脸色沉重，眼睛只盯着砖地上的棋局，看都不看他一眼。爹爹的心猛地急跳了一阵，拨开滚刀肉身后的小混混，细看棋局。青砖地上的残棋已经走至最后的一搏,看不出谁胜谁负。但细细观之，细娘爹爹心头一惊，这局残棋不就是他曾输给滚刀肉的那盘吗？这对弈的小师傅难道看不出这残棋是个陷阱，要盲目地往下跳？

仙景一日内，人间万岁穷。
双棋未遍局，万物已成空。
……

朱一茗轻轻吟了一首古诗，左手撑着青砖地，右手微微抬起，用两个手指拈了一颗棋子，稳稳当当落下来，围观者顿感棋盘沉稳一响，濡染了耳朵。店堂内更静了，滚刀肉开始抓耳挠腮。慢慢地，滚刀肉低下头来，双手按着肚子，哭丧着脸磨顿了一会儿，突然说："啊呀，我肚子疼了，吃不消啊吃不消！"话音未落，兀自用手撑地一弯腰，头撞了身旁的小混混，将之撞到一旁。接着，好像猫一般爬了几爬，蹿出店门而去。

围观者都愣了一下，接着都从嘴巴里发出惊讶之声。"输了输了！"有人说道。那几个来捣乱的小混混一见这阵势，拿眼瞄了瞄，也识相地退出店门槛，嘟着嘴溜了。细娘微笑着抬起头来，见到爹爹也正拿眼看她，轻轻叫了一声："爹爹！"竟然热泪流淌，忙用袖里的绸绢去擦拭。

围观者都散开去。店小二用抹布擦拭着柜台，将新鲜的糕点盘到柜台的玻璃抽屉里去。朱一茗站直身子朝老店主躬一躬，拿起棋盘返回后面的作坊去。

老店主用迷惑的眼睛盯着朱一茗的背影，感觉有点吃惊和不可思议。

"爹爹，是我邀他的，你别责怪女儿。"

"今天这事太奇怪，爹爹我从未见过，从未见过！"

"爹爹你曾经也在这条小镇上风光过，棋艺嘛，各自有师，行行出状元嘛。"

"我说这小师傅很难得，年纪轻轻，平时深藏不露，后生可畏，后生可畏……"

细娘与父亲两个人站在店堂里絮絮叨叨交谈了很长时间，细娘知道爹爹也很喜欢朱一茗了，心里高兴得就像有头小鹿在胸膛里咚咚咚地跳。细娘也提醒爹爹说，这几日镇上的小混混专门找上门来捣乱，爹爹你是否曾经得罪过什么孬人了，要找上门来报复啊？爹爹认真想了想说，也许是“小荷香豆腐店”转让这件事吧。应该打发的都已经打发了，还有啥地方没搞妥帖呢？

盛夏慢慢消遣着折腾着日夜繁忙的男人，也消遣着老旧的屋檐下默默谋生的女人。枫泾镇在平庸的日子里穿梭，屋檐上流溢出来的水滴，轻轻地消弭在青石板缝隙里。枫泾河里的水有点发烫，乌篷船拢岸时碰触到河岸发出沉闷的声音。白天，街巷阴凉处躺着的老黄狗，直到夜凉人静时才到河岸边溜达，偶尔吠几声。细娘自从接手茶食店后，慢慢摸清了茶食店经营的门道，对食材的进货啥的愈来愈用心，经手的账目也清清爽爽，基本没有差错。可是，爹爹向她要钱的次数愈来愈多，且数目也较大。细娘不便询问，心里盘桓，也许是爹爹兑钱还旧债。半年下来，这鼎和斋好像漏壶，开门不赚钱。细娘有点疑惑，忍不住询问爹爹。爹爹长叹一声说，都是老爹惹的祸，如今被恶人盯上了，甩也甩不脱！细娘再细问爹爹，爹爹不肯再说。细娘晓得开门做生意的难处，这条古镇上看似很热闹很繁华，可是家家都有一本难念的经。

时至夏末，繁花落尽，西南角的荷塘里也渐渐断了花香与蛙鸣。自从细娘询问过爹爹的花费，爹爹再也没有要过细娘账上的钱，却把客堂里的几个古董悄悄托熟人卖脱了。过几日，爹爹又要卖书房里的红木嵌玉的画屏。这画屏是祖上传下来的，画屏上嵌着白玉，白玉上天生着山岚云彩，十分珍贵。细娘看在眼里疼在心里。家里只有爹爹和她，老娘前几年病逝了，两个姐姐出嫁了，她没法管爹爹的事情。又过几日，西街盘来的豆腐店那边的作坊突然失窃，弄得作坊里的老师傅人心惶惶。接二连三的怪事，牵动了细娘稚嫩的神经，细娘用心思考后，又想求助朱一茗。她把朱一茗叫来，问他破解的办法。朱一茗细细剖析了一番，用推测的目光看着细娘，说这问题可能出在杨二婶身上。细娘说，杨二婶已经死了，就算是被逼死的，穷死的，这条镇上做生意的人家将店门开开关关都是很平常的事啊，现在杨二婶没了，人死一笔勾，难道还要追债追到她阴间不成？朱一茗见细娘着急，微微笑着说，做生意和做人一样难，你爹爹一定有啥难处不便告人，这杨二婶的遗留问题也许是你爹爹做人的难处。这样，我帮你暗中打听，看看能否弄清楚这件事的来龙去脉。好吧！细娘轻轻叹息道，两只靓眼盯着朱一茗，嘴唇抿着，有淡淡的红云涌上脸来，略显妩媚之态。朱一茗还沉浸在思考中，没注意到细娘的亲密之情，嘴巴里轻轻吟哦了一下，算是回应。

细娘与朱一茗谈定了这件事，拿出一幅画叫朱一茗欣赏。这是一幅牡丹画，色彩艳丽。高山仰止，景行行止。朱一茗看后说。细娘轻轻地笑了，说朱一茗你是个看画的大行家，讲的话清高气傲，我听得虽然糊里糊涂，但好像骨头要酥了呢。朱一茗连忙说道，三小姐言重了，三小姐聪明细腻才华出众，可别糟蹋了自己。细娘听了，微微一笑，慢慢收拢画卷，回身拿了一个蜜饯给朱一茗。再将账桌上的算盘挪至账簿旁，从抽屉里取了一本浅黄色的线装书来读。朱一茗陪了细娘一会儿，轻轻从账房退出来，去后面的作坊里做活去。晚上，月儿刚刚露头时，朱一茗寻来原“小荷香豆腐店”的小师弟，两人悄悄拿了一条毛巾被，潜到西街原“小荷香豆腐店”的作坊里，静静观望动静。

一连几天，西街作坊里没有动静。等到第三天，细雨淅淅沥沥落了一天，老街的青石板路好像被浸湿了似的，夜色复照下滑溜溜的仿佛一摊稀烂的泥，混乱地涂抹在黑乎乎的屋檐下。偶尔有行人走过，一滑一颠，黑黝黝的看不清人影子。直到三更时分，店门口的一只盛雨水的小缸轻轻响了一下，缸沿上的夜猫嗖地跳到台阶上溜跑了。吱呀一声，店门被推开，几条人影闪了进来。朱一茗轻轻推了小师弟一下，两人躲到店柜后面。屋外的细雨停了，有月光穿过店门照在青砖地上，照出偷入店门的贼人的脸。啊，原来是滚刀肉和那几个无赖。他们进店后，蹑手蹑脚地在店堂里翻摸，好像在寻找什么东西。后来，他们又潜到店后面的作坊里翻弄，还顺手偷拿了做茶食的老师傅用的几把水烟壶。那几把水烟壶都是铜质嵌玉的老壶，很值钱。朱一茗紧紧抓着小师弟的肩膀，示意潜藏着不动，直到滚刀肉这伙小贼闪出门去。

“明天告诉店老板，这伙小贼！”小师弟在黑暗里愤怒地说。

“哦，这些人鬼鬼祟祟，好像在寻找什么，明天晚上辛苦些，我们再来这里观察，先不要向三小姐说这里的事情，等搞清楚了再说，避免打草惊蛇。”

朱一茗细细叮嘱了小师弟，乘着月色轻轻穿过店堂，返回东街去。

第二天，红太阳照耀着老街，照耀着枫泾河，湿润的空气里飘荡着夏末秋初的清凉与泥土的香味。有乡下人手提着竹篮贩卖刚采摘的新鲜果蔬，也有的挑着新收的稻谷，摇摇摆摆走过街市。细娘一大早就赶到西街的作坊，听到老师傅埋怨说这老街上小毛贼很猖獗。朱一茗的师傅皱着眉头，埋头做活，满脸的恼色。细娘细细思忖，稍微安慰了师傅们一番，反身回东街老店里取了钱交给店小二，嘱咐其上西街的“顺昌烟烛店”购几把铜质水烟壶，要杭州产的，壶身雕有花鸟的那种。店小二去了，买回几只样子古朴的水烟壶。店小二说，那家店里还摆着更老旧的壶，壶身雕有龙凤嵌着青玉，老贵老贵呢。细娘问道，那种壶你以前看到过吗，是哪里产的，杭州的水烟壶吗？店小二说，好像很熟呢，我们店里的老师傅常吸的那种，祖传的老货。细娘听后愣了半天。

天渐渐变凉。朱一茗不辞辛苦，每夜潜入西街作坊静候滚刀肉。大约半个月有余，在夜色的掩护下，滚刀肉终于出现了。这次来了两个人，除了滚刀肉，另一个瘦猴似的，个头较矮，腰里束了一个宽大的布兜，布兜里鼓鼓囊囊装着东西。这两人蹑手蹑脚潜到作坊的天井里，在一个枯井旁边的桂花树下摸摸索索。

“这里吗？”瘦子问。

“嗯。”滚刀肉蚊子般哼了哼。瘦子从腰间解开布兜放到树下，摸出一把小铲子，熟练地挖掘起来。“喵呜”，一只夜猫从天井里蹿出，跳到井台上，又嗖地跳下来飞似的跑了。滚刀肉被夜猫吓着了，一屁股坐在地上，又哇地叫了一声，摸着地上的一块砖头，狠狠骂出声。瘦子愣了一会儿，在暗影里继续挖着，天井里只剩下他呼哧呼哧喘气的声音。

“咦。”瘦子突然轻呼道，“这里有东西！”

“有啥？”

“一把壶，好像银做的，壶肚压扁了。”瘦猴熟练地从泥土中拉出一个物件，老练地用手挖去物件上的泥，再用腰里的布兜揩清爽，举到月光下看了看，“咦，上面好像还雕了一只仙鹤。”他放下那壶，又掏出火柴划了一根，在火光里瞧那物件，咂着嘴巴。

“啥东西？”

“好像古董之类的东西，很老的一件银器呢！”

“值钱吗？”

“值钱的，可惜弄扁了，没卖相了。”瘦猴说，又用布兜拭了拭，朝那壶上吐口吐沫，再拭，“这壶年代久了，可能是明朝的。”瘦猴嘴巴里嘀嘀咕咕，弄得滚刀肉在夜色里躁动不已，“快点挖，看看下面还埋着什么！”

“好哪，看小爷的本事，嘿嘿嘿。”瘦猴脱了上衣，两条臂膀露出来，肩膀上绣有图案，在灰暗的月光下黑乎乎的，好像两团烂泥巴。吭哧吭哧，瘦猴挖了半个时辰，又从土坑里拉出一件东西，用手掰开泥土，突然哇哇惊叫着将这东西丢到泥坑里。

“啥东西，喊叫啥？”滚刀肉问。

“不是好东西，有点粘手，好像是死人骨头！”瘦猴惊魂未定，战战兢兢站起来，将小铲子一丢，“马兄，这桩子买卖难做了，这里埋着死人，这……”

“不会吧，这死人怎么埋到这里厢来呢，这里还真有霉气，呸呸呸！”滚刀肉也愣了，小眼睛眨个不停，突然说，“快溜吧，趁这夜深人静的！”滚刀肉这溜字刚出口，站起来就往店门口跑去。瘦猴忘了拿那只银壶，拍拍裤子上屁股上的泥巴，跟着溜出店门而去。

朱一茗从店柜后走出来，看到天井里被瘦猴挖得一片狼藉，回忆瘦猴说的话，心里顿感一阵紧张。因为，他觉得这瘦猴贼精贼精的一个惯犯，今天也被这死人骨头吓着了，看来这里面大有名堂。怎么办呢，明天天一亮，这里的场景就会吓着鼎和斋店里的所有人。如果真的挖出死人骨头什么的，店老板一家和茶食师傅们都要被牵连，弄得不好，细娘这百年老店顷刻间就败了。朱一茗蹲在天井里静静地思考着，老街上传来夜行人窸窸窣窣的脚步声，夜里的露水轻轻地降在朱一茗的头发上，他都没觉得。看来这“小荷香豆腐店”里的水很浑，杨二婶的突然自杀，细娘爹爹最近的窘迫，也许同这里的怪事有关……朱一茗不敢再思考下去了，他想起细娘纯情的求助的眼神，一颗年轻的心有点隐隐作痛。“只有时间可以埋葬一切！”朱一茗心里突然跳出这句话。他慢慢站起来，从作坊里寻来一把大铁锹，把瘦猴挖出来的银壶往泥坑里一丢，一锹一锹把泥巴填到坑里去。挖松的泥土有点隆起，怎么填压都不平。朱一茗重新拍实泥土，把隆起来的泥土铲到枯井里去。他又去作坊里搬来一只大塌缸，放置在压平的泥土上。他很认真地做完这些，抬头望望天空，天井东边已经有晨曦露出来，远远的水乡偶尔传来雄鸡的鸣叫。晨光在这微亮的天空散布开来，慢慢呈现青幽幽的颜色。

朱一茗轻轻地走回东街老店，鼎和斋茶食店的门虚掩着，听得见老师傅们细细的咳嗽声。那是他们早起干活的声音。朱一茗拍干净衣服上沾的泥土，挽起衣袖，扎紧裤带子，轻轻推门而入。早晨的空气中弥漫着清香，那是老街上小菜农挑着新鲜的蔬菜上街市来了。街市上渐渐响起早起的人们嘈嘈切切的讲话声，在慢慢红起来的阳光里愈演愈烈。

“朱一茗！”细娘在早晨的混沌香味里大声唤着，惹得老店里的师傅们嘴角浮起善良的嬉笑。“你到我账房里来一下，帮我验收一下乡下客户送来的新鲜糯米和芝麻！”

“哎，来了！”朱一茗回应道，顺便把老师傅们的水烟放置到工作台的抽屉里。他看到桌子上的几把簇新的水烟壶。这水烟壶这么快就换新了。老师傅们抽水烟很厉害的，老师傅们一干起活来，这抽水烟的工夫是缺不得的。

“朱一茗。”细娘又叫了声，朝作坊努努嘴，“老师傅们的东西我叫店小二买来了，不晓得他们称心吗？”

“总归不太称心的，我师傅是苏州采芝斋里练出来的，他手里的壶在那里很惹人眼的，是把老壶，弄丢了他一定很心疼！”朱一茗说，脸上略显疲惫。

“西街那头的作坊这几天有啥动静吗？如果没动静了，我要派老师傅们去那里干活，天气渐渐凉了，中秋节的月饼料都采购了，这几天准备打料上锅呢！”

“三小姐，这茶食店里由你做主，你说啥就是啥，你别管这西街的事了，我会帮助店里弄清楚这档子烂芝麻小事的，你放心吧。”朱一茗以安慰的口气说，他脸露微笑，尽量让细娘少担心西街失窃的事情。细娘看了朱一茗的脸色，好像看出他的疲惫，忍不住说道：“你昨晚又去那里了？辛苦你了。查不出就算了，反正已经赔了老师傅的壶了，将就着用吧，等店里赚钱了，再赔些工钱与他们。”

“哦。”朱一茗应道，转而想起昨晚的事，欲言又止。

“等会儿你再辛苦点，帮我到西街的顺昌烟烛店看看，听说那家店里新摆了几只老式水烟壶，如果合适的话，问问价钱。”细娘很认真地说。

“好的，我就去看看。”朱一茗马上回答，说话的声音又提高了些，细娘朝他莞尔一笑。细娘的脸上浮起一丝红云，被朱一茗捕捉到了。细娘略沉吟了下，拿起账桌上的一本线装书翻着，看到书中一首诗，细娘不经意读出声来：

雨痕著物润如酥，草色和烟近似无，岚光罩日浓如雾……

朱一茗听细娘读诗，疲惫的身体略感轻松了些，将衣袖卷高些，低头看自己的脚管和鞋子，上面有沾了泥巴的痕迹，就对细娘说：“三小姐你忙吧，我要换一身干净衣服。”细娘放下线装书，深深地看了朱一茗一眼，微笑着点点头。街上传来行人的笑声，那是疯女人小芳头上插着野花疯疯癫癫穿街而过引起的喧哗骚动。细娘爹爹早起出去茶馆店喝早茶，朝细娘的账房看了一眼。看到朱一茗从细娘房里走出来，轻轻摇了摇头，只当作没看见，跨出店门而去。

朱一茗走到西街顺昌烟烛店，抬头读到店前的廊柱上刻着的楹联，觉得古韵袅绕，很有趣，禁不住读出声来。“林深藏却云门寺，苧萝人去浣纱溪”，再看店门上的牌匾，“神仙何处”，更像神话。

“噢唷，小师傅难得光顾，何事何事？”店小二认识朱一茗，因为朱一茗在鼎和斋摆棋局擂台赢了滚刀肉而名声在外了。

“听说贵店新到了货，来望望。”朱一茗说，两眼直往货架上瞧。咦，放置烟具的橱柜里有几只水烟壶有点眼熟，“你把那几只壶拿给我。”朱一茗指着橱柜里的水烟壶说。店小二转身拿了壶，轻轻放到柜台上。

“哦，都是老货，啥价钱？”朱一茗一边拿着壶看一边问。朱一茗手指摸到了其中一只老壶的底，那壶底上有个很浅的瘪痕。朱一茗想起了这瘪痕的来历，他小时候跟着师傅学做茶食，不小心碰倒了师傅的水烟壶，水烟壶砸在石头上弄瘪了，师傅拿到铜匠店修补，花费了三块大洋。师傅很心疼这只壶，暗里叹息了好几天。朱一茗很内疚，心想等挣钱以后一定要赔给师傅一只更好的壶。

“小师傅喜欢啊，这老货可是货真价实！”店小二说。

“多少钱？”朱一茗很认真地问道。

“恐怕让小师傅吃惊了，很贵的，你买不动呢。”店小二说。

“我知道我买不动，问问价钱可以吗？”

“这个数。”店小二伸出两根手指头。“两块大洋？”朱一茗知道师傅的这只老壶很值钱，却故意试探着问。这店小二有点卖弄了，嘻嘻哈哈嘲弄地一笑，复举着两根手指。“总不会是两百块大洋吧，有那么贵吗？”朱一茗索性加大筹码问道。“吔，小师傅真敢猜，算你聪明！开价两百，还价要看你怎样还，识货嘛拿去，不识货嘛放下，店里的老规矩，嘿嘿嘿。”店小二放下手指头，握成一个拳头在朱一茗眼前晃了晃。“好吧。”朱一茗不再抚弄这几只老壶，“你这小店还真敢卖这种老货，跑几家店还不如跑这里来淘。你这家小店里还真藏匿着神仙，暗合着店门楣上的牌匾上的字，好有意思呢。”

“哦，看不出小师傅喝过墨水，看懂了这副对联，那么烦劳你多加宣传，扬扬小店的名声，可好？”店小二收回了水烟壶，恭敬的口气说道。店小二刚才的嘲弄脸色消失了，对朱一茗客气很多。朱一茗也把眼光移到水烟壶以外的货物上，挑选了几刀黄纸和香烛，请店小二打包，又东拉西扯地闲聊了一会儿，才转身离开。店小二送走了顾客，若无其事地端坐在柜台里，两只手撑起脸，似睡非睡地眯着眼，瞧着店门外的老街，昏昏然地发呆。店小二没有料到，朱一茗认出了老师傅的那只嵌玉水烟壶，而且很清楚这只嵌玉水烟壶的来历，回到东街后马上同细娘商量如何讨回师傅的这只壶。细娘说，空口无凭，怎么讨回？朱一茗想了想说，让我写一张状纸，告发这家店为贼销赃。能行吗？细娘担忧地问。朱一茗说，试试看吧，暗里告状，也许能行。

这天晚上，细娘请朱一茗到账房来写状纸。朱一茗坐在账桌上写，细娘替他研墨。朱一茗挥笔写了一张状纸，文笔犀利：

县衙老爷台鉴：今告西街顺昌烟烛店私卖贼货一事……天网恢恢疏而不漏，天理昭彰百姓祈福，小民据实按告，如有妄言愿受甄处。小民朱一茗敬上。

“你为啥写愿受甄处而不写惩处呢？”细娘读了状纸，有点好奇。“哦，这一字之差可是很有讲究。因为这是告发人家的状纸，除了要有告发的理由，还要有承担诬告的责罚。如果这县衙枉法不查而反诬原告，这甄处与惩处就大有区别，县衙必须查实后才能处罚，是吧？”朱一茗写完状纸，朝细娘开心一笑。细娘的脸又红了，轻轻用手绢擦拭，掩饰过去。细娘的芳心被朱一茗的聪颖折服。

“这状纸先搁一下，等给爹爹看了再说好吗？”细娘对状告西街顺昌烟烛店的事不敢自己做主。朱一茗也觉得让老店主参与一下更妥当。谈完这件事，细娘突然红着脸对朱一茗说，“你觉得在这里生活得还习惯吗？如果觉得好，你把你外公文老先生也从苏州接过来吧，这样也好照应，可行？”

“你说什么，接我外公？”朱一茗听明白了细娘的话意，再瞧着细娘粉红了的脸，眼角眉梢处都是友善诚爱的表情，心儿也跳荡起来。他终于感觉到这细娘是看上自己了，细娘眼睛里涌动着羞涩，脸上浮着细微的笑颜。细娘看自己时眼神专注，身影贴着自己，说话句句显真情，这店里最隐密的事都与自己商量，唤他去做，有点形影不离的样子。朱一茗何等聪明之人，细娘内心深处对他的好也像细雨润物一样播种在他的心田里了。细微之处，草湿圆润，春暖芳菲，想想自己心里的甜蜜，也要醉了。朱一茗呵呵笑了，开心地说："哦，等把告状这事办妥了，把这店里的烦心事撸平了，再把我外公接来。三小姐要有用得着我的地方，你尽管叫我！"朱一茗突然觉得这三小姐很通情达理，待人很贴心，心头的暖意又添了几分，只是不敢越礼，他知道自己和细娘之间的隔碍，三小姐是他的衣食父母，是他头顶上的一片天。

第三章　大姐桃红

晌午时分，细娘的大姐桃红回娘家探亲来了。桃红三十多岁的年纪，穿戴整齐，头上插着头饰，腰里扎着江南人家小媳妇喜欢穿的半短花围裙，下身着一条粗脚管的绸裤，一双小脚，走路扭着腰，很惹人眼的那种大户人家的女人的打扮。桃红自从出嫁后很少回来探亲。桃红的婚姻是父母之命，媒妁之言。那时一顶彩色小轿抬走她。来迎亲的汉子穿的大绸袍一直拖到老街的青石板路上，吹唢呐的乐队把整条老街都震响了，很欢喜的场面。吹吹打打，一直送到轮船码头。大姐夫老老实实一个跑单帮的生意人，做了十几年跑海贩货的营生，置了不少家宅田地，成为东海边小镇上的大户人家。谁料到这两年沿海一带出现海匪，屡次被抢了货物。去年秋天，海匪竟然像狗一样追寻到桃红家的大宅院里来，将大姐夫抓绑了敲打，被敲诈了许多铜钿。如今大姐夫一直闷在家里不敢出门做生意。闷着闷着就闹出了病，看了大半年的郎中，病势愈加沉重。桃红心慌了，只身乘坐小船回娘家来求助。

桃红急匆匆跨进鼎和斋，熟悉的店门楣，熟悉的店柜台，熟悉的茶食的香味，使大姐好像年轻了许多，小孩般地扑到店柜台上，闻着玻璃柜子里溢出来的那些茶食的香味。荔枝、桂圆、蒸枣、银杏、砌香樱桃做成的干货，姜丝儿梅、玫瑰金橘、香药葡萄做成的香饼，糖霜桃条、梨肉好郎君……好香好香，这鼎和斋百年老店的东西真的好棒好醉人。

“大嫂可要买茶食？”柜台内店小二问道，这桃红多年未回娘家，店小二不认得她。

“嗯……这几款酥饼好香，样子也好看，拿出来看看。”

店小二回身拿一盒酥饼给桃红，桃红捧着细细闻了闻，又指着玻璃柜子里的桃酥，说：“这桃酥好像比原来的要小了点，是模子雕刻得小了吗？”桃红看这看那的，嘴巴里还不停地唠唠叨叨，惹得店小二不耐烦了，口气有点不敬地说：“大嫂你到底要不要嘛，东看西看的，累人吗？”桃红这才不再看茶食了，对店小二说：“我找我家里的人，老爹和细娘在吗？”

“啊……”店小二回过神来，觉得这桃红的脸与细娘很像，是这家店主人的家里人回来了！“你是……细娘在后厢屋里算账呢，你到屋里去寻她吧，冒犯了冒犯了，请多多包涵！”店小二略抱拳示歉意，满脸堆笑。

“大姐！”细娘闻声从后厢屋里走出来，喜滋滋地叫道，好听的声音就像敲击了瓷器，清音袅绕。“你怎么来的，坐啥船，脸孔也晒黑了，海边的风多厉害，大姐我好想你吔……”细娘连珠炮似的发问，问得桃红嗯嗯啊啊地笑着，一把抓了细娘的手不放。

细娘姐妹俩在店堂里相遇后开心地聊了一会儿，细娘询问桃红怎么单身回家来了，姐夫呢，外甥、外甥女们呢？桃红语噎了一会儿，从带来的行李中取了一件蓝印花布缝制的小夹袄和绣了花的头巾给细娘，说：“这小布衫三妹你穿穿看，这花式布是专门挑选的，我请镇上能干的阿嫂编织的，看你这好看的细腰，穿上这件小布衫，阿要漂亮得像那春天里的牡丹花一样艳色开放呢。这块头巾嘛，小姑娘戴的，配了这件小布衫，光彩照人！”桃红从这江南嫁到东海小镇，风俗习惯穿戴行色都是江南老家的样子。她仍年轻的眼眸里都是江南姑娘的爱好，她念念不忘的还是老家的风俗。细娘拿了桃红姐的礼物，心里也涌起欢喜，拉着桃红姐进里面账房去坐，她要试穿这衣服和头饰，打扮一下江南姑娘的俏身段。细娘很快穿戴好了，让桃红姐观看。姐妹俩正嘻嘻哈哈聊着，朱一茗从店门外走进来，正好看到细娘的那身穿戴。细娘脸轻轻一红，招呼朱一茗：

“朱一茗，你来一下！”

“他是谁？”桃红看到朱一茗，清秀的身影使她眼睛一亮。

“他是我家新来的小师傅，在这里大半年了，很有些本事呢。”细娘不加掩饰地夸奖朱一茗，说得朱一茗有点脸红。

“三小姐，刚才我邀请我师傅又去西街顺昌烟烛店去了，我师傅也看过那只壶，确定就是他的壶。”朱一茗就事说事，没有和桃红寒暄，因为他晓得自己的身份。细娘呢，还沉浸在姐妹相聚的幸福之中，没在意桃红姐看朱一茗的眼神。

“晓得了，等爹爹回来后，我就与他商量那件事。”细娘说。

“好吧，三小姐多担待，这件事要抓紧，捉贼要捉赃，避免夜长梦多呢。”朱一茗说完事，又复看了细娘一眼。细娘真的很漂亮，这身打扮在他眼睛里曾经看到过，在苏州的大街小巷里，在雨打芭蕉的湿漉漉的日子里，在母亲热乎乎的怀抱里，他很熟悉的好看女人的穿着打扮。朱一茗热辣辣的眼神被细娘捕捉到了，也被桃红姐看到了。桃红姐抿嘴笑了，笑得很深，因为她看到细娘眼睛里微微跳动的青春女孩子那种特别的眼神。朱一茗走了。细娘盯着朱一茗走过的身影，有点恋恋不舍。桃红姐又轻笑了，拉了拉细娘的袖子，说：

“小妹啊，情人眼里出西施哇，有心上人啦？”

“啊……”细娘回首看桃红姐，嘟了嘟嘴笑笑，“大姐可别瞎说啊，被爹爹听见，我那是吃骂呢？”桃红又认真看看细娘的脸和细娘的身段，轻轻摸了摸细娘细嫩的手，夸奖说：“小妹真漂亮！”说着说着，姐妹俩都哈哈哈大笑起来，开心得要流泪了。

傍晚时分，爹爹才回家。多年未见面的大女儿回来探亲，父女俩热热地聊了好长时间。最后，爹爹询问桃红夫家的情况，桃红讲着讲着哭了。细娘陪着大姐落泪。桃红讲到海匪上门敲诈一事，细娘和爹爹听得很认真。尤其爹爹，神色黯然，眉头拧紧，不停地叹气。

“事情还得从去年秋天说起。”桃红流着泪，慢慢叙说那段令人伤心的往事……

秋风吹败了梧桐树叶，东海畔的石塘镇显得冷冷清清。桃红的家就在这小镇的东南面，两井两厢的宅院，门口两侧摆着雨水坛，坛里养了睡莲，枯枝未衰，荷花落尽。桃红这几日忙忙碌碌的。时值深秋，石塘港货物堆积如山，做南北干货的客商云集，急着盼有海船出海运货。桃红雇用几个短工将收购来的山货及杭绸织品分类包装。趁丈夫出海送货未归，买了点蓝印花布请师傅裁剪，缝制新衫。一给男人缝制一套秋装，一给江南娘家妹子缝制一件女衫。她知道细娘的腰身,起早添黑针针线线，将送给细娘的夹袄做成了。这石塘镇是围着东海边的山势建造的，桃红的宅院建在小镇的东南一角，山势较高，顺着山势向北望去，山路盘旋而下的街道屋宇层层叠叠，港湾里沿岸的船帆影影绰绰。桃红站在黄昏的暗影里，盼望男人早日归来。

“你是桃红吧？”朦胧夜色里一个陌生男人凑上门来搭讪。桃红怔怔地看了他一会，想不起他是谁。于是，桃红摇摇头，反身回屋未搭理他。“出嫁多年，认不得穷街坊啦？”陌生男人稍稍提高了嗓门在桃红背后说。桃红头也不回，唤屋里做活的佣人关上大门。最近海边不太平，在海边住的人家，就怕有陌生人盯上。桃红记住了陌生人的脸，黄脸皮细眯眼，眼睛看她时脸孔往上仰着，细眯眼似睁似闭的样子。这是一张让人不信任的脸，所以桃红不敢理他。数天后，男人出海归家，夫妻久别重逢，全家乐陶陶。第二天早晨，男人说要到西山上的观音庙里烧香。桃红想跟去，男人不允，说女人爬山太累，他烧好高香就回，下午还要请石塘镇的唐老板来看货。他从广东带来的红木套盒、缅甸玉等精致饰物要托唐老板销往杭州。桃红也就没跟着去，继续忙着缝制男人的秋装。谁知过了晌午男人还未回来。石塘镇的唐老板来过了，喝了桃红沏的龙井茶，等不到桃红的男人，又走了。石塘镇的角角落落人影愈来愈稀少，街坊邻居都在张罗做晚饭，盘旋的街路上只有几条黄狗在孜孜溜达，偶尔有行人匆匆穿街而过。桃红站在大门口张望，远远望着西山的那条小路，心里有点担忧。男人到哪里去逛了，难道忘记了与唐老板约定的事？天色已晚，突然有个人凑上门来，桃红认出是前几天搭讪的陌生男人。

“你是桃红吧？”那人眯着眼仰脸盯着桃红，讪笑着，“阿是盼着你男人早点归来？”

“你要做啥？”桃红警觉地反问道，一脚门里一脚门外，随时要关大门的样子。

“你别心急嘛，我有消息告诉你，你男人今晚肯定回不来了！我这是好心透露的，我亲眼看到的。你不会把我的好心当作驴肝肺啊？”

“你说啥？”桃红听出此人嘴巴里的话意，疑惑地盯住他。

“现在这世道，做女人嘛有点难，男人在外头三妻四妾的，谁也管不住！”那人脸上浮现一团坏笑，阴丝丝的坏笑。

“你晓得我男人去哪里了？”桃红有点担忧了，停了关门的动作，询问道。

“我这是为你着想，才好心跑来透露个消息，我是看在曾经认识你的缘分上，不然不管这档子事，关我屁事？”那人仰着头，吊儿郎当。

“你认识我？我怎么一点印象都没有？你这人青天白日瞎嚷嚷，想敲诈么，嗯？”桃红突然觉得这人讲话太傲气，自己根本不认得他，故提高嗓门反问道。

“嘿嘿，想歪了吧，看来还是不告诉你的好，不蹚这道浑水！”此人口气显得硬了，脸上的坏笑消失了，细眯眼里露着一丝阴险，“不过，今晚你家人不去寻他，恐怕他会被人拐跑了，你可不要后悔呀，嗯？”

“这是什么意思，一个大男人，又不是小孩子，怎么会被人拐跑呢，你跑来吓唬人呀？”桃红狠狠瞪了他一眼，要关大门。那人用手顶了顶门板，说："相信不相信随你，我看到你家男人在西山脚下的晚翠亭调戏女人，被那家人抓住了，有事呢，快看看去吧，嗯？"说完这句话，细眯眼冷笑着走了，双手放在后腰上，摇摇摆摆，一副吊儿郎当的样子。

桃红讲到这里，喝口茶。细娘听了有点吃惊，说："不会吧，大姐夫他老实本分的，怎么会做这等事？"桃红说："哪里会，后来我去寻他，哪里想到会被一伙强盗绑票了。那几个强盗将他绑在亭柱上。山里照不着阳光，黑乎乎的，亭子造在山路转弯的沙溪边，沙溪里的水流很急。强盗说，你家男人被绑了，你赶快回家拿铜钱来赎，来晚了，你男人的尸体就会躺到这沙溪水里去，晓得吗？"

"啊！石塘镇出了强盗，还追上门来敲诈，这到底为啥呢？"细娘瞪大眼睛惊奇地问道。"谁晓得哟，别人家都好好的，我家男人也很老实本分，从未得罪人呢。"桃红紧皱了眉头，"那晚天特别的黑，山路上看不到人，强盗都蒙着脸只露着眼睛。大概是我男人挣扎过，那几个强盗半露了胳膊，好像有个强盗胳膊上刺了图案什么的黑黑一团，很恶很凶。"

"被敲诈了铜钱，强盗没再绑你姐夫了，吆吆喝喝顺着山路走了。"桃红说。

"他们后来又找你们了吗，还是哪个陌生人报信的吗？"细娘突然问道。桃红看看细娘，觉得细娘听得很仔细，也很有眼光。桃红说："这件事说起来我也觉得奇怪，这报信人嘴里总说认识我，还说什么街坊邻居，难道是这人搞的名堂，要害我们？"

"这很有可能！"细娘说。

"难道说这人是我们这里的人？让我想想，谁家人这么缺德，要追踪到东海边去作孽？"细娘爹爹默默沉思起来，抓了一只水烟壶吧嗒吧嗒吸着，心思很重了。细娘看着有点心疼，劝慰道："这件事很蹊跷，大姐也不认识的陌生男人，哪里会有这等巧，嗯？"桃红也劝慰爹爹，别太牵挂女儿的家事。桃红说，听说湖州那边有个很有名气的老中医，我特地赶回来要寻到湖州去。等我寻到老中医，赎了药，我再陪爹爹几天，好吗？细娘也劝爹爹，父女仨嘀嘀咕咕聊了几个时辰。细娘光围着桃红家的事说话，忘记了告状的事同爹爹说了。细娘担心爹爹再受惊吓，决定暂时瞒过爹爹，明天委托朱一茗去县衙告状。

桃红起早赶到小镇河埠码头雇了一条小船走了。朱一茗帮着师傅做好月饼的配料，又帮着细娘收购乡下人送来的糯米与赤豆。那个"小荷香豆腐店"留下的小师弟稍稍对他耳语说，西街作坊的天井里有点作怪，请你去弄一下。朱一茗心里有数，就同小师弟去天井整理。朱一茗跑去一看，原来被他压实的地方塌进去一块，那只大塌缸倒向一侧。作坊里的人惊惊乍乍围着枯井，都说这家豆腐店不吉利，杨二婶的冤魂在作怪呢。朱一茗也不多说，吩咐小师弟拿铁铲到屋后面的小弄堂撬几块青砖铺到这土窟窿里，自己跑到花鸟店买了一盆睡莲置于大塌缸内。作坊里的师傅们看到天井里换了新颜，空落落的心思转而踏实了。那盆睡莲在初晨的阳光里慢慢浮现出青葱艳美的叶子，天井里添了喜色，使人感觉不到秋天的落寞。朱一茗做完这件事，心头忧烦的思绪也稍稍消退了些，一屁股坐在天井的台阶上，静静欣赏睡莲，忽而涌上一段诗意，轻轻吟道：

花村外，草店西，晚霞明雨收天霁。
四围山一竿残照里，锦屏风又添铺翠。

那位小师弟听不懂，惊愕地张着嘴巴。朱一茗脸儿微白，露了点倦意，拍拍身上浮尘，起身到作坊里做活去了。小师弟跟了去。天井里飞来几只麻雀，细细的喙在压实的新土上啄来啄去。一会儿又跳到睡莲盆沿上，吸盆里的水，弄出睡莲微微荡漾之势，又生动几分。

日子飞快，中秋节就要到了。细娘为月饼上市的事情花费许多功夫，不经意间，将委托朱一茗告状的事忘记了。作坊里的老师傅们做完了月饼，有点空闲，又想起那几只被盗的水烟壶，就催促朱一茗去细娘那里说说。细娘被一提醒，急忙从账桌抽屉里寻出状纸交给朱一茗。细娘叮嘱道，能讨回那几只水烟壶最好，假使讨不回，也勿要紧格，我筹些铜钱买回来便是。

这天傍晚，细娘忙完店里的事，回到后屋厨房吃晚饭，爹爹早已坐着等她。爹爹边吃饭边对细娘说，我细细回忆了家里曾经发生的一些事情，趁着你爹爹还没活得糊涂，今天我要讲给你听听。细娘笑笑说，爹爹你有啥重要的事呀，做生意输输赢赢是很正常的，爹爹不要多操心呀，好好享受休闲时光，这鼎和斋有女儿撑着呢，这天塌不下来。细娘说完这几句话，只管埋头吃饭，没注意爹爹眼睛里渗着些细泪，呆呆坐着不思用饭。细娘吃完了，看清了爹爹脸上淌着泪，愣着了。

"爹爹，你到底心里有啥事，讲给我听听？爹爹你辛苦一辈子，女儿一定听你话弄好这鼎和斋老店的！"

"我有几件事，你慢慢听我讲……"细娘爹爹说，"第一件事，你母亲死得早，我拉扯养大你们姐妹仨，心血花了许多。你大姐由我做主嫁给东海畔人家，原因是收了那家老人的聘礼，嫁得远了些，如今闹出海盗绑票的事，我们帮不上她。但我总觉得桃红说的那个报信人很可疑，这使我回想起桃红出嫁前那个老街上的破落户曾经托媒婆上门提过亲，我拒绝了。想不到十几年了，这孬汉一直阴丝丝地盯着桃红不放。第二件事，你母亲过世后，我搭识了西街的杨二婶。那时杨二婶的男人失踪了。杨二婶经常到我店里来借铜钱。我看她也可怜，就渐渐和她热络起来，其间杨二婶要改嫁给我，我没同意。时间长了，杨二婶说她欠了老街上那个破落户二流子一笔钱，还不起，要求鼎和斋出面担保拖延几天。看着她可怜，又拉不下我这张老脸，只好替她的豆腐店担保。没想到杨二婶借的钱竟然是高利贷，欠钱愈滚愈多，后来竟然敲到鼎和斋头上来了。"

“那人是谁，难道就是那个泼皮二流子滚刀肉？”

“开头杨二婶死也不肯说，就在她自杀前一天才告诉我，是那个害得她家破人亡的死腔滚刀肉！”爹爹愤怒地说，“我追问她这滚刀肉为啥要盯着你？杨二婶嗫嗫嚅嚅地告诉我一个惊天秘密。她那失踪的男人曾经与滚刀肉合伙做了一件坏事，弄死了一个专门替人打官司的师爷。那师爷诈了人家一大笔钱，途经老街时被他们弄死了。她说男人做了坏事又卷了钱财逃跑了，不知去向。这滚刀肉偷鸡不成蚀把米，暗中诈杨二婶，把杨二婶弄得走投无路上吊死了。”细娘爹爹说到这里，忧愤地低了头叹息。

“这第三件事嘛，是关于你的婚姻大事。”爹爹抬头看了看细娘，微微发红的眼睛里闪出一丝亮色，“那是很久以前的事。爹爹到开封做生意，突发瘟热病半死不活，遇到一位做药材生意的朋友。此朋友懂得医道，倾囊相救。爹爹被朋友救活了，就与那救命恩人许诺了你的婚姻。这种事情爹爹也是命中注定的，爹爹现在想想没有后悔，应该报答人家的就应该报答，不然爹爹活在这个世上还有啥意思，还要不要脸孔呢？”

“啊……”细娘愣住了，慢慢地有热泪从眼窝里淌出来，滴到饭桌上。细娘年轻的心也流淌着泪，那泪是热的，那泪是苦的。今天爹爹同她说的话好像天方夜谭，好像古书里写的《拍案惊奇》，弄得她心魂沉沉不知所以。

日脚过得飞快，老街河畔的梧桐树叶子落光了，枝枝丫丫地晾着，露出树梢上的鸟窝。桃红去湖州寻觅到良医，欢天喜地赎了几帖中药返回石塘镇去了。鼎和斋自从细娘接管以后生意越做越好，做茶食的老师傅感觉这家店主待人宽厚，也就坚定了做长工的念头，纷纷把家小接来老街住，店内店外都增添了生活的气色。细娘几次催朱一茗把外公文老先生接来，朱一茗嘴上答应着却迟迟没动。重阳节那天，细娘早早做好账，拿出前几天到隔壁店里买的绢本扇面苏州刺绣《天香》细细欣赏。扇面上的粉嫩晕红的牡丹冉冉透出香气，醉意袭人，使她想起古人说过的话，叫作“闻香识人”。那是文人描写美感女人使用的词。细娘突发奇想，将它用在朱一茗身上。她倏然觉得朱一茗才华横溢，浑身焕发出聪颖气息，那气息有一股香味，特别舒服的香味。她欣赏着扇面绣画，心里想朱一茗了。她想听听他对此扇面画的评价。后屋作坊里好像很热闹，大师傅们正忙得火燎急火燎，不时响着打糕板的声音。细娘手里拿着写字画画用的压纸木，在两只手掌间搓来搓去把玩，慢慢走到作坊前，隔着窗棂喊朱一茗。平时喊惯了，今天也不例外，接连喊了几声无人答应。吔，这一大早朱一茗到哪里去了？细娘喃喃着，推开门走进作坊。那位豆腐店来的小师弟半裸着上身在大盆里揉面粉，啪啪地拳击面粉团，膀子油油地出汗。

“师哥他没来！”小师弟边干活边对细娘说。

“哦，他没说做啥事体去了？”细娘问。

“没说，早晨起床就没看见师哥，昨天他老早就睡了，好像心思重重的样子，没搭理我们。”小师傅说。

“你停下手里的活，陪我去他房间看看，是否病了？”细娘关切地说，小师弟笑了笑，两只沾着面粉的手臂从盆中提出来，再往盆里甩甩，转身去洗手。旁边打糕板的老师傅憨憨地看了细娘一眼，也不多说话。细娘俯身看看条桌上摆的印糕，闻到印糕散出来的香味。朱一茗住宿的房间靠着后屋最东头一间，推窗可望见屋外的街河。街河里有船航行，船娘撑着船，竹篙斜斜撑着街河旁楼屋的墙砖，发出啪嗒啪嗒的撞击声。

朱一茗的床头空空，书桌上也空空。细娘从未看过朱一茗的宿舍，如今狭窄的屋内空空如也。吔，难道这朱一茗走了？细娘心头掠过猜想，隐隐涌上一丝担忧。细娘想见朱一茗，却不知他到哪里去了。

“你如果看到他回来，一定告诉他一下，叫他来账房，嗯？”细娘吩咐小师弟说，两只眼睛朝朱一茗的空房内又细细扫视一遍，好像要看透朱一茗生活的狭窄空间，想象一下朱一茗埋头读书休憩的样子。

细娘在朱一茗宿舍空走一遭，浑身上下感到温温软软的没劲道，打算盘打到一二遍就搁手了，看过昨天弄的账簿，瞄了几下也丢下看不下去。她慢慢把抽屉里的绢面扇画《天香》抽出来，看着粉红晕嫩的几朵牡丹，浮想联翩。细娘闲暇时读过《牡丹亭》剧本，很旧的书，朦胧感觉得到书里的故事，那些诗词很艳，什么“袅晴丝吹来闲庭院，摇漾春如线”“云髻罢梳还对镜，罗衣欲换更添香”，书中美女杜丽娘为情而生，为情而死，那爱情演绎得如梦如幻，为了追寻到梦中情人，在寄托梦幻的牡丹园里发誓言：是这般花花草草由人恋，生生死死随人愿，便酸酸楚楚无人怨……但愿与柳梦梅生同室，死同穴。想着《牡丹亭》里的杜丽娘将自画像装在紫檀匣中埋在花园里的太湖石下，细娘好像自己也款款地拿着《天香》出门寻觅。细雨纷纷飘落在老街屋檐上，浅灰色的瓦楞草吸饱了雨水透露出深绿的本色，沿着瓦当缝隙一点点流淌下来，飘落到细娘的发上肩上，弥漫着秋天的清凉。细娘透过雨滴，感觉到朱一茗的身影在稍远的街角隐藏着，又好像藏匿在某条街河的小船中，在船娘咿咿呀呀的哼唱中沿着河水慢慢遁去。细娘顾不得了，将《天香》夹在腋下，自己撑了一条小船去追。远远地，朱一茗在那船舱中探出头来朝细娘苦苦一笑，又若隐若现地摇着手喊道：“细娘莫追！”那船娘换了一支船桨，划得飞快。朱一茗喊完，藏身舱中，隐隐传出歌吟：

浙江秋，吴山夜，恨与山叠。
寒秋过，芙蓉谢，冷雨挑灯醉思恋。
待离别怎忍离别？说醉难醉说辞难辞。
向谁说去……

眼看着载着朱一茗的小船遁远了，细娘划船的臂膀划麻了，划不动了。天空飞过一群大雁，头雁在空中鸣叫，好像说：去也去也。细娘猛然一惊，抬头远眺，前方水天一色空空蒙蒙。细娘心里涌起悲苦，忧忧愁愁满眼泪流。腋下的扇面画掉到船舱里，画上的牡丹也散落在船板上。细娘透过船舱看到大雁在空中排成人字形，向着青幽幽的天边飞去。突然，细娘看到自己的小船旁边漂过来一叶扁舟，舟中端坐着一个女人。那女人慢慢地瞟了她一眼，好像是杨二婶。

杨二婶用手推开船舱里的窗格子，指指河水里显露出来的水草和稍远处的荷叶，嘴里喃喃着，好像在说，路归路桥归桥，水草一滩全没了，哪里还有还魂药，痴望乘坐仙人轿，云端里也走一遭，可笑不可笑。杨二婶嘿嘿一笑，她和小舟顺河漂去，无影无踪。

“三囡囡。”细娘爹爹一脚踏进账房里，喊细娘，“县衙里的师爷来了，有东西要给你！”细娘从蒙眬中回过神来，看到爹爹背后的陌生男人，瘦瘦的，身着藏青袍衫，嘴唇上留着小胡须，手里拎着一个木盒，沉甸甸的。

“三小姐好！”那人朝细娘一拱手，“喏，这里有贵店员工失窃的东西，如今判案了，恭喜贵店生意兴隆，财源广进！”那人边说着恭维的话边将木盒打开，盒内装着几把老旧沉重的铜质水烟壶，壶身微凸的地方嵌着青玉，青玉四边有磨损的痕迹。

“啊……”细娘揉揉困乏的眼睛，“真的追查回来了？谢谢啊！”细娘站起来，摸了摸水烟壶，想到这是朱一茗写的状纸起了作用，更想到朱一茗的聪颖，心里思恋的情绪又像河水一般泛起，朝爹爹看看，轻轻叹息。师爷从怀里掏出一张公文纸，请细娘写回条。师爷边看细娘书写，边夸赞细娘的字写得好看。师爷说，这次贵店追讨失物的状纸写得好，那家替贼销赃的烟烛店可倒霉了，店老板被杖责，还被罚款。

“贼人抓到了吗？”细娘问道。

“店老板承认是替贼销脏,但不肯透露贼人的名字。只好认罚挨打了。”

“这贼人一定很恶，招惹不起呢，是吧？”细娘爹爹愤怒地说，“三囡囡拿些人情给师爷，多多担待啊！”爹爹又转身朝师爷拱拱手，叮嘱细娘道。细娘从抽屉里拿了两块银圆交给爹爹，爹爹又转身递给师爷。

“哇，谢谢啊，贵店发财啊！”师爷拿了钱欢喜地走了，瘦弱的背在店廊下的光影里一耸一耸，消逝在街路中。细娘等师爷走后，才落座。细娘对爹爹说，大师傅们的东西讨要回来了，可朱一茗不见了。爹爹听出细娘话中含意，又看到细娘眼睛有点微红，眼睫毛上还残留了泪痕，心一抖，莫非这三囡囡喜欢上这小子啦，青年男女待在一起恐怕要弄出些情啊爱啊的闲事来?

“噢，晓得了，我去询问他的师傅他到底去哪里了。”爹爹皱皱眉头，用稍微颤抖的嗓音回答细娘，拿起账桌上的嵌玉水烟壶放在掌上，观赏一下这老壶的陈旧颜色，抽出烟管放在嘴上吹吹，觉得烟管也沉甸甸的，这铜壶的质地很好，抽水烟上劲。爹爹再看一眼细娘，觉得细娘比以前沉默文静，办事稳稳当当，比自己年轻时出息多了，这爿老店交给她管理可以放心了。想到这里，他突然嘿嘿一笑。细娘听见爹爹的笑声，以为爹爹反讽自己脸上显现的痴迷表情，赶紧用绸绢去拭眼旁的泪痕。

一袋烟的工夫，爹爹返回账房里同细娘说，朱一茗不告而辞，失踪了。细娘听了泪水倏地淌落下来，叫一声“爹爹”，将头埋在账桌上，双肩一耸一耸轻泣起来。“吔，三囡囡莫哭呀……”细娘爹爹呆立在那里，束手无策地唤道。这细娘平时很有主见，遇事稳得住，今日她竟然埋头痛哭，让爹爹吃惊不小。大半年来这老店的事都由细娘管着，自己落个清闲。现在朱一茗出走细娘即崩溃的样子，使他明白了这朱一茗在细娘心里的重要性。“三囡囡莫哭，这朱一茗到底到哪里去了，等弄清楚了再说，下午就叫店里的师傅们去老街上的角角落落寻找，一定要找他出来！”爹爹用手扶着账桌，劝慰细娘，爹爹的声音颤抖得很厉害，爹爹感觉到细娘的痴情，胸间波涛翻涌，不知如何是好。

朱一茗到哪里去了呢？爹爹唤店里作坊间的师傅们放下手中的活都跑出去寻找。河码头、稻草场、镇东头河湾湾的尼姑庙，甚至河西头僻静处的废弃祠堂，笼烟霭染布店狭窄的染布间等生僻清冷之处都寻觅过了，未见朱一茗踪影。店里师傅们回来吃了晚饭，又去稍远的乡下寻找，很晚很晚才回店，仍旧未有消息。这一晚，细娘头枕在账桌上喃喃地暗泣，爹爹陪着，劝也劝不住。店里的老师傅们都围在账房里，颇感关切。爹爹见细娘悲切之态，想到朱一茗的把手师傅，唤进来叮嘱道，烦请师傅明天去苏州走一遭，询问朱一茗的家人，也许朱一茗回家了呢。把手师傅连连承诺，细娘听了，才稍稍安定。

数天过去了，细娘正苦盼朱一茗的消息，东街玲珑月棉布店张老板家的佣人，沙地人张家姆妈托张老板传递了一个消息。张家姆妈说，她前天从江北沙地乘坐沙船过长江，在江南柳叶渡好像看到了鼎和斋的小师傅。小师傅穿了一件旧袍，没有啥行李，看见张家姆妈，张嘴要喊她，却被他身后的一个瘦猴精似的男人推了一把，跌跌撞撞乘坐一条沙船往江北去了。细娘听了，默默沉思了一会儿，对爹爹说，这张家姆妈亲眼看见朱一茗乘船去江北了，我要去江北寻他。细娘的话一出口，爹爹就急了，说这江北大呢，到哪里寻找呀，三囡囡不要瞎想哦，等朱一茗在江北落脚的消息确定了，你再寻找不迟嘛！细娘没再多说，用手绢擦拭眼睛，泪水忍不住地滴下来，看得爹爹心都痛了。

第四章　江风吹过鸭乌沙

细娘的忧虑并不是多余的，朱一茗真的遇到劫难了。沙地人张家姆妈的眼睛也看得很清楚，朱一茗被劫匪瘦猴等人绑架了，被押送去了长江北岸新涨的沙地，丢在江边一个叫“鸭乌沙”的沙洲。瘦猴盯上朱一茗是因为鼎和斋告状西街烟烛店而惹恼了滚刀肉等人，暗中打探到朱一茗有祖传古画，密谋将朱一茗绑架，逼朱就范。朱一茗不低头，滚刀肉等人又不甘心，就将朱一茗迁移到沙地慢慢拷问，以苦力磨其心志逼其就范。瘦猴等人绑了朱一茗乘坐沙船航到“鸭乌沙”，交到一个姓杨的崇明“粮户”手下做割苇农民的活。瘦猴对杨粮户交代说，此人予你做活，属于“监禁”，如果从你等手中逃脱，我家老大会灭你满门！杨粮户唯唯诺诺接收朱一茗，送瘦猴等歹徒撑船离去。

初冬，寒气逼人，“鸭乌沙”被朦胧的寒雾笼罩吞没，四围不见痕迹，偶尔露出洁白的芦絮，与芦苇混杂的枝蔓植物遍地漫延的湿地，在江水的浸润侵蚀下孤独地浮泊在寒江中，好像一座无家可归的荒尸野坟，在江水间无绪地漂荡。杨粮户属于天下最肯吃苦的垦荒者，赎买了这块自然飞地，雇用了一些外地流民和迁徙的乡人乘船漂到这里做垦荒的营生。垦荒者遇到的最难事是雇用劳力，因此不惜冒着吃官司的风险雇用黑社会推荐的流民或者强盗绑来的活票做短工。江风萧萧苦寒之地，杨粮户住的是用简单木料盖的土坯屋，割苇农民住的是用野芦苇编制的窝棚，简称“环筒舍”，简陋之极。割苇农民早晨五更起床，泡在水里做活到晚上星星满江。身上单薄，有的裹着破棉絮团，有的穿着稻草衣，腰扎一根草绳，或者草绳上缠着芦絮再绕肩膀围一圈护了头颈，赤脚跳到浅水里割苇。近看好像蹲在苇丛里的一只只芦苇扎的草猫，远看似一坨坨烂污泥沾在草堆里。寒风飕飕地从江面吹刮过来，芦苇湿地像万山丛中的野草地，在寒风中波澜起伏啸然作响。阴森之气弥漫开来，昏蒙蒙似天的尽头海的地狱。

朱一茗从小生长在江南，从未见过如此荒蛮的江中沙洲，从未受过如此苦重的劳力活的折磨，好像落在一个鬼魂缠绕的阴间，身心的摧残惊潜骨髓，浑身冰凉发颤。

“你这小倌唇红齿白、文弱书生的模样，为何落到这些歹人手里，来遭罪，嗯？”杨粮户见多识广，看着朱一茗说。

“杨家伯，”朱一茗看到这荒滩的模样，惊惧之心还未安定下来，用疑虑的目光扫视了杨粮户一下，“我本是江南人，在枫泾镇一家茶食店做活，被这伙野强盗绑架，遭了劫难。”

“哦，看样子是个清白人家的小倌，祖上做啥事体的，为官为商或者务农桑之事，嗯？”杨粮户面善了，慢悠悠地说道。

“父母从商，外祖父教书。”朱一茗如实回答。

“读过书吗？”

“读过私塾，后来父母早逝，外祖父教我读书多年。”

“会打算盘吗？”

“会。”

“好，等会儿跟我去账房，替我做账，好吗？”杨粮户好像并不关心朱一茗被绑架的因故，说话简单明了，问完这些话后转身就带朱一茗去芦苇深处的土坯房。朱一茗仔细观察杨粮户，此人身穿一套蓝印花土布衣裳，脚穿半高雨鞋。蓝印花土布衣裳未扣衣纽，敞着。内衫穿月白衬衣，衬衣上套了一件赭色马甲。裤子是长裤管土布，一条腿的裤管卷着，一条腿的裤管塞入雨鞋内。赭色马甲的口袋里放着一只怀表，表链黄澄澄的，另一只口袋里塞了一包香烟，“老刀”牌子。

“哦，等会儿你先吃口饭，灶头镬子上还热着米饭，铁罐里有米汤，汤淘淘吃了勿伤胃。”杨粮户前面走着，嘴里叮嘱着，好像同自家小孩说话。偶尔回头看到朱一茗在瞧他马甲口袋里的怀表，笑笑说，这块表是镀金的，上海滩上买的，外国货，时间蛮准，拿在手掌里滑溜溜的很舒服，在这块野猫都跑不到的沙洲上，时间一晃就过去了，看看怀表，才晓得这日子是怎么过来的，嘿嘿嘿。

杨粮户的土坯屋冬暖夏凉，屋内分隔四五间，睡觉吃饭工作，间间分清楚。杨粮户住东间，朝东直面大江。杨粮户老宅在崇明陈家镇，家有大小老婆良田百亩。“你一定会说我是个土财主，有钱人，却跑到这里来抓食吃太傻了。”杨粮户自说自话，“我祖上都是靠这开发新海沙发迹，吃得苦中苦，方为人上人！家里老婆孩子一大堆，不创业要坐吃山空，碰上个不肖子孙，吃光用光落水空，倒不如投胎做和尚，坐在庙堂里念经吃白饭，两只眼睛一闭升天做仙人去了，看着风光不风光，嗯？三十年河东三十年河西，这世上没有聚宝盆，没有长生树，是人都要劳动，才能富余养家，嗯？”

“杨家伯说话句句是真，很有道理。”朱一茗说道，站在土坯屋的客堂间里，瞧着杨粮户将屋内一个老妈唤出来，使唤她去拿饭菜给朱一茗吃。

“哦，你这小倌年纪轻轻，蛮有头脑，我就喜欢这种人。试想想遇到上海滩上那些拆白党，两只眼睛看人瞪着乌鸡眼，常常弄得人家倾家荡产。其结果还是坐吃山空，榨光了有钱人榨穷人，最后自相残杀，落得死伤败落，没有一个好下场。吃白饭害人，后世要遭报应，要下地狱被恶狗咬……”杨粮户一边说着话，一边将账房里的账簿取出来，翻阅一遍。

“你到这里来。”杨粮户招招手，等朱一茗看过一页，唤其用算盘重新算一遍。等朱一茗算好，自己再打一遍，“唔，你弄得来的，今天就交给你了，明天有崇明岛陈家镇的船来装芦苇，你跟我去沙洲的渡口记记水脚账？”

“好的。”朱一茗回答，拿眼看老妈手里的饭菜。杨粮户看到了，朝朱一茗挥挥手，示意去吃饭。杨粮户嘴巴里轻松叹口气，嘴角漾起一丝笑。杨粮户的微笑很随意。朱一茗觉得这蛮荒之地上的土财主心性并不坏，很像鼎和斋的老店主。这一晚，朱一茗睡在朝南屋西面较小的房间，山墙上开了个洞，装了一扇苇子编的窗子。江风从窗户缝中钻进来，整夜呼呼怪叫。睡在苇子编的床席上，背上透心凉。朱一茗睡不着，想到在鼎和斋生活的日子，想到大师傅们暖融融的呵护语言和细娘亲昵的眼神，想到自己如今落难，处境艰难，忍不住要流眼泪。江南的生活很鲜活很暖和很温馨，古镇上的嘈嘈杂杂都习惯了，老街上风和日丽，人情世故样样随意，走出去乡间水色柳条清新，走回来老街小河吱吱呀呀划船声，小姑娘小媳妇在河畔水桥噼噼啪啪捣衣声，小商小贩扯着嗓子叫卖声，好听顺耳。朱一茗在回想中慢慢睡着了，睡梦里都是江南古镇的影子。

鸭乌沙有野鸟，天空蒙蒙亮时就有野鸟从深深密密的芦苇丛里啪啪啪扇着翅膀飞出来，在沙洲上空盘旋。苇丛里窸窸窣窣走出来一帮子割苇人。

“杨粮户，我们来了！”人群中有个嗓音沙哑的中年人在微亮的晨光中说。

“来啦，稍微等一下，待我吸口香烟。”杨粮户在暗影中回答。

朱一茗被清早的嘈杂声音吵醒了，听到杨粮户在轻敲他房间的门，赶紧起床。

“江南小官人。”杨粮户隔着房门说，杨粮户不再称朱一茗“小倌”，朱一茗在杨粮户的眼里有了分量：“早点起床跟我去水脚码头接船了！”

杨粮户的声音很大，在沙洲的晨光里传得很远很远，天空上盘旋的水鸟呼呼啦啦飞得更高。土坯房前的空地上站着的一群人静静地看着，静静地候着。许多人赤脚站在青灰色的沙地上，裤脚管卷缩着让早晨的风吹着,肩背上的破布麻袋在晨风中微微抖动。朱一茗打着哈欠走出屋子，看到这些人都赤着脚，身上衣衫破破烂烂，男的背上掮着破麻袋，女的穿着斜襟大胸襟土布衫，背上包袱里坐着小孩，拦腰扎一根较粗的麻绳，下身的裤子卷着，露出许多补丁。这让朱一茗大吃一惊，这些沙洲上的农民竟然像一群乞丐。

红太阳从东边江水里跳出来，晕晕乎乎地晃荡。渐渐看清楚了，有沙船乘着江风扬帆而来，顺着潮水航靠沙洲东北浅滩处。船家用一支长篙钩住岸边一块大方石，大方石被几根木桩砌驻于岸脚上。船停了，船尾与船头均靠着沙洲，长长的铁锚抛到岸脚上，隐住船身。江水一波一波涌向岸脚，冲刷着沙洲，岸脚上的沙土青灰色硬邦邦，一踩一个脚印。杨粮户换了一身长袍，一把算盘夹在腋下，手里拎着一只小箱子。他身后站着一溜割苇人，在早晨的阳光里，沙洲显得有点热闹。

“杨粮户早啊！”沙船上的老大招呼着，从船上移下一块跳板，跳板的一端伸到岸脚。船老大跳下沙船，用一根铁扦穿过跳板头的大铁环，将跳板钉牢在岸脚上。“先接船。”杨粮户朝身后的人挥挥手。卷着裤脚管的男人们将肩上的破麻袋朝沙地上一丢，踩着跳板上沙船。一袋烟的工夫，沙船上装载来的豆麦棉布火油之类的生活用品都被搬下船。船老大递给杨粮户清单，算是交割完毕。接下来，男人们继续在船跳板上跑来跑去装芦苇，女人们将分配到的食物棉布等物装进麻袋捆扎牢，赤脚坐在沙地上解衣宽带给孩子喂奶。

晨光里，江水红得像血染，整个沙洲好像也被染红了。远远地听到海鸥鸣叫的声音，从东南方向飘移过来，在沙洲密匝匝芦苇丛上空盘旋，声势浩大。杨粮户用手做个遮阳的姿势看着红太阳升起的江面，喃喃地说着话。朱一茗跟在他身旁，站着记账，手里的算盘也噼里啪啦响个不停。

“杨粮户，北岸新涨的沙地人气很旺了，那边筑的沙脚不塌了，从小庙港进去的沙船也通航了。”船老大边抽水烟边同杨粮户聊天，“那边新开了几家杂货店、棉布店、油坊什么的，新上市的货物多，听说很多江南崇明的粮户赶过去投资盖房，可热闹了。”船老大吸口烟，朝水烟壶的烟管吹几下，吹落管内的烟灰，“最有看头的还是小庙港河埠头的一条小镇，三条河交叉处建造了瓦屋，一间靠一间，街中间铺上青石板，将两旁的街屋连接起来，蛮漂亮格……”

“比陈家镇漂亮吗？”杨粮户默默听着，突然问道。

“陈家镇很大，南北几条老街。这沙地新开埠的小镇格局好像也蛮大的，房子也造得快，恐怕要超过陈家镇……”

“你看仔细了，那边新涨的沙地是哪个粮户赎买的？”

“我问过船民朋友，他们跑的趟数多，晓得那块沙地叫杨家沙，粮户也是崇明人，与你同姓。新街建在杨家沙 6 号圩内，地势相当好，传说那块沙地上沟沟港港纵横，河水顺着沙地淌过来，九曲十八拐，形状特殊，风水汇聚。杨家沙的粮户很有眼光，统筹了这块风水宝地，取名叫汇龙镇。”

“叫啥？”

“汇龙镇。”船老大咂咂嘴，睁大眼睛说，“名字好像很响亮，比陈家镇响亮，比崇明堡镇响亮，比你这里的鸭乌沙响亮，嘿嘿嘿……”

杨粮户不吱声了，从长袍下的裤袋摸出老刀牌香烟一根接一根抽。渐渐地，沙船上堆放的芦苇似一座小山，船舷吃水很深了，船老大大声吆喝割苇人协助船工将芦苇用纱绳捆绑牵牢。割苇人做完活，慢慢从沙船上跳下来，站在青灰色的岸脚沙地上，静静地等杨粮户发话。坐在沙地上的女人们拢住怀里的孩子，半敞着衣衫，头发被江风吹乱，在晨阳里随意飘拂。

“你们先回去干活，头寸（账目）就放在这里，按割苇数字计算，有进有出，大家都不会吃亏，你们放心好了！”杨粮户发话说，说完给船老大递烟。

“谢过杨粮户！”那个领头的割苇人说。那些男女肩背手提地走了，有娃娃在女人的怀抱里睡着了，女人轻轻哼着曲，走进深深的芦苇丛中去。

沙船载着芦苇航走了，渡口只剩下杨粮户和朱一茗。江风飒飒，海鸥飞翔。

“江南小官人，明天还有沙船来，我要带你回陈家镇，你可跟紧我哦！”杨粮户望着远逝的沙船影子说。

“噢。”朱一茗回答道，跟着杨粮户返回土坯房。朱一茗的惊悚之心渐渐平静下来，江风透过芦苇丛呼呼吹着，半白半枯的芦絮飘着，纷纷扬扬落在身上，刺着脸皮，痒痒的感觉。这块冷清的江中沙洲，好像是杨粮户的领土，杨粮户有点自豪。今天船老大带来的消息，好像给精明的杨粮户的头脑里撒了一把胡椒粉，搅动了他的心田，使他有了新的想法。朱一茗仔细瞧着杨粮户，杨粮户并不年轻，老脸上泛起一丝潮红，眉宇间透露出细纹，向额角延伸，一副深思熟虑的样子。杨粮户的长袍在沙洲的穿堂风里不时掀起袍角，看得见袍子裹着的内衫和长裤。裤腰上系着一枚玉佩，玉佩上系着红丝带，红丝带被掀起来，在袍内不停地晃荡。杨粮户的穿戴有点随便，但仍透露着有钱人的底色。杨粮户不时抬头望望天空，嘴里喃喃着，好像是希望老天不要变天，他要有重要的事情去做。朱一茗一步不落地紧紧跟着他，手里的账簿翻得旧了，有几页掉落在沙地上，赶忙捡起来。朱一茗嘴巴里有点苦涩，因为刚才记账时嘴巴含的墨汁多了。

“江南开店生意好做哇？”杨粮户突然回头问朱一茗。苇子丛里透射出来的阳光照着朱一茗的脸，杨粮户好像看到了朱一茗嘴巴上的墨汁，微微一笑。

“镇子古老些市面就大些，人流多，生意就好。”朱一茗回答。

“那么，做啥生意好些，譬如花粮行、南北货、茶食店什么的？”

“店面愈大，经营历史愈久，人气足，生意就好，可是投资本钱也要多。

还有地址选择上风水要好，这老街老店的才撑得住。俗话说，货比三家，指的是质量要好，信誉要好，风水要好，天地人脉要占尽，才能称心如意发大财……”朱一茗边走边说，胸中似有百万雄兵，对经商之道熟透于心，侃侃而谈。

“哦……”杨粮户静静走着，认真听着，手里的香烟屁股燃烧到手指头了也没丢掉，“没想到，你这小倌年纪轻轻还很有头脑！”杨粮户静听了一会儿，回头看看朱一茗，忍不住夸赞道，眼睛里闪着喜悦的光。杨粮户把手里拎的小箱子置于地上，丢了手指间夹着的香烟屁股，从长袍里面摸出怀表，看了看时间，说，沙船已经航过远远沙，风再大些也不要紧了。杨粮户心里挂念着刚才装载芦苇的沙船,平静之中耽着一份忧虑，如今一块石头落地了。“吃割苇这碗饭，最害怕的就是这装运苇子，用这小小的沙船运载，体积大受风面大，弄得不好翻了船，那就要触霉头亏大本,要了许多人的老命呢……”杨粮户絮絮叨叨地说,头摇得像拨浪鼓。

“杨粮户，快点去，有小夫妻打架打到你家门口来了，要死要活的，弄得不好要出人命呢。”杨粮户家的女佣老妈子急匆匆地跑来说。老妈子系在腰上的布围裙在芦苇叶子上擦来擦去，挂了许多芦絮。杨粮户赶紧小跑回土坯屋去。在门口的空场地上，一男一女互揪头发打成一团。

“杨粮户来了……”老妈子在后面喊道，声音大得吓人。杨粮户喘着气站定在场地上，擦擦脸上的汗水，脱了长袍，露出玉白衬衣和蓝印布裤子，腰里佩戴的玉佩在喘气时一颤一颤，红丝带很显眼地飘荡着。那对青年男女放开了互揪的头发，朝杨粮户尴尬地看着。女的上身衣服被揪开了，一对小奶裸露着，赤着脚，手上老茧很多。

“刚刚分发了豆麦，又揭不开锅啦，嗯？”杨粮户清了清嗓子问道。那对小夫妻不作声，女的任那脱了扣的上衣敞着，眼泪鼻涕流在沙地上，呜呜地哭。

“好了好了，你去跟老妈去仓库拿点豆麦，等头批芦苇卖了后再给你们分配些棉絮，要过冬天了，别冻坏小囡，噢？”杨粮户熟练地吩咐道，又使劲擦脸上淌下的热汗。听到杨粮户的吩咐，那对小夫妇不再吵了，女的擦着脸上的泪，掩上脱扣的上衣，跟老妈去领东西。男的愣愣站着，脸庞又黑又瘦，看着杨粮户，眼里没有神采，萎缩着脖子，很可怜。杨粮户安抚了年轻夫妇，跑到屋内拿了一根光滑的竹竿，竹竿上刻着尺寸。

“江南小官人，我去割苇田丈量花地，你把今天运出去的芦苇账目算清楚。”杨粮户叮嘱了朱一茗，头也不回往东边的芦苇丛里去了。杨粮户没穿长袍，腰眼里的玉佩一甩一甩，红丝线吊带也一甩一甩，渐渐消逝在苇丛里。傍晚时分,杨粮户才返回土坯屋。杨粮户的头上脸上沾了芦絮，裤管沾湿了，贴在脚上，很辛苦的样子。天空渐渐被黑云遮挡，东南风呼呼地吹过来，响起轰隆轰隆的声音，沙洲上的芦苇田好像被大风吹响的一面旧皮鼓，呜呜咆哮起来，开始疯狂摇摆，毫无章法地乱翻腾。杨粮户跑出土坯屋，用手遮着额角看看土坯屋场地上的一小块天空，又看看躁动的芦苇丛，大喊：“大风大潮要来了，赶快去喊环筒舍里的人来拿草包麻袋，快去！”杨粮户用手指着东南方向一条小泥路，示意朱一茗往那里去。朱一茗也不管小路那头是啥地方，拔脚就往芦苇丛钻去。

杨粮户的指挥是很有经验的。

东南方向一小块空地上建筑着许多半圆形的芦苇扎制的简易窝棚，最高不超过两米。大风一吹，窝棚乱颤，仿佛就要散架的样子。男人们还在割苇田里，女人们站在窝棚前惊慌地乱作一团。朱一茗从未看到过如此简易的房子，惊讶得嘴巴有点打战。

“喂……赶快跟我去仓库拿草包麻袋！”朱一茗用手卷作喇叭状朝女人们呼喊。那些衣衫单薄的女人丢了手里的物件，有的抱着孩子，有的披头散发，慌乱中随意抓了一样东西或者篮子等，跟着朱一茗去拿救助物品。杨粮户的仓库里储备了许多草包麻袋铁锹铁丝草绳木板木扦之类的东西，这些东西是抗潮抗风的救援物，统统拿出来交给女人们。杨粮户身上披了棕麻编织的雨披，拦腰扎了一根麻绳，好像江南稻田里做活的老农或者在雨季时推着小车赶路的脚夫，熟练地指挥女人们肩扛手提拿着抗风潮的东西去环筒舍救助。乱哄哄的，女人们哭着喊着在狂风中挖泥装土压屋基，用装满沙土的草包麻袋围住那些摇摇欲坠的简易窝棚。江水咆哮着向芦苇丛涌来，瞬时淹没了窝棚前面白亮的场地，淹没了场地上女人小孩的脚。有些没牵牢的锅盆或者小孩的衣物漂浮着在脚旁边缠绕。狂风呜呜咆哮，已经听不见女人孩子哭喊的声音。杨粮户紧紧抓着一间窝棚的架子，一只脚踩着泥水里的木桩，牢牢地站在风口上。有小孩子抓着他身上的玉佩，在泥水里哭喊。

“杨粮户！”朱一茗嘴巴里喊了一声，手里拿了一把铁锹，将它插进一座窝棚屋基里，以阻挡涌上来的江水。

大风江潮像疯子一样折腾了一个时辰，慢慢消退而去，环筒舍在狂风里摇摆了一个时辰没倒塌。割苇田里的男人们回来了，女人们才从惊慌中回过神来，纷纷哭诉刚才的遭遇。狂风说来就来，江潮说退就退。环筒舍场地周围都涌积了泥浆，厚厚一层。男人们开始清理，用铁锹一铲一铲刮除干净。

“江南小官人，我们回屋去。”杨粮户朝朱一茗喊道。芦苇叶子仍然沙沙作响，风势小了，有雨点落下来，打得环筒舍噼啪噼啪地响。这一晚，风声雨声芦苇的飘动声交织在一起，尽显沙洲的荒芜与野蛮。杨粮户那间屋里的灯一直亮着。朱一茗也睡不着，耳朵里嗡嗡作响，浑身冷飕飕的，被这个风雨之夜吓着了。

沙地割苇农民的简陋芦苇窝棚，简称“环筒舍” （插图：郁异人）

第五章　走不出的江南

细娘苦苦等待朱一茗的消息，脸庞瘦了一圈，令她爹爹很担忧。细娘思念久了，虚弱得走路都不稳，经常跑到河西的街河码头，望着河里航行的船发呆。爹爹叫朱一茗的小师弟寻回细娘，说些安慰的话，亦无良策。那天黄昏，细娘又去街河码头瞎盼瞎想，那个二流子滚刀肉悄悄凑到细娘身旁，嬉皮笑脸搭讪说："三小姐阿是犯相思病了？我倒有个消息要告诉你，保证能治你的病呢，嘿嘿嘿……"细娘回瞅他，嘴里轻哼着骂道："贼坯强盗心，狗嘴里吐不出象牙，滚开！"细娘边骂边移动身子去码头边的回廊深处落座，侧过脸看街河里晚航的小船，看船娘蹲在船头用吊篮洗菜、用吊桶洗衣物杂件，看晚霞照映在船娘的脸上，红喷喷的，几条小鱼跳出水面，在船娘的竹篮周围游动。码头回廊里已经照不着阳光，也没有客人徘徊。细娘突然被那滚刀肉从身后抱住了，滚刀肉哼哼唧唧嘟嘟囔囔在细娘身上乱摸一番。细娘愤怒之极，奋力挣扎，可惜女儿身体怎能敌得过粗鲁男人的非礼。暗影里，滚刀肉有点忘乎所以，嘟囔着胡乱说："你家姐妹都是美人胎，小哥我仰慕已久，仰慕已久，嗯嗯嗯……"

"救命哇，抓流氓……"细娘终于挣扎着喘过气来，喊救命。街河里有一条小船航行过来，船娘用撑船的竹篙狠狠地敲打河面，算是声援细娘。滚刀肉见有船娘声援，又在细娘身上抓捏了一把，才不甘心地撒手而去。细娘被滚刀肉抓疼了，蹲在回廊深处哭泣，半天站不起来。"丧尽天良的贼坯，臭流氓……”细娘絮絮叨叨不停地哭着骂着，身心受到摧残，心里的痛楚如刀割。细娘心里想着聪颖的朱一茗，如果有朱一茗在，怎会受到这臭流氓滚刀肉的非礼欺负，心里对朱一茗的思念更深了，嘴巴里叨念着：朱一茗你在哪里呀，呜呜呜……

细娘被滚刀肉欺负了，又不敢同爹爹说，只是要去寻找朱一茗的心思更重了。在休养了半月有余后，细娘准备好行装，悄然离家出走。细娘身穿江南村姑的衣衫，头上戴着浅蓝色滚边丝绣的卷布头巾，老蓝布上衣，腰系藏青色布围裙，脚穿小圆口鞋子，掮一只布包袱，左肩斜挎了烧香拜佛的香包，手臂佩戴了一副稍细的青玉手镯，右手手指戴着银戒指。

细娘趁着黄昏时分的朦胧杂乱，悄然去街河码头雇了一条小船，往西北方向的古运河而去。细娘第一个想去寻找的地方，就是姑苏城外的木渎镇，她晓得那是朱一茗的家乡，那里有朱一茗的外公文老先生。小船的船夫是个半老船娘，船娘也戴了一个头布，蓝印花布下的发间戴着一朵小黄花。船娘驾着小船驶入运河，搁了船篙摇动尾桨，船儿摇摇摆摆漂航起来，有点飞舞的感觉。船娘趁兴哼唱船歌《离别》，飘飘欲仙：

哎哟喂……
人生最苦是离别
风也泣，雨也泣
郎呀郎，三个郎字揪妹心
凄凄凉凉了无歇

哎哟喂……
别字儿刚出口
河水泣，海水泣

郎呀郎，三个离字两下里堆
苦苦戚戚情难舍

哎哟喂……
他那里身子儿怯
马也泣，鞭也泣
郎呀郎，三个马鞍难放置
眉眉眼眼看无限

哎哟喂……
侧着头叫一声郎
天也泣，地也泣
郎呀郎，三个字说得泪满襟
揩揩抹抹擦不尽

细娘听着这船歌，心也要碎了。

细娘雇的小船走走停停，航了两天才到姑苏地面，又换了几条船，才到木渎镇。此地一面靠着太湖，一面靠着灵岩山、天平山等山脉，山水汇聚，人来人往。细娘从未单独出过远门，陌生又新鲜的感觉扑面而来。细娘从朱一茗把手师傅那里打听到文老先生的住址，但又不敢贸然前往。她略在古镇码头停顿半日，打听到古镇西北的灵岩山有女客烧香拜佛的尼姑庙，且有香客驿站，决定暂作栖身。于是，她将围腰裙系好，肩上挎了包袱，紧紧脚上鞋带，徒步向灵岩山而去。她读过古书，晓得这灵岩山有古时的美女西施的春宵宫，有西施穿着木屐在水缸上翩然起舞的响屧廊。江南女人是水做的，踏跳在水缸上也能演出生命的舞蹈。如今自己也踏上这座名山，却是为寻觅朱一茗而来。细娘用老布头巾把自己的嫩脸包裹得严严实实，远远看去，很像去山上烧香的村姑，没有惹了路人的眼睛。当她走到灵岩山脚下时，看到上山的路上站着少许贩卖土特产的女人，她们身上穿着半旧的破棉袄，在山风吹拂下脸蛋映了淡红色。

“还魂草，还魂草。”女人蹲在石头旁边，嘴里喃喃着，山石上置一篮青幽幽的小草。细娘继续往山上走，仰望山势，石级台阶伸得很远很远，几乎望不到头。爬到半山腰，看到尼姑庙。细娘顺着弯弯小路去庙里烧香。山隅边有个算卦的，身边围着几个年轻姑娘。细娘到得庙里，烧过高香，询问老尼可否借宿，老尼侧脸细瞅了细娘，口中念念有词：南无阿弥陀佛。继而手指庙旁一丛竹园深处的黄墙灰瓦，说，施主可去此处栖身，我佛慈悲，普度众生，南无阿弥陀佛。细娘款款走去，寒风吹得残竹枯叶啸然作响。

入夜，灵岩山万籁寂静。绵密的竹林亦在朗月复照下安静下来，细娘稍稍安顿了行李，洗脚欲入睡，耳际悠悠响起细缓的琴声。初时如骤雨初停，空谷留音，慢慢有鸟语飘出，轻脆，悦耳；晨钟颤鸣伴着暖阳东升洒下万道柔光，点点滴滴，润着细腻温馨的纹路，顺着阳光淌过青葱树叶树枝树干再漫延于大地，在湿地上爬行，渗入泥土，归于寂静。突然，回声四起，似有风声雨声荡漾，惊鸟飞翔；千竹舞蹈，群山呼啸，势如破竹，碣石崎岸，狂飙冲霄。细娘睡不着，悄悄踏出山门，潜行竹林间，发现一丛寒竹后有茅舍，隔着小窗窥见屋内茶几旁端坐着一位年少女子，一头乌发垂于胸前，发尾用淡黄色绸绢系着，脸颊右侧另梳一小辫顺耳际垂下。此女子低头抚琴，琴在几上铮铮作响。细娘在窗下细听，琴弦微振，似有轻欢融于琴声。稍许，女子换奏一曲，琴声坦坦荡荡已无波涛汹涌。女子抚琴哼唱，歌声悠扬：

高高白月上青林，客去僧归独夜深。
苇血屏除能对酒，歌钟放散只留琴。
更无俗物当人服，但有泉声洗我心。
最爱晓亭东望好，太湖烟水绿沉沉。

女子唱罢，收回抚琴的手，拢了拢胸前乌发，默坐了一会儿，起身净手。细娘看清了她的脸，白净细嫩，两道柳叶眉和微红的唇。多漂亮年轻的女孩，怎么会幽居山中竹林茅舍月夜弹琴？细娘沉吟了一会儿，悄然离去。

回屋梦酣，细娘梦里都有弹琴女子的身影，飘逸浪漫，似曾相识。

细娘在灵岩山住宿了一夜，清晨薄雾缭绕，东天暖阳徐徐照耀山冈，即去尼姑庙吃了斋饭，早早下山去木渎镇打听朱一茗行踪。山岚晴好，稍觉寒意，山脚的数丛茅舍已有人声，提篮小卖的山民的身影在茅舍前徘徊。细娘一步步沿阶而下，突然看见正在石级移步的两三人中有一位姑娘很面熟，仔细观察，竟然是昨晚寒舍独自抚琴的年轻女子。此刻女子身穿稍厚的夹袄，肩上斜挎着佛袋，脚穿单靴，步履轻盈。细娘将蓝印花布的卷布头巾稍稍敞开露出脸孔，被那女子回眸瞧见。那女子一怔，继而微笑，慢慢放慢脚步，等细娘靠近，问道："佛友山中来，辛苦了？"细娘忙掩紧头巾，只用眼睛瞄着女子，没回答。

"佛友是头一趟上山烧香，好陌生？"女子与细娘挨得近了，又问。

"哦。"细娘回答。

"哪里人氏？"那女子又问。

"江南枫泾镇。"细娘回答。

"啊，好地方，我家也有亲戚住枫泾镇。"那女子口吻变得欢快了，"远道而来，是为慕名还是为还愿？"

"为了烧香敬佛，也为寻人。"细娘稍加思索后回答。

"哦……"那女子感叹道，"此处山岭风景奇绝，高三百六十丈，山顶上建了一座大庙，十分雄伟，你上去烧过香吗？”

“还没有。”细娘回答。

“佛堂清静，藏有高僧。希望你能上大庙去敬佛，也许有缘遇见高僧，受用毕生！”女子回首仰望山峰，眼光虔诚。

“哦，你会弹琴深懂音律，也是遇高僧所赐吗？”细娘突然询问道。细娘的询问使那女子十分吃惊，停下脚步，拉住细娘的布围裙，盯着细娘的脸看。俄顷，轻轻摸了细娘的手，试探着问：“你也会弹琴，读过书吗？”

“读过私塾。”

“啊，难怪你的气质与山民俗女不同，还听过我弹琴？真是有缘。哦，我叫姝姝，家住本地木渎镇，喜欢有才艺的朋友。”那女子自报家门，性格开朗，简单闲聊中已经与细娘很亲近了。于是，她俩结伴而行，一直走到木渎镇。细娘要寻找文老先生，姝姝陪着她寻找。在木渎镇老街的东端，文老先生的老宅大门紧闭，门上贴了一副对联，红纸已经发黄。细娘轻轻读着对联，好像要从中寻找出朱一茗的踪迹。那副对联很有意思：

读书传家家家福来

积德行善善善缘报

细娘与姝姝在文家老宅门前徘徊，引起邻居王老先生的注意。王老先生拄着拐杖走过来询问，听说要寻找文老先生的外孙朱一茗，马上来了精神。王老先生说，朱一茗前几天回来雇了一条船把文老先生接走了，好像是去江北南黄海畔新涨出来的沙地，那块沙地名叫汇龙镇，很好听的地名。

“汇龙镇？怎么去呀，离木渎镇有多远，他们说还会回来吗……”细娘知道了朱一茗的消息后有点激动。王老先生惊讶地看着细娘，转身询问姝姝：你们是文老先生家的什么人，是亲戚呀，朋友呀？姝姝轻轻一笑说是朋友。哦，原来是文老先生的朋友，这老头人缘真好，总会有人惦记着他，不像我这孤老头子身边一个人也没有，天天看着这日头从东山出来，西山落下去。

“谢谢老先生，让我等心头有了着落。”细娘向王老先生倾身作揖，彬彬有礼的姿势倒让王老先生又吃一惊，手里的拐杖差点滑脱，呵呵笑着说：“姑娘礼重了，年纪轻轻蛮懂礼貌，令老汉开心了，嘿嘿嘿。”

“菩萨显灵了，让姑娘打听到消息，这木渎镇很大，水陆交通也便利，姑娘可在这里多盘桓几日，多烧几支高香，保佑你家人和朋友平平安安，阿好？”姝姝紧挨着细娘的肩膀，亲切地说道。细娘谢过王老先生，内心正波澜起伏，没在意姝姝的邀请之意，呆呆地望着天空，望着木渎镇热闹的街市，喃喃说：大慈大悲的观世音菩萨保佑，我要多多烧高香与你，多多保佑朱一茗平安无事。姝姝轻轻笑了，拉了细娘的手，陪着逛这街市。两人边走边聊。细娘问姝姝，家住木渎镇的何处，家里做啥营生，哪个亲戚在枫泾镇云云。姝姝没正面回答，只是说，她家是祖居于此，祖上很富阔，太湖的东山西山都有屋宅田地。东山杨梅西山枇杷，春天太湖畔风景最好，水果最好，好玩得都玩不过来，你可要多玩几天哦，我陪你玩哦……细娘没想到这姝姝十分热情好客，半天的结伴相识，好像已经很熟的样子。细娘开始喜欢姝姝，慢慢也敞开心扉，说了她关于寻找朱一茗的原因。姝姝听了，有点吃惊，说这江南的风俗都是父母之命，媒妁之言，细娘姐姐你这种私恋和离家寻朋友的做法好像很稀奇，姐姐莫非要学那《梁祝》的彩蝶双飞？或者要学《西厢记》里的崔莺莺？细娘听着微微一笑，继而沉吟起来，逛街的心思没有了，脸上好像有泪洇着，偷偷用手绢去擦。细娘的脸色被姝姝睨见了，姝姝转了口吻说，姐姐的心思我明白，姐姐心里爱着一个人，别的东西都算不得什么。我的老师曾经叮嘱过我，高山流水难觅知音。如果错过了，就会成为一辈子的痛。姐姐我想做一做你的知音，好吗？细娘听了，破涕一笑说，姝姝你才多大呀，你读懂了《西厢记》，可你读不懂人世间的“世故”，读不懂《牡丹亭》里的柳梦梅和杜丽娘。姐姐我的故事才刚刚开始，好像后面的故事才会像脱俗的神话，你相信吗？我相信的，姝姝说。细娘与姝姝慢慢走着聊着，不觉间镇上的日头消退在老街屋檐的影子里。姝姝说，天色已晚，姐姐不妨到我家中住宿，明天我再陪姐姐去东山的紫金庵，那里有个师姐也会弹古琴，让姐姐听听她弹的《梅花三弄》，古风飘拂，神韵蔼然，好听极了。细娘被姝姝说动了，回忆起自己也曾喜欢过弹琴，可惜没有觅得良师。细娘忆起曾经读到过一本古琴书《枯木禅琴谱》，其中说到这首古曲，“曲音清幽，孤傲绝世，是这声音吗？”细娘顿了顿说。哇，姐姐真读过琴书，这种解释很神奇，姐姐书读得多，恐怕是要做我老师了，嘿嘿。姐姐你今晚一定要陪我，我给姐姐弹一曲，阿好？细娘被这清纯的小姑娘缠住了，脱不了身了，只好任由姝姝牵着，在她家住一宿了。七转八拐，细娘被姝姝领到木渎镇南边靠池塘的一座大宅，门前石狮，两旁杨柳，好一个富阔人家。

细娘住宿姝姝老宅的这一晚，令她心舒。好大的宅院，三井两厢，院内种有竹菊，两侧筑着漏窗，月影朗照，灯光摇曳，如置画中。姝姝细心挑亮灯芯，燃了一炷馨香，使她俩的闺房清新透亮。姝姝对细娘说，姐姐读书好，读得懂这纷乱的世事，内心仍保持着洁静，好像心里藏着一垛白墙，把自己喜欢的精彩画到这垛墙上。因此，我钦慕姐姐。细娘说，你这里好像世外桃源，活得自在，我已经被这浊世浸染得无处躲藏，唯有去追求心里想要的喜欢的东西，才觉得这日子好过些，才有些盼头呢。姝姝说，姐姐向往自由的生活，内心就高洁。我喜欢姐姐这样的人。今天偶遇姐姐，是我一生的福气呢。姐姐的容颜被头巾包裹得严严实实，要不是被山风吹拂，我还看不到姐姐的真容，那岂不要错过姐姐了……细娘与姝姝絮絮叨叨聊了一宿的闺房话，细娘一直睡到日上三竿才清醒。细娘熟睡中做了一个梦，梦见朱一茗向木渎镇的衙门提状纸，衙门的师爷收了状纸后请朱一茗到衙门里看审案。朱一茗看见犯人中有滚刀肉和瘦猴。大姐桃红也来告状，豆腐店的杨二婶也来做证。那审案的昏官却把滚刀肉等罪犯当堂释放而将杨二婶判重罪上枷杠。朱一茗要替杨二婶说辩喊冤被师爷推出衙门。细娘梦中想喊叫，却喊不出来。细娘挣扎着从梦中醒来，姝姝早已起床立在她床头说话，姝姝说姐姐睡觉真香，打雷也叫不醒。细娘擦了额角上的细汗说，走路累着了，又做噩梦。

姝姝十分好客，想留细娘，细娘坚持要回家，姝姝就挽着细娘的胳膊，送细娘到古镇河码头。临别，细娘把臂上的青玉镯撸下来送给姝姝。姝姝感觉这礼太重了，细娘说，我俩有缘，后会有期。姝姝点点头，有点恋恋不舍。

细娘返回的路上天高云淡，大雁呱呱叫着在江南的青山绿水间掠过。细娘雇的船比来时稍大些，顺风顺水航得很快，不消两日，细娘就回到枫泾镇了。一踏进家门，守在店内的小二激动地喊着，店后屋里跑出一个女人，一把抓了细娘的手，从上到下细细看了一遍，嘴唇微微颤抖着说：好了好了，你终于回来了，老天爷呀，小姑娘家家无缘无故离家出走了，你这是要演哪出戏呀，老爹爹吓出病来，不作兴的！细娘一看，迎接自己的竟然是二姐梨花。二姐说，自从三妹你出走后，爹爹就跌跌撞撞跑来找我，他眼泪鼓鼓，唉声叹气，我劝都劝不住。好在你回来了，否则不知道爹爹还撑得住撑不住呢。细娘稍稍安慰了二姐，拉了二姐的手到账房细聊。

“爹爹啥时候跑到你那里的，这乡下的日子过得还好吗？”

“你二姐夫就是个败家的孬汉，好端端的绸缎庄被他弄光了，吃白粉赌铜钿，要债的人三天两日跑到家里来催讨，连村子里的狗都吓得不敢叫了。”

“那你们如何度日？”

“好在他家祖宗留下来十几亩桑田，雇了桑农蚕娘做生丝卖些铜钿……”

“原来这样，难怪爹爹好多日子没有你们的消息，日子过得不舒坦唷。”

“哦，我日子不舒坦还算有个窝，你怎么啦，连窝都不要啦？”

“二姐，我的故事说来话长……”

两姐妹在账房里嘀嘀咕咕聊了好几个时辰，细娘的爹爹才踏进房里来。爹爹见到细娘回来了，两行老泪簌簌流淌下来，细娘看到爹爹流泪也眼泪涌出眼眶，轻轻呜咽。

翌日，细娘安静地坐在账房里算账，几日未做账，积案甚多。爹爹见细娘安心做账，探头朝账房看了看，手捧水烟壶到西街茶馆店喝茶去了。二姐梨花吃了早饭就坐到细娘的账房内来，手里拿了一个绣花绷绣花。细娘打好算盘，整理好账本，起身出门。梨花将绣花绷往胳肢窝里一夹，跟着细娘。细娘说，二姐你慢慢绣花，我有点小事要做呢。梨花也不答话，紧紧跟在细娘身后。细娘往东街玲珑月棉布店张家去询问朱一茗的事。

玲珑月棉布店的张家姆妈见细娘又来询问，晓得这小姑娘心里忘不了朱一茗，说起话来小心翼翼。张家姆妈说，那天长江边乘船人很多，南来北往的渡船比较少，所以她瞧见了小师傅。细娘问，这渡船是啥样子的，往江北哪个码头开的，每天有这种渡船往江北航的吗，从这里去江边渡口要乘船吗，那天朱一茗身上穿着啥衣服，江畔的风大吗，他看到你了么？张家姆妈笑了，给细娘沏了一壶龙井茶，用安慰的口吻说，三小姐别担心，你这店里的小师傅很机灵，也许是乘船去江北打探做生意的行情，很快会回来的。细娘笑笑，询问张家姆妈，汇龙镇在啥地方，为啥叫沙地？张家姆妈有点吃惊，瞪着眼睛看了细娘一会儿，说自己就是沙地人，三小姐要去汇龙镇吗？那里可是很新的一块土地，在长江北岸靠黄海畔新涨出来的沙洲，移居在沙洲上的新移民叫沙地人。这沙洲原来是涨一点就被潮水冲塌一点。有流民迁徙到沙洲，经常要搬家，常常这里筑堤盖屋住几年，又搬移到那里盖屋住几年，没有定数。现在好了，有崇明粮户出钱粮筑长堤保坍塌，并开挖了许多河道疏泾，新涨出来的沙洲慢慢连成一片，就变成了陆地。崇明粮户出钱粮筑堤，沙地土话称为“套圩”。我家的房子就砌在这“圩”内，风水很好。有个崇明粮户姓杨，赎买了地标为“6号圩”的新土建造小镇。张家姆妈喝了口茶侃侃而谈，脸露喜色。她说这新造的汇龙镇有点模仿江南古镇，几条街上都铺了石板，对面店铺，楼屋两用。三条街河汇成圆环，河上砌桥，桥畔栽柳，河内沙船直航港口出海，非常便捷。杨姓粮户还邀请江南古刹灵隐寺的高僧来做法事。高僧喜见沙地的祥瑞，梦遇神龙吐哺，赠言“汇龙”，小镇就得名了。张家姆妈说着说着，嘴巴里就讲出沙地土话，说沙地人的称谓有点特别，祖孙辈之间孙子叫爷爷为“公公”，儿媳叫爷爷也为“公公”。爷爷叫儿孙为小倌，有时戏称为“小蟹”（读ha），很难听懂的，嘿嘿嘿。

细娘听得很认真，跟来的梨花拿着绣花绷只看不绣，侧身坐在细娘身后的椅子上陪着。张家姆妈说，沙地土话虽很难懂，但很好听，多听听就听得懂了，喏，我唱一支儿歌给你们听，蛮好听格。

萤火虫夜夜红，屁股头挂盏红灯笼；
公公挑水黑洞洞，婆婆张布挂灯笼；
河畔头鲤鱼跳龙门，小倌头长大仔有官做。
……

细娘从张家姆妈屋内走出来后脸上开始有了笑颜，走在老街上，脚步变得轻快，梨花跟在她后面有点气喘吁吁。细娘从东街一直遛到西街，慢慢消化从张家姆妈那里带来的好心情。梨花说，三妹你走慢点，姐姐我是小脚，在这青石板路上磨，脚尖都快被磨断了。细娘笑了，任她在后面噜噜苏苏地埋怨。梨花说，你那死鬼二姐夫整天混混僵僵往大烟馆跑，我天天追着他，粘着他，叫他一刻也不得宽松乱来。你猜他怎么骂我，说我是附在他身边的女鬼。对呀，我就是要附在他身边不让他再胡来抽大烟，我就是要盯着他。细娘说，二姐你去盯着二姐夫呀，盯着我做啥呢？梨花说，我喜欢三妹，亲近三妹，多闻闻三妹身上的香味可以吗？细娘心里有数，二姐是害怕自己再离家出走，二姐是替爹爹管着她呢。细娘心里有了打算，只是暂不露声色，任由二姐跟着。

梨花一直住在细娘的闺房里陪着，很有耐心，这令细娘感到意外。细娘晓得爹爹是爱着自己的，梨花也是爱着自己的。眼看隆冬降临，细娘惦记着朱一茗，暗中到西街皮草行店挑选了一件上好的绵羊皮，拿到东街裁缝店做了一件皮夹袄。梨花看到了，轻轻笑着问细娘，这皮夹袄又软又暖和，给爹爹穿呀？细娘不睬她，自管将皮夹袄包裹好藏匿到箱子里面去。细娘睨了一眼梨花，说二姐你就不管二姐夫啦，如果二姐夫又去抽大烟吃白粉，把家财都抽光了怎么办？梨花说，这个我自己心里有数。边说边拿出绣花绷一针一线地绣“牡丹”。这是梨花绣的第三块“牡丹”布，绢布上有三朵红牡丹，一只花蝴蝶。细娘说，二姐你怎么老是绣牡丹蝴蝶，会不会绣荷花映日、鸳鸯戏水什么的。梨花说，绣样都落在乡下了，手头只有牡丹。

细娘询问过张家姆妈，心情轻松多了，定下心来坐在账房里算账，冬日的暖阳徐徐地照着她的清秀的身子，账房里透溢着微微的清香。二姐梨花觉得细娘没啥想法，就放松了对细娘的看管，跑前跑后张罗着给爹爹缝制过冬的新棉衣，添置些新棉被什么的。那天她在前头屋里有一搭没一搭地拿着绣花绷绣“牡丹”，突然看见爹爹身后跟来一个年轻的男子，脸色红润，浓眉大眼，身着半松紧的袍子，两边的袍底角塞在裤腰间，腰间佩戴着玉佩，脚穿平底元宝鞋，稍紧的裤脚管上系着带彩的绸带，走路时两只臂膀一甩一甩，显得很有劲的样子。梨花悄悄问爹爹，这男子是谁呀。爹爹朝账房里的细娘努努嘴，似露风非露风的口吻说：你也应该多关心关心细娘的婚姻了，女大十八变，爹爹操碎了心，替爹爹物色一下妹婿，也就省了爹爹一分心思。梨花明白爹爹的意思，很仔细地观察这青年，觉得这青年身上洋溢着一种北方人豪爽的气质，但好像哪里有点不对劲。梨花的心思很细，对细娘的脾性摸得很透，总觉得爹爹带来的这男子可能与细娘不太般配，又说不出哪里不般配。于是，梨花悄悄走到账房里轻轻告知细娘。细娘稍稍动了动身子微微一笑说，二姐谢谢你啊，我早已经晓得爹爹许过河南人家的婚事，我不管那是件什么事，我的婚姻由我自己做主。细娘说完，将账本一合，回到自己的闺房不再出来见爹爹。

梨花从爹爹口中打听到那个北方来的青年名叫胡老四，正是爹爹早年结识的河南开封商人的儿子。这个胡老四性格直爽，认识二姐后，嘴巴里一口一个二姐，显得十分亲切。胡老四自从被爹爹带来店里后，稍盘桓了一日就自己租了房屋做药材生意去了。爹爹曾几次邀请胡老四来店里相聚喝茶聊天，细娘从未出来相见，弄得爹爹很尴尬。爹爹为了了却早年许诺胡老四父亲的儿女婚事，也算是操透了心。世上的事情是讲缘分的，硬拉生拽做那夹生饭，恐怕会伤了女儿的心，因此爹爹做事也小心翼翼。那胡老四呢，只是遵了父命到这江南来，哪知细娘会避而不见，也无奈，就这样耗着，等着细娘回心转意。那知这一耗竟然像脱线的风筝，没有了归期。

数日后，梨花从街坊邻居的闲谈中得知最近古镇上来了一个戏班子，摆在街河渡口的古戏台演戏。那戏班子里有个女角唱腔十分好，引起古镇人的轰动。这几个夜晚古镇上的店家除了河码头几家小吃店外都早早打烊去看戏。梨花也撺掇细娘去看戏。细娘躲了几天，见那河南来的青年不再登门寻她，也稍稍安定些，答应二姐去街河码头看戏。初冬季节，街河里的乌篷船越来越少，河畔的柳树叶也开始飘落，河码头有点冷清。码头畔的古戏台上挂了红灯笼，戏台两侧的台柱子上贴了一副楹联：

唱一曲红楼山山水水水浸事

歌一款西厢古古今今今悲喜

细娘在梨花陪同下早早来到古戏台旁边的廊下，这里距离戏台稍远但视线畅通可看到整个戏台。戏台下面的看戏场地并不大，台前除了拉曲打鼓艺人的位置，后面又排置了七八排的长条凳子，那是留给镇上资助演出的商家家眷们的。这些位置上贴了座位编号，事先拿到票号的才可以落座看戏，其余才是镇上戏迷们围看的地方。因此，细娘与梨花去得早些才可占到廊下较好的位置。夜色降临，戏台下的锣鼓热热闹闹响了起来，原本冷清的街河码头也开始热闹起来，看戏的人从古镇的两条街上纷纷聚来，戏台下人头簇拥。

想人生最苦是离别，凄凄凉凉了无歇。

离字儿一时拆散，别字儿半晌痴呆，苦字儿两下堆叠。

……

《西厢记》崔莺莺悲悲切切话离别，爱意绵绵缠张生。唱词细腻优雅，声声入耳，感人肺腑，犹如丝丝柔柔的彩绸披在身上，柔滑如水，温软如棉。细娘听着这好听入骨的戏歌，勾起了对朱一茗的思念，忍不住两行细泪簌簌而下。泪眼朦胧中，细娘又看到了那个流氓滚刀肉叽叽歪歪的身影，在戏台前的最前排坐位上摇头晃脑，心里的苦处无法言说。夜风吹拂，杨柳树叶飘落而下，戏场内静静的，看着戏幕落下再升起。寒风挡不住戏迷们的热情，扮演崔莺莺的女角的唱腔身段博得场内一片喝彩和掌声。细娘拭了拭腮边的泪，问二姐，那女角叫啥。梨花说，听说有个女角唱腔很浓的，叫什么香凤，不知道是不是她？

江南的冬天，大白天那日头仍暖暖的，风吹在身上稍微感觉有些凉意，晚上就不同了，寒风飒飒。看过《西厢记》，细娘觉得心里酸酸的总想流泪。梨花瞧见了，赶紧安慰说，《西厢记》里的角色那都是古书上描写的，不是真实的，那个唱曲的女主角演得逼真，倒把你给演哭了，怪不得老人们常说少不看《水浒》女不看《西厢》，看多了要中毒呀。细娘听了闷在账房内不出来，除了算账，就翻书或者看那幅自己画的《观荷吹箫图》，那画上有朱一茗的字。细娘轻吟那首题诗，眼泪洇湿了宣纸。

久怪东君不理人，拂音将夏迎；
彩蝶双飞掠翅近，绿荷乃藏春；
桑田沧海故园亲，红萁滴滴情；
碧波微风清音在，小棹荡舟深。

细娘读诗时一字一顿，仿佛要将那些诗句吞到肚子里去。她心里酸楚，肚里空空很难受。细娘伏案啜泣，眼里只看到朱一茗写的字，那诗句里嵌入的“人近亲在，迎春情深”的藏尾诗让她心里更思恋更痛苦。梨花感觉细娘犯上那相思病了，也心慌慌地难受。梨花忙前忙后地安慰细娘，煮细娘喜欢吃的红枣莲子汤，陪她说说话。梨花又不敢将细娘的苦恋告诉爹爹，害怕爹爹也愁苦。看着细娘一天天陷于痴呆的眼神，梨花忍不住对细娘说，二姐心疼你，你要和那个朱一茗好，你就同他好吧，爹爹那头我去劝慰。这世上的事都有缘故的，你恋着那朱一茗也许就是前世姻缘今世相会，谁也无法阻挡，对吧？听了梨花的话，细娘才破涕一笑，擦了脸上的泪水，双肩一抽一抽捧了瓷碗喝莲子汤。自此，姐妹俩暗中照顾，细娘准备离家出走的行装，并将店内一些进账出账的细节记载在簿子上由梨花交给爹爹。细娘还带梨花去作坊见过大师傅们，交代些店里的琐事。大师傅们好像很同情细娘，嘴巴里说些安慰细娘的话，使细娘感到心里暖暖的。这样盘桓数日后，细娘在梨花的陪同下，悄悄来到街河码头乘乌篷船走了。细娘透过船舱的窗扉，望见梨花站在街河旁的柳树下向她不停地招手，梨花手上戴的银镯子在冬日的阳光下闪着光。细娘想到自己要离家出走了，要到沙地去寻觅朱一茗，前路陌生而茫然，这河里的风也带着飕飕的寒意，身体的毛孔里钻了这寒意，有种说不出的孤苦，忍不住眼泪簌簌流淌。

第六章　油菜花开似黄金

细娘乘这乌篷船离开了枫泾镇，船头上的船娘咿咿呀呀哼些船曲，撑船的篙子伸到河的深处，双手没过河水，又将躬着的身子弹回来，弄出一摊河水溅到船上。冷风把她的手吹红了，就像红萝卜。船娘受不过这冷风，双脚跺着，嘴巴哈着热气，回眸看一眼船舱里呆呆坐着的细娘，看着细娘年轻的身影，心里好像感觉到了什么，微微摇了摇头，从船头走到船尾摇那船桨。船娘自问自答哼起山歌：

啥格开花像黄金，啥格开花像白银，啥格开花像宝塔，啥格开花像聚宝盆?

油菜开花似黄金，白萝卜开花如白银，黑芝麻开花像宝塔，红萝卜开花像聚宝盆。

……

细娘听着山歌，心头稍微平静些，望着舱外寒雁往南飞，雁鸣渐渐远了，大地一片灰黄，河畔的蒿草摇着，有屋宇的村庄愈来愈远，消逝在田野的缝隙之间。

细娘在江南的运河上乘船走了两天，终于来到了江水浩渺的长江边。江边的港哨里停泊着几艘沙船，高高翘起的船头上挂着铁锚，船后的帆收拢着靠在粗大的桅杆上。细娘仰首观望，那桅杆很高很高，桅杆尖上系着几条黄色的带子，在江风吹拂中飘舞着，抖动着，发出并不很响但劲道很足的噼啪声。细娘询问了船家，船家说，去江北沙地的船三四天才有一班，且要看涨潮的汛期和风力情况而定，如果江面上的风力太大，沙船不会开航。船家瞧了瞧细娘，有点惊讶的眼神令细娘惴惴不安。细娘环顾江边码头，荒凉的堤坝横躺在杂草丛生的江滩边，江面上航着极少的帆船，帆船的桅杆在江涛里若隐若现，好像几根稀疏的芦苇，在江涛里摇晃。江边码头搭设了几间茅草房用来接待渡江的旅人。细娘去那旅店借宿，等那沙船的信息。哪知道，细娘在这荒凉的江边码头盘桓了三天三夜仍未有沙船开航的消息。她时时聆听着江潮涨落时江水拍岸的声音，心里好像衰老了许多。唯让细娘欣慰的，是这码头旅店内提供的饭菜，有沙地的渡船夹带来的沙地海鲜菜：黄澄澄的小黄鱼和白嫩嫩的蛤蜊汤；还有黑里透青，黄里洇糯的泥螺；青背白肚的盐汁小螃蟹，其味美不可言。这让细娘对沙地的新生活充满了渴望。

细娘到达沙地汇龙镇的时候，落日的黄昏将这片新土包裹得细腻圆润又温馨，空气里弥漫着炊烟与夕阳朦胧的气息。小镇的四周纵横交错着河沟，沟沟坎坎间的土地上栽种的棉花一朵朵藏匿在壳里正裸露着乳白色的絮绒头；小河水清清亮亮，青夹黄的芦苇叶子密密匝匝拱着河岸，将连片的棉花簇拥入怀抱，依依透出土地的芬芳。细娘坐在一辆独轮小推车上，赶脚的车夫两手抓捏了车杠子，吱吱扭扭，车轮子发出轻轻的叫唤声。被轮子轧过的小路呈现出深深的车辙印痕，使晃晃悠悠的小车独享着黄昏的平静。沙地乡野如此的悠静，让细娘从乘坐沙船的颠簸中清醒过来，翘首盼望早点看到汇龙镇的风貌。晚霞包孕了天地，汇龙镇浸润在橙黄之中，新建的街屋在街河的怀抱里蒙胧入睡，让细娘感觉到它的温馨与安详。推车的将小车推到一条进镇的小河桥边停下来歇脚，从脖颈上抽下毛巾拭脸额上的汗。

“请问这是汇龙镇吗？”细娘问车夫。

“这就是汇龙镇！”

“这镇上有商家和客栈吗？”

“有的。”

“这镇上的商家有哪些呢，门面大么？”

“哦，那些店都是新建的，叫啥还讲不清。哦，有家好像叫陆顺富油坊，牵了条黄牛推磨榨油，磨盘吱吱叫，晚上整条街都听得见的，嘿嘿。”

“你也是汇龙镇上的？”

“哦，刚搬过来，没啥活计，就跑跑这脚力了，嗯嗯……”晚风吹在车夫的身上，车夫感觉到了凉意，俯身抬起车扛子，将细娘推过木桥去。过了木桥，沿着河边的路往前走，渐渐可望见汇龙镇的轮廓。河岸边的柳树叶子落光了，枝枝条条在暮色中挂着。河里停泊着几艘沙船，船尾上的舵高翘着，缕缕炊烟在河的两岸飘荡。河岸下砌的水桥一半浸在河水里，一半浮在水面上。有女人撸着袖子在水桥上洗衣服，女人腰眼里的布围裙浸到河水里，露出围裙后面的小脚，一踮一踮在水桥的石板上移来移去。那条河往前延伸到一个半圆形的堤岸旁，分出两条小河，一条向东一条向西。向西的河道又分出一条支流环绕出一块孤岛，孤岛上另建几间小屋，栽了杨柳。那两条河上都有桥，桥的周围建造了几排两层阁楼式的房子，远远望去，好像河水里也筑砌着房子，密密层层的样子。待到独轮车推到那些屋子旁边，就看到分岔出来的两条河沿上的新建街景。错落有致的楼屋，砌在靠河沿的平地上。楼屋底层开店二层住宿。往东的楼屋后面又砌了几排店铺房子，两排店铺房子相隔一丈，中间的街面铺了青石板。这条街特别长，向东一直延伸了两百多米。偶尔，街市的屋檐下面挂几盏红灯笼，将新砌的沙地街面照出一点江南老街的味道。

“哦，这条铺了石板的街，古式古香呢，它叫什么街名？”细娘倚在独轮车靠背上说。车夫停了独轮车，站在这条街的街头上，望着街上稀少的行人说："它叫老街，其实一点也不老，崇明粮户叫的，叫出名了也好听，嘿嘿。"

"老街？"细娘扭动身子要下车，被车夫叫住了，车夫说要一直将她送到老街东面的客栈。细娘不扭了，又问道，"你认识一个叫朱一茗的人么？"

"谁？"

"朱一茗。"

"这条老街上姓朱的人家很多，好像都是从崇明搬过来的粮户，这个叫朱一茗的，不认得哦。"

细娘不吭声了，专注地观察老街，任那车夫将那独轮车推进老街。朦胧的黄昏里，独轮车的影子拉得很长很长。细娘看见自己的身影在青石板路上晃晃悠悠移动，头上包裹的头巾被晚色放大了，飘飘荡荡的一团影子掠过老街的街面。细娘心里有点兴奋也有点惴惴。车夫辛苦地将细娘送到客栈，细娘给他一串铜钱，车夫脸上浮出了笑颜。这家客栈不大，两井两厢，并无阁楼。厢房很宽敞，天井里栽着桂花树，树旁有井。几个江南来的孵小鸡小贩蹲在井边汲井水，房廊下摆了装着刚出壳小鸡的藤盘，藤盘里的小鸡叽叽喳喳吵吵着，空气中散发着小鸡的淡淡酸臭味。

"后厢房有间干净的屋子，姑娘可去那屋住。"客栈老板娘迎上来说，两眼盯着细娘，"姑娘要住几日，我好叮嘱厨娘多做几日饭菜，不耽误了姑娘行程？"

"哦，不着急，要住几日的。"细娘把头巾拿下来，老练地回答。

"哦，听姑娘口音是江南来的，寻人呀走亲戚呀？这条镇很小的地方，街坊邻居低头不见抬头见，我基本都认得些。"老板娘搭讪说。

"哦，打扰你了。"细娘隐藏了心思，有点小心翼翼地说。

"哦。"老板娘不吭声了，她从细娘眼睛里看到了担忧与谨慎，淡淡地笑着，领细娘去后厢屋住。

晚霞落尽，老街上家家上灯，照出青石板街上斑驳的灯影。老街很静，有狗叫声从远远的乡间传来，厢房里闻到一股街河水散发出来的泥土清香。厨娘端来一盆小菜，有炒青菜、小鲫鱼和红烧小螃蟹，还有一碗豆瓣腌齑汤。沙地的小菜清淡味鲜，口感很好。细娘吃过饭觉得胸口里清清爽爽，心情好多了。脱了被沙地的风吹皱了的夹袄外套，换了一件驼色老布衫，再将头发打了个髻，打扮成小媳妇的模样。她出了厢房，绕过叽叽喳喳叫着的小鸡藤盘，走到老街上去。影影绰绰的灯光从老街敞着排门的店里照映出来，有几家烟烛店、杂货店门口站着客人，半开的店门里店小二忙着给客人打纸包，掌柜在店里喝着老酒，桌子下面围着两条小狗啃鸡骨头。老街上几家商店的阁楼上也亮着灯，有年轻的女人坐在窗下观街景。不知从哪家阁楼里传来唱山歌的声音，细娘静静地聆听，觉得那山歌有点像江南运河里船娘哼的歌：

什么弯弯弯上天，什么弯弯在水边，什么弯弯街上卖，什么弯弯姑娘前？

月亮弯弯弯上天，白藕弯弯在水边，黄瓜弯弯街上卖，木梳弯弯姑娘前。

……

细娘听着山歌，往老街西边走。走过西街的木桥，走到两河分岔处，有家茶馆店，店里摆着七八张茶桌，有喝晚茶的老者手里捧着紫砂壶吱吱地汲茶。老者手指上的戒指扣在茶壶底上，茶桌边沿上挂的手杖搁在老者的长袍角上，老者摇头晃脑地聆听那茶馆墙角落里摆着的手摇留声机的老歌。茶馆里还有卖唱少女低着头调试拨弄着琵琶，等着茶客卖唱。哦，这条小镇人的生活很像江南人，只是说话的腔调很土气，有些土话很难懂，在一家敲白铁店和鞋子店门前有两个女人在吵架，白铁匠的女人骂鞋匠的女人：

“触眼筋骨小骚货，赤黑乌油夜里厢跑到野男人屋里厢去，要白相侬到野鸡窝里去白相，勿要面孔小骚货，赤脚扑跌倒跑进去，也不怕被侬弄出神经病来？”

“乱嚼连天，勿怕嚼烂侬舌头根，勿作兴格……”鞋匠女人回骂着，声音比白铁匠女人小很多。

“侬格小骚货，麻皮驼背瘌痢头侬都要困，看看侬只面孔就像黄霉天的烂番瓜……”白铁匠的女人越骂越来劲，声音响到半条街。

细娘听了一会儿女人骂街，稍觉无趣，又慢慢往西走，走到圆孤形的岛形地，十几只鸭子嘎嘎叫着从河沿上爬上岸，排成一队向老街方向而去。鸭子很肥，鸭尾巴摇摆着，像在跳舞。细娘在这岛形地上慢慢兜了一圈，看到老街的屋宇倒映在小河里，影影绰绰的街景给人古朴温馨的感觉。细娘看着河水轻轻柔柔地流动着，想象着自己将要融入的沙地人的生活，想象着与朱一茗的重逢，心里仿佛藏着一头小鹿蹦蹦地跳。

这一晚，细娘睡得很香。

黎明时分，老街的鸡叫此起彼落。客栈里的小鸡贩子早早起床，给小鸡喂食喂水。老板娘也起得早，自己打扫了天井，用吊桶从井里汲了水，烧了开水，再吩咐厨娘做早饭。前头屋里亮着灯，照得门内门外亮堂堂的。慢慢地，老街上有了赶早市的客人及乡下来的菜农提篮叫卖的嘈杂之声，显得十分热闹。细娘也早早起床，用井水泡上热水洗脸梳了头，换了一身老蓝布衣服，脚穿一双圆口小鞋，踱到店门口看老街的风景。老板娘看清爽了细娘清秀的身段，笑眯眯地说，姑娘是来这汇龙镇跑亲眷或者看人家（相亲）来了？细娘听懂她的话意，轻松一笑，回答说，跑亲眷。细娘说着话，眼睛里有个熟悉的人影在门前的街上一晃而过，也顾不得同老板娘说话，赶紧去复看那人，啊，真的就是她日夜思念的朱一茗！

那细长的身影，那件熟悉的青衫在晨光里飘逸着，青石板街路上，听得见他轻微的脚步声。细娘想喊他，却一时语噎，喊不出声音来。细娘呆了似的，愣愣地看着朱一茗从自己门前走过，又慢慢走过街市，最后消逝在西边的街头上。细娘哭了，泪水洇湿了脸庞。老板娘看到了，以为是自己的问话触动了姑娘的心事，有点歉意，给细娘倒了一杯茶水，热腾腾地捧到细娘手里去。

“寻勿到人？勿要紧格，大家帮你想想办法？”老板娘说。

“哦。”细娘哽咽着，用手拭去眼泪，默默回到客栈天井，从砖井里吊了一小桶水，抱了衣服来洗。细娘不哭了，慢慢舒了容颜，在天井的桂花树下安静地洗衣服。老板娘看了看细娘，轻轻舒了口气，去张罗店里的杂事去了。

晌午时分，老街的热闹氛围才渐渐散去。细娘拿了一张小矮凳坐在客栈门口，等着朱一茗。阳光照着老街，软塌塌的妇人拎着小竹篮在青石板路上缓缓走来，手里抓着的小母鸡鸡冠红红的。一家杂货店的屋廊下，几个小孩围着卖小鸡的藤盘担子看热闹，叽叽喳喳，藤盘里的小鸡乱腾腾地叫。阳光里，朱一茗从西边的街头上走来了，身后跟着几辆独轮推车，车上装着坛坛罐罐。

“朱一茗！”细娘站了起来，轻轻唤道。朱一茗略迟疑了一下，停住了脚步。阳光如水，洒在朱一茗身上，老街清静温暖，嘈杂的声音也瞬间凝固了，唯有咚咚的心跳显得特别的有劲。

“细娘？”朱一茗惊呼道，一只手挥了挥，一只手紧紧抓了自己的青衫，如在梦中。听到朱一茗的呼喊，推车的也停了脚步，瞪大眼睛。

“朱一茗，我终于寻到你了！”细娘说，眼泪止不住地流淌下来，滴在青石板路上。朱一茗紧走了几步，抓了细娘的手，看着细娘的泪眼，讲不出话来。客栈老板娘不知何时也走到细娘的身边，笑嘻嘻地安慰细娘说，“恭喜姑娘终于找到了心上人，想不到原来就是朱小官人啊！”朱一茗缩回了抓细娘的手，回答老板娘说，谢谢关照。原来，朱一茗受崇明杨粮户之托到这沙地帮助经商，只以小朱示人，老街上居民不晓得他的真名。

“噢唷，朱小官人客气了，快点陪这姑娘到屋里来住住。”老板娘招呼道，热情洋溢的话语在客栈门口回响。朱一茗顺势跟着老板娘走进客栈天井，回转身朝街路上的独轮车夫挥挥手，示意他们也进店来歇歇。车夫一只手拉了脖子上的毛巾擦汗水，一只手压着独轮车的架子，憨憨地笑。老板娘又喊来厨娘替朱一茗倒茶，说：“朱小官人，啥时讨得这么漂亮的娘子，要叫吾俚老街上的人都要陪伊照出光彩来呢，嘿嘿嘿。”听到老板娘的夸赞，细娘脸霎时红了，泪眼变成喜眼，赶紧用袖子去擦。

朱一茗朝街路上歇脚的车夫挥挥手，示意他们将车子推到“同记酱园店”去，又陪细娘在客栈歇了会儿，领细娘去见外公文老先生。推车的在“同记酱园店”卸了酱缸，欢天喜地返回老街，遇朱一茗与细娘，嘴巴里说着祝福的话，将独轮车推得咯吱吱地响。朱一茗对细娘说，这大半年时间没见着你，心里头有点空落落的，好像落脱魂。细娘说，我这些日子很难挨，寻你寻到灵岩山那边，如果寻觅不到你的下落，活不活得到现在都难说呢，要想死你了呢，嗯嗯嗯……细娘又呜呜咽咽流泪了，惹得朱一茗赶紧抓了细娘的手，说些安慰的话。在老街上，他俩走得很慢，边走边说着心里的话，好像要将这些话都讲清爽了才定心。细娘絮絮叨叨只管倾诉，朱一茗频频俯首称和，抓着细娘的手越发紧了，细娘觉得心里的甜蜜都要被其抓出汁来了。朱一茗说，今天好像在做梦呢，等会儿见到我外公，你可不要哭呀，外公以为天上掉下个林妹妹，要笑脱伊嘴巴？哦，你外公也读过《红楼梦》？朱一茗笑了，摇摇细娘的手说，你难道忘记我外公是个教书先生，之乎者也。他此生最爱读书，岂能不读古书《红楼梦》，这些个老书都被他翻烂了。他说林妹妹是绛珠仙子，世上难觅的才女，生活里并没有的情种，她是棵仙草，要用眼泪泡着才能活，好听吗？好听，我最爱听《红楼梦》里的故事，可惜这世上能读得懂这故事的并不多，你外公算一个，嗯嗯。俩人说着说着就到了。朱一茗与外公租住在老街东头二间五路头瓦屋里（五根屋梁的房子）。外公文老先生斜躺在客堂间的一张藤椅上，手里握着一卷书。客堂墙壁上挂着一幅古画，画旁边一个红木茶几，茶几上叠着书，一只精致的铜香炉，炉顶香烟袅绕。

“外公，看这是谁？”朱一茗一脚门里一脚门槛外，细娘跟在后面，娉娉婷婷地笑着。文老先生闻声坐了起来，取下老花眼镜，眯眼朝屋门口细察。“哦哦，是哪家姑娘，好标致好清秀呀！”听到外公的赞美，细娘笑得更甜，只是脸露微微的羞色，红云浮上脸颊，越发柔嫩。

“外公你好！”细娘跨进屋来，朝文老先生鞠了个躬。文老先生没想很多，见到细娘行重礼，顿感迷惑，问朱一茗：“茗儿，这姑娘好面善，外公喜欢，她叫啥名字？”

“细娘。”朱一茗腼腆地说，转身拉细娘的手。细娘的脸更红了，微微低了头看她自己的脚，看小圆口绣花鞋。文老先生很慈祥地笑了，说这是个好姑娘，说茗儿你这是给家里领来个林妹妹吗，她好像是从画里跑出来的嘛，怎么就跟你进这家门了呢，茗儿你要笑脱外公的嘴巴吗？外公絮絮叨叨说着，让细娘觉得朱一茗说过的话都很美好，外公说的话也都说到自己的心坎里去了，她开心得身子骨都要酥醉了，要想流泪要想哭了。

朱一茗拉着细娘的手，陪着外公讲了许多话，乐得文老先生一个劲地笑。朱一茗替外公泡过两趟茶，大家好像还未讲完心里的话。文老先生晓得朱一茗与这细娘的故事，今天亲眼看见细娘标致的容貌与温柔的性格，忆起朱一茗的父母，禁不住又要流泪了。缘分啊，老天有眼啊，保佑我孙儿的福祉啊，文老先生呷了茶，喃喃祝愿。

“茗儿，”文老先生唤道，“你把我那只皮箱里的画拿出来！”

“哦。”朱一茗回道，走进卧室去拿画。朱一茗晓得外公的心思，朱一茗心里好像有小鹿在嘣嘣地跳。细娘也晓得外公要做什么，脸上洋溢着惊讶与感动的红云。朱一茗拿着那幅唐寅的《秋风纨扇图》出来了，脸孔红红的像喝了老酒。

“哦啃啃……”文老先生轻轻将画展开，用手托在膝上，连连赞叹，“茗儿啊，你看看这幅唐伯虎的画放在我手上这么多年没啥用场，现在要派点用场了。”文老先生嘴里说着，眼睛一刻也不停地盯着画上的仕女欣赏，眼光灼灼，好像要射出亮光来，“茗儿啊，我知道你也舍不得这幅祖传的名画，但我们总得让它落个好人家吧？我早年有个书斋的朋友，他可是爱画如命的人，曾几次要收藏我这幅画，我都婉拒了。”

“你是说上海荣宝斋的郑樵公老先生吧？”

“哦哦，就是他！”文老先生眯了眯眼，若有所思地抬头望了望门外的暖阳，“他是个书画收藏家，眼光很深睿，你将这幅画卖于他吧。”

“阿公，此画值多少铜钱呢？”

“此画嘛很值钱的，你请他签署银票吧，分期的银票，让我们慢慢地从钱庄取铜钱，避免被坏人暗窃了，嗯？”

“哦。”朱一茗知道外公说话的分量，这幅古画老值钱了，到底值多少钱，外公心里也没数，但用这卖画的钱置办个店铺什么的，绰绰有余。

“茗儿啊，你找到郑樵公，还托他帮忙做一件事，这件事很重要，你必须去做好。”文老先生慢慢收了古画，用红丝带扎好，交给朱一茗。

“啥事呀？”

“郑樵公交结甚广，认识苏州衙门里当差的朋友，你请他帮忙替你打官司，将作孽欺侮你及细娘家的坏蛋收拾一下，还你们清白！”

“啊，阿公你这朋友郑樵公还有这本事，神通广大啊！”

“茗儿啊，你还没深通这社会，这叫虾有虾路蟹有蟹路，福有福报恶有恶报，时候未到嘛，嘿嘿嘿。”文老先生坐直了身子，慈爱地笑了。多少年了，风风雨雨，外公都默默承受了，外公熟读诗书胸藏文墨造诣很高，但深藏不露。今天外公因细娘的不辞辛苦寻觅而来，露出他的睿智的锋芒来了。朱一茗脸儿涨得红红地看着外公，好像看着了一个令他惊奇的人物。细娘呢，开心得话都说不出来，愣愣地站在朱一茗身后，又要流泪了。

朱一茗收了画，又替外公沏了一壶茶，领细娘在两间屋内细看一遍，熟悉家里的生活环境，才问细娘，如何寻到汇龙镇的，枫泾镇老店里的师傅们可好，你爹爹可好云云。细娘一一作答。又问那二流子滚刀肉情况，细娘忍不住将这贼坯狠狠骂了一通。细娘又将爹爹说的杨二婶的事透露给朱一茗。朱一茗忆起那晚在豆腐店天井里窥见的瘦猴挖掘尸骨的事，才弄明白杨二婶被那滚刀肉追逼的原因。那滚刀肉发现细娘爹爹偏爱杨二婶，就将注意力倾向鼎和斋茶食店，欺负细娘了。

“等我到上海见了那郑樵公老先生，我把这杨二婶家的奇案一同告官，看这滚刀肉还想逃脱干系？”朱一茗说。

“哦，这贼坯还勾结海匪敲诈我大姐桃红，罪孽深重，真该死！”细娘愤愤地说。

朱一茗和细娘热热地聊了一会儿，陪细娘上自家的灶台烧好午饭，就到隔壁陈小郎家相商租了一间房子。他把细娘安顿好，就返回“同记酱园店”处理店里的事务去了。细娘呢陪着文老先生说说话，等朱一茗回家。

那老街东头裕春弄里新开的“同记酱园店”的场院里摆满酱缸。

前时，崇明陈家镇杨粮户带了朱一茗乘沙船到汇龙镇寻找投资地盘，老街上的大粮户朱鸿儒说愿意将老街西面圆弧形的孤岛出售给他开办“酱园”，条件是，先租后售，朱鸿儒享有一半股份。杨粮户征求朱一茗意见，朱一茗说，酱园办在这圆弧形的孤岛上甚为不妥。如果砌围墙，这酱园变成城堡，如果不砌围墙，这酱园又像一堆乱糟糟的缸罐场，大煞风景。再从商业利润方面考虑，与朱大粮户合股办这酱园，他方又以地皮入股，

细娘　　（插图：郁异人）

这酱园的房产好像难以归属，请老爷商酌。杨粮户觉得朱一茗说得很在理，婉言谢绝了朱鸿儒。朱鸿儒很欣赏朱一茗的商人眼光，对杨粮户说，你可以在老街上未建的地皮上挑选，有合适的可以租售给你。杨粮户又询问朱一茗，哪块地皮可以建造酱园？朱一茗领着杨粮户走到老街尾巴再走回来，指着裕春弄里一块空地说，这弄堂一侧虽然狭窄些，但北靠街河南靠老街，水陆交通便利，南面开店门迎客，甚好。杨粮户听从朱一茗的意见，遂与朱鸿儒商洽赎买了裕春弄西侧的狭长空地开酱园店。朱一茗请来篾匠师傅将这块空地用竹篱笆围起来，并在篱笆旁栽了爬藤植物，形成了一堵耐看的绿化墙，慢慢地变成嵌入沙地小镇的一个风景。

杨粮户见朱一茗办事干练，先将置办建屋购物的一应杂事交付于他，待酱园店建成后，唤小儿子杨同记从崇明过来当店主。

朱一茗从与细娘的热恋中抽身出来，走进“同记酱园店”查看上午购来的酱缸，请朱鸿儒书写的“同记酱园”的匾正好也送来了。万事俱备，只欠东风。朱一茗等杨同记到来，店主来了，才好开张。

“噢唷，这店招牌好漂亮，要发财呀，别忙得忘了我们小兄弟呀，道喜呀！”朱一茗身后走来几位小青年，领头的叫朱二毛，绰号“打煞坯”，是朱鸿儒粮户的侄子，赌棍。

“朱二公子，谢谢捧场，等我家店主人来了要请客，你一定要来呀！”朱一茗说。

“哦，我俚俩一笔写不出两个朱字，本家人，多谢你啦！”二毛讪笑着说，手里拎着一只红漆雕花鸟笼，带着那几位浪荡青年噼里啪啦乱丢小鞭炮，在新置的酱缸园子里兜圈子，乱看乱翻，嘻嘻哈哈逛了逛才走脱。“小流氓，没有家教……”朱一茗嘟嘟囔囔低骂了几句，去检查木匠师傅做好的店柜子。

傍晚时分，杨粮户来了，身后跟着一位小青年。

“小朱，你快看看谁来了！”杨粮户走路风风火火，一跨进酱园店门槛就唤道。朱一茗正与木匠师傅说着话，回头看见杨粮户身后的小青年，身穿浅蓝色短袄，腰间佩着玉佩，玉佩上的红丝带飘动着，脚穿小皮鞋，皮鞋上沾着黄泥巴，有点腼腆地看着朱一茗。

"这……你就是少爷吧，幸会幸会！"朱一茗脸孔热热地招呼说。

"啊，幸会幸会，爹爹说你青年才俊，果然神气……"杨同记说，好像早就认识朱一茗，很健谈。杨同记脸露稚气，眉眼间闪着憨厚，有点他父亲的影子。

"小朱已经把这店弄成了，以后就交给你了，出入账要记录清楚，雇工的钱要及时付清，不能赖账，拖账，宁愿吃点亏，做事要厚道……"杨粮户叮嘱儿子，不厌其烦。杨同记脸上浮着新奇的笑靥，围着场院查看了酱缸、店厨、店柜，摸着篱笆墙说，这里都好新鲜漂亮，就是这篱笆墙以后赚到钱要砌砖墙，避免野狗野猫从篱笆墙里钻进来。杨粮户笑了，说这等你赚了钱再说吧，只要你搞得好，将这篱笆扎牢了，野猫啥的钻不进来。杨粮户加重语气叮嘱道：俗话说，创业容易守业难，吾儿要当心啊，要用心啊……

杨粮户安顿好杨同记，不忘到朱一茗家看望文老先生。杨粮户与文老先生热热地聊了一会儿，言语之间对朱一茗深为赞赏。杨粮户说，读书人家养的小囡要比乡愚人家小囡懂事得多，长大后能做大事体出人头地。文老先生说，古代圣人说诗书世家，讲的是仁义礼智信。读书识世情，睿智开情商。青年人先要学会做人的道理，才能在这浊世上立得住，行得正。如果没弄懂这"仁义"两字的含义，光会钻进铜钱眼里去，做生意就会赚昧心钱，变成奸商，做官就会投机取巧愚弄庶民捞好处，变成贪官，大恶大奸之人都是从读书人中弄出来的。所以说读书读得好，弄懂道理做个好人才是大道理呢，嘿嘿嘿。杨粮户连连点头，说文老先生一席话吾听后胜过读十年书，领教领教。杨粮户又说，吾儿杨同记年少不更事，还望文老先生叮嘱朱一茗多多相帮吾儿，吾愿与文老先生结为莫逆之交，成为好邻居，吾愿将汇龙镇的新辟家业赚得的铜钱头寸里赠予朱一茗一份，可好？

“不可不可！”文老先生急忙摇手婉拒，“深谢杨粮户好意，茗儿现在还是在你手里蹭饭吃，况且在他被流氓绑架丢到沙洲里，是你收留了他，如今岂敢忘恩负义！”

“那好那好，等吾儿将这酱园店办成，吾愿出资帮助朱一茗另开分店，吾坚信这朱小官人的能力，吾愿意这样做！”杨粮户的眼睛里闪动着很亮的光，热热的光，使文老先生感觉到他的真诚。文老先生被感动了，老眼里泛出泪水，皱纹里嵌满笑颜。

杨粮户在汇龙镇待了两天，反复叮嘱了杨同记后才恋恋不舍离去。

朱一茗替小店主计划好了开店的顺序和开张日期，带着杨同记拜访了朱鸿儒等一些老街上的粮户，招聘了雇工，采购了做酱油及酱制品的食材、副料，可谓面面俱到，事事精细，让杨同记做了现成店主。眼瞧着这酱园店就要办成了，朱一茗才想起与细娘商定的到上海滩去觅那位神秘人物郑樵公的事。朱一茗向小店主请了假，携了一只小藤箱乘沙船直奔上海滩而去。

朱一茗是早上乘的沙船，长江涨潮后有了风浪，航行到靠近崇明岛的沙洲地域，江面上风力渐渐强劲，弄得沙船摇摆不已。船舱里的十几位乘客都晕船，唯有朱一茗不晕不吐。江水从前舱顶上卷泼上来，喷雾般降落到舱里来，弄得舱里客人都成了落汤鸡。客人们都害怕了，瑟瑟发抖。朱一茗不怕，因为他曾尝到过沙洲生活的滋味。他从江涛之间望到了沙洲，那些沙洲上好像飘着雪白的芦絮，与浑浊的江水的颜色显出稍微的不同。那些沙洲里满记着朱一茗的足迹，仿佛江水，仿佛芦絮，在朱一茗的胸间激荡，挥之不去。沙船的风帆好像炸裂似的，在江风中呜咽着，船儿航得飞快。也许是江风在帮助，也许船儿在逃避，让朱一茗以疾风闪电般的速度漂过那段江域，驶过那段回忆。慢慢地，江风柔了，好像奔马放慢了脚步，风帆放下了鼓起的胸脯，江潮消退，风平浪静。沙船驶得慢了，晕船的都瘫倒在舱内，哼声一片。朱一茗想起被困沙洲的日子，心里才感到泛起的苦味，再想起那句苦尽甘来的名言，心里好像又尝到了那种无法言表的滋味。

沙船航过长江，渐渐靠近江南，水天显出清朗之色。也许是江南的雨水滋润的，江南的冬天仍有星星点点的绿色盘绕在水乡土地上。朱一茗从未去过上海滩，对那座陌生的魔城充满着好奇与戒意。傍晚时分，沙船靠了吴淞口，一条很长的石坝从江水里浮出来，若隐若现。“你们自己从船跳板上爬上岸去！”船主坐在舱门口吆喝。乘客们在他的吆喝声中小心翼翼下船，踩着江滩上的细杂的鹅卵石歪歪扭扭地爬上江堤。

“咦，为啥在这个荒凉的江畔码头停靠呢？”有熟客边上岸边埋怨。

“上海滩是外国人的地盘，黄浦江被红头阿三（印度人水警）霸占着要收进港水路钱，我的沙船进不去了。”船主说。

上岸了，放眼望去，东边是浩阔的黄浦江，西边是茅草地，冷风吹着，飕飕地凉。客人们如一串被风干的鱼，游着，背着包袱，沿着黄浦江畔的蛮荒小路默默地前行。朱一茗跟着那位熟客，慢慢向远处的黑乎乎的屋宇组合的城市走去。被称为东方魔都的上海滩，如今离他们还是那么远。

江南江北都是冷冷的风。去上海滩也是很辛苦的，世上的路并不平坦，哪里的黄土都是泥泞的，沾脚的，一颠一滑，脚踝骨都要走麻了走歪了。想到去上海滩面见那位传奇人物郑樵公，朱一茗酸麻的脚踝骨硬挺着，紧跟在那位熟客身后一步不落。几个时辰后，同行的客人三三两两拉开距离，慢慢落后得再也看不见人影。落日的余晖降在昏黄的天地之间，唯有前面的路还很长。渐渐地露出稍亮的灯光，将上海滩的虚幻影子浮出地面，越来越亮，虚虚实实的楼宇在灯光里摇曳。

“就要到了！”那位熟客叹口气说，他回头看到朱一茗，“小兄弟你还真行！”朱一茗没有回答，擦着脸上的汗，瞪大眼睛望着渐渐露出来的灯光与黑压压的楼群，从未感到的陌生感扑面而来，心里忐忑。黄浦江在黑暗中挣扎着，有小小的拖船拉着一串装满货物的驳船在江涛里航着，吃力地穿过巨轮的影子，留着小小的水线。巨轮的烟囱冒着黑烟，一串奇形怪状的彩色小旗悬挂在烟囱与船桅杆之间，在巨轮灯光照射下颤动着。巨轮在江水里慢慢移动，船尾的水浪翻开了，将擦身而过的小拖轮捣得摇摇晃晃，危象频频。暗夜里，仍有许多夜鸥在飞翔。

朱一茗踏进上海滩的脚步，就是在沿着漫长的黄浦江岸边的小路上印记下来的。对他来讲，东方魔都啥的，也就是一条烂泥小路延伸到高楼旁的过程。小路上的黄浦江更留给他冷飕飕的寒意。况且，那片高楼是从许多低矮的棚户区里生长出来的，棚户区的破烂与泥泞还不如汇龙镇老街漂亮。当他进入那片灯火煌煌的高楼闹市区，才使他看见了东方魔都的真面貌。上海滩，被灯火辉煌的夜景包裹了。

翌日，朱一茗寻找到了郑樵公住的那幢公寓楼。那幢楼房被热闹的街市遮掩着，深藏在弄堂的皱褶里。在弄堂底，栽着一棵玉兰树，树下摆着两盆万年青。沿着弄底的女儿墙拐个弯才见到较宽的巷子，巷子墙根旁边摆了花盆，深绿的月季，枝叶未落尽，偶尔挂着未开败的小红花。郑樵公的小楼有二层，粉红色的砖墙，深褐色的门窗，二楼有木栏的阳台。早晨的阳光从弄堂的缝隙间照射过来，闪闪烁烁的光线慢慢移动，郑樵公的小楼显得很幽静。

“你是文白先生的外孙？”郑樵公瘦瘦的，穿着夹袄。

“郑老伯，晚辈冒昧拜见，实在有事相告。”朱一茗恭敬地说。

“哦，我与文白乃为至交，岁月磨人，老友家有事不妨说来听听？”

“我外公如今跟随我移民江北沙地汇龙镇，那是个新开埠的镇。外公托我来见您，就是设想在那里开个店……”

“好呀，我也听说过沙地的移民生活，前时有崇明粮户朋友来说起，到那里寻商机的人都有新的收获。我能帮你们什么呢？”郑樵公沏了一壶绿茶，给朱一茗倒了一杯。

“请郑老伯看看这幅画。”朱一茗将携带来的小藤箱轻轻打开，把唐寅的《秋风纨扇图》交到郑樵公手上。

“啊……”郑樵公惊讶万分，瘦瘦的肩膀一耸一耸。郑樵公细细观赏了一会，抬头看了看青春年少的朱一茗，似赞似嘱地喃喃道：“你说你外公，好好的一幅画自己不藏着却拿来给我，这是哪辈子攒积来的福气啊，这是至深的交情啊……”

“郑老伯，试问能沽几个钱？”朱一茗小心翼翼地问道。

“多少年来，你外公都舍不得出手，外人碰都不让碰，这幅画是唐寅真迹，老价钱了，喔唷唷……”郑樵公拿画的手指有点发抖，“明天我去荣宝斋议馆盘桓一下，问问管财务的师爷账上的资金，再给你答复。这幅画的酬资很高，我会叮嘱师爷用银票支付的。哦，这幅画放在你手上有点不安全，这上海滩鱼龙混杂，小赤佬白相人很多，我现在就写一张收据，证明我拿了这幅画啊好？”

“郑老伯费心了，好的好的。我想再问问这幅画的价格。”朱一茗的心很细，用眼盯着郑樵公。郑樵公被盯得笑了，慢慢伸出三个手指。“三千块大洋。”郑樵公说。“啊……”朱一茗惊呆了，嘴巴有点麻，讲不出话来。

“文白先生古文功底好，读书传家，想必朱小官人也有文采，可否给老伯写一点书法之类的，也让老伯开心开心，嗯？”郑樵公得了心仪的画，心情好到极点，竟然向年轻的朱一茗讨要文墨，惹得朱一茗脸儿红红的，好像喝了老酒。朱一茗慢慢呷了绿茶，从郑樵公的书桌上挑了一支细狼毫，将夹袄袖子撸起一点，醮饱笔，挥手写了一首唐诗《烂柯石》：

仙界一日内，人间万岁穷。
双棋未遍局，万物已成空。
樵客返归路，斧柯烂从风。

唯余石桥在，犹自凌丹虹。

郑樵公看到朱一茗书写一气呵成，感觉到他内秀的气质，忍不住拊掌大笑。嘴里连连赞道："文白先生后继有人，老天有眼哪，嘿嘿嘿……"

"晚辈还有一事相求……"乘着郑樵公的兴致，朱一茗将自己被枫泾镇的二流子滚刀肉绑架暗算的事说了一遍。郑樵公问朱一茗，可否还有证据或者线索？朱一茗又把滚刀肉与同伙挖掘豆腐店尸骨的事说了一遍。郑樵公听了沉吟半晌，答应出面帮助朱一茗及细娘家打官司。郑樵公叮嘱朱一茗，明天去他的荣宝斋议馆拿酬金时将诉状交给他。郑樵公办事干练，很少多余的话，等朱一茗说完事，就给议馆的师爷打了电话。里弄的阳光渐渐少了，天空飘着云彩。朱一茗向郑樵公告辞，郑樵公说："你外公文白先生是个好人，他有恩于我，你家的事就是我的事，放心好了！"朱一茗也感觉到了郑樵公与外公的交情非同一般，多看了郑樵公一眼，有点结巴地回答说："请多关照！"握了握他的手。郑樵公的手瘦瘦的，很有劲。

朱一茗从郑樵公寓所出来，走出小弄，大街上人影憧憧。没走几步路，街区就显得富丽堂皇。时装商店里的皮装、毛绒类服装透露出华贵的气息。金发碧眼的洋人在街区里趾高气扬，穿着奇怪制服的服务生恭敬地跟着。远远地，巡警举止夸张地拿手里的警棍赶人，不让乡下人靠近。朱一茗头一次看见洋人，觉得他们长得怪模怪样，横看竖看都不舒服。忽而想到自己将要开店，开啥店呢，自己最最熟手的就是做茶食糕点，不妨到这条富态的街上瞧瞧，这里的有钱人喜欢什么茶食，有些啥新款糕点。

朱一茗逛了上海滩，见识了东方魔都，觉得这上海滩好像是洋人的天堂，有钱人的消金窟，与乡下穷人没啥关系。朱一茗只想早点返回沙地汇龙镇去，那里有他的外公和细娘。这天晚上，他在小东门一家旅馆住宿，吃了碗弄堂小馄饨，向旅馆的服务生借了纸笔，写了诉状。旅馆的灯很暗，写完诉状，朱一茗觉得眼睛发暗发花，早早睡了。朱一茗做了一个梦，梦见他自己的新店开张了，梦见他和细娘站在汇龙镇老街上迎接来贺喜的邻居与商家同行。细娘穿着漂亮的沙地蓝印花布衣服，蓝印花布围腰裙，小印花布鞋，绣花包头巾，稳重大方地与来客打招呼，显出百年老店传承人的那种风采。

三天后，朱一茗拿着郑樵公的银票回到汇龙镇，细娘见到银票开心得要哭。外公戴了老花眼镜仔细察看银票，嘴里喃喃着，手有点颤抖。外公说，开个店有本钱了，茗儿啊你慢慢地弄，在这沙地上扎下根来，也算给你的细娘吃下个定心丸呢，呵呵……

第七章　沙地琵琶女

傍晚时分，同记酱园店的杨同记跑来唤朱一茗，说苏州戏班子到汇龙镇唱戏，今晚唱《牡丹亭》，让朱一茗陪他去看戏。朱一茗瞧了瞧杨同记幼稚的脸，连连答应。细娘听到了，拉拉朱一茗的衣角，也想去。杨同记笑了，说这样好啊，嫂嫂要请我吃喜酒，吃了喜酒好天天陪朱一茗看戏了，哈哈。杨同记说得细娘脸孔红了，躲在朱一茗身后轻轻地笑。

苏州戏班子租了朱鸿儒粮户的一幢大厢房做戏院，戏台搭在厢房的正厅。汇龙镇老街第一次演戏，街坊邻居几乎都来了，戏院里挤满了人。杨同记与朱一茗细娘来得早，抢到最前排的座位。等了片刻，幕布拉开，《牡丹亭》女主角袅袅婷婷出来了。细娘惊讶地哦了一声。朱一茗推推细娘，细娘附耳说，这个女演员我听过她演唱，唱腔很好听。朱一茗瞪眼看那女演员，扮相标致，身段柔软，很吸眼球。

“你何时听过，这倒奇了。”朱一茗以欣赏的口吻附着细娘耳朵说。

“在我老家啊，真的听过。”细娘轻声说。

“她叫什么？”朱一茗盯着那女演员。

“香凤。”细娘回答。

杨同记好像也迷上了那女演员，眼睛眯着，身子坐得很稳，几乎静止，一动不动。

原来姹紫嫣红开遍，

似这般都付与断井颓垣，
良辰美景奈何天，
赏心乐事谁家院。
朝飞暮卷，
云霞翠轩，
雨丝风片，
烟波画船，
锦屏人忒看的这韶光贱。
……

杜丽娘唱的《皂罗袍》情意深深，字正腔圆。戏院子里静静的，只有杜丽娘的演唱与偶尔的锣鼓及丝弦配乐绕梁而转。戏台两侧摆了几盏大红烛，杜丽娘在红烛的灯影里柔柔地唱着，大红烛照亮了戏台，也照亮了汇龙镇老街人的眼睛。戏随人愿，情由戏出，慢慢地有人发出啧啧的赞叹，看戏的痴呆胜过戏里杜丽娘的情呆。

看完《牡丹亭》，杨同记意犹未尽。杨同记问朱一茗，这老街上还有啥好玩的地方。朱一茗想了想说，这汇龙镇巴掌大的一块地方，除了这里偶尔有戏班子唱唱戏，就是西河头那家茶馆店有好玩的。最近江南的艺人都闻声而来，晓得这新开埠的汇龙镇崇明粮户舍得花铜钿。还有扮相身段极标致的卖唱女，半抱琵琶半遮面，也在这茶馆里混饭吃。这条街上的小粮户蠢蠢欲动，天天跑到茶馆店蹭头牌，好像还蛮热闹呢。这叫苍蝇不叮无缝的蛋。这茶馆店里卖唱的小娘可不像今天唱戏班里的花旦，字正腔圆唱戏，清清白白做人的哦。啊——，杨同记憨憨地笑着，说，怎么这里还有娼妓？难道这天底下就没有一块干净的？朱一茗看到杨同记大惊小怪的样子，叮嘱他说，老爷来汇龙镇反复叮嘱，就是提醒你呀。这汇龙镇新辟的地方，也难免鱼龙混杂。前几天我去上海滩，看到红头阿三拿着警棍到处显威风欺负人，上海滩上的白相党更厉害，如果被沾上了，一辈子就玩完了。噢，朱一茗你真厉害，啥都懂。杨同记若有所思地说，眼睛望着西河头那家茶馆店窗户里露出来的些许灯光，有点不舍。

“杨老板，幸会幸会！”暗影里传来朱二毛的声音，他笼着袖子，身后跟着几个留分头的小青年，笑嘻嘻盯着杨同记。

“有啥事体？”杨同记好像看到过朱二毛，一时想不起在哪里见到过。杨同记与朱一茗肩靠肩站着，朱一茗眼眸只盯着杨同记。朱一茗拉了拉杨同记的手，暗示别搭讪。

“杨老板好记性，吾是老街朱鸿儒家的二毛呀，这老街漂漂亮亮的一条新街，有你杨老板来这里撑市面，要说多么光彩就有多么光彩，给吾俚崇明来的粮户撑面子了，恭喜恭喜呀！”朱二毛嘴巴里油滑得要滴出油花来。

“兄弟刚出道，开个小店，请多多包涵。”杨同记说。

“喏喏喏，吾俚都是崇明来的粮户人家的，到这汇龙镇开门立户，好日子还很长哩，用勿着客气格。喏，今晚趁着看戏轧闹猛，吾邀请杨老板去吾屋里厢白相相，杨老板要给吾面子哦？”

“天色已经晚了，明天再邀吧。”朱一茗替杨同记回拒朱二毛。

“咃咃咃，朱小官人讲这句话就显得不客气哉，到吾俚屋里厢白相相，有啥要紧？吾屋里厢这格辰光灯火点得畅畅亮，红木椅子滴滴滑，眼睛骨里看了要比白天舒服，兄弟吾是真心同侬做朋友，阿是哇？”朱二毛朝身后的几位小青年扬了扬手，盯牢杨同记。

“这个——”杨同记用眼神征求朱一茗。朱一茗没再说话，因为细娘在拽他的衣襟。

“走吧走吧！”朱二毛伸手拉着杨同记，嘻嘻哈哈朝老街东面的皱褶里走去。老街的灯影里，这片房屋暗影重重，深处好像有灯光漏出，显得特别的亮。

朱一茗拉不住杨同记，在老街上待了一会，被细娘牵了衣襟，无奈地回家去了。细娘说，窝在窝里的小鸡会长不大的。这杨同记很大的一个人了，还有这“同记酱园店”这么大的家业撑着，难道都要你这小大人管着，你能管得住他么？朱一茗觉得细娘的想法有点道理，朝细娘一笑，抓了细娘的手不再松开。细娘撒娇着，嘴里啧啧轻哼几下，跟着朱一茗，开心地摇摇手臂，身子热热的，要笑出声来。

杨同记被朱二毛拉着，一直走到一座大宅前。大门紧闭，边门微开。大门两侧放置两只石狮，狮身不高但很威武。门廊下挂了灯笼，灯影里可看到黑黝黝的匾。朱二毛连拉带拽把杨同记推进门去。

“少爷回来了！”院内传来女人的声音。

“看戏白相弄到深更半夜，要变成野小倌了，把这白相心思弄大了，将来恐怕要做败家星，娘子也讨勿到了……”厢房里又传出老女人的骂话，女人的身影在灯影里晃来晃去。

“嘘，小声点，到后厢屋里去白相，勿要再惊扰了吾老祖母，哦……”朱二毛踮着脚尖，拉了杨同记往里面房间去，他身后的几位小青年轻声嗤笑着，推推搡搡往里走去。

朱二毛家后厢房也点着灯烛，靠大墙嵌着一块石壁。石壁呈青白色，下端青色之间混染几束淡黄，那淡黄微微凹在重叠的山势之间，好像是藏在山坳里的嫩树或者茅舍；上端白色里也有几点微红微青的小疵点，反倒可看作云彩或者小鸟的翅膀，或者飞翔的鸟儿的影子。石壁用红木镶框，并被一副楹联套在中间。楹联较短，字迹古朴，与石壁相得益彰。石壁与楹联下方是一张红木长桌，桌上摆着小盆的梅花。梅花的枝丫呈黝黑色，在烛火的光影里藏着，看不见虬枝里酝酿着什么花蕾啥的东西，仿佛睡着了一般。长桌下面空白处摆置了几只铜脚烘缸，也许是用来驱寒。大厅摆设四张红木靠背椅子，椅子两端都设茶几，茶几上摆着果盒与玉制小玩物。

"请杨老板就座，吾去唤张妈烧几壶水，吾俚弟兄喝喝茶聊聊天白相相，阿好？"朱二毛说，跟来的几位小青年也附和。朱二毛拉杨同记坐到红木椅子上，转身去后面的小屋子去使唤张妈。一会儿，张妈来了，手里拎着铜茶壶。也许张妈早就在炉子上烧好了开水，被朱二毛叫唤马上就到。张妈沏好茶，给杨同记倒了一杯。朱二毛回来了，身后跟着一位小姑娘。

"杨老板是稀客，头一趟来吾寒舍白相，来来来，吾给侬领来一位冰清玉洁的小娘，让侬见见世面开开荤！"

跟来的小姑娘身穿淡蓝印花布衣服，头发扎着两根小辫，小辫上有淡黄色蝴蝶结。脸很嫩，嘴涂口红。小姑娘手里捧了一把琵琶，把细小的身子遮了大半个。待张妈搬来一张方杌凳，轻轻落座。

"谢谢各位小官人相邀，吾弹勿来格，今朝来凑个闹猛，勿要嫌难听。"小姑娘一边抚了琵琶，支起一条腿搁好，一边低着头讲了几句话，算是打招呼。纤纤手指拨动，琵琶响起，唱了一曲《山桃红》，莺莺燕燕：

我为你如花美眷，似水流年。
是答儿闲寻遍，在幽闺自怜。
转过这芍药栏前，紧靠着湖山石边。
和你把领扣松，衣带宽，
袖梢儿揾著牙儿苫也，
则待你忍耐温存一晌眠。
是那处曾相见，相看俨然，
早知道这好处相逢无一言？
……

杨同记就坐在小姑娘对面，听到这稍微调情的弹唱，人好像要酥醉一般。待一曲弹唱好，小姑娘站起身朝杨同记欠欠身子，坐下后静静待着，没再唱。杨同记晓得小姑娘的意思，从身上摸出一块光洋要拿给她。朱二毛上前拉住杨同记的手，说："杨老板客气了，这铜钱勿要侬出格！"杨同记的手被拉住了，只好不再赠银圆。朱二毛说，"今朝吾俚白相相，邀请这标致的才女来弹弹唱唱助助吾俚的兴致，这小姑娘还会出谜语给吾俚猜，猜中的，可以奖励，这奖励嘛——嘿嘿，要侬杨老板想都想勿到哉……"朱二毛说完，朝小姑娘努努嘴巴。小姑娘心领神会，出了一个谜。

"四个姐妹同胞生，大姐白白胖胖腰身细，二姐摇头晃脑脚膀细，三姐亭亭玉立身体细，四姐弹眼落睛头颈细。"小姑娘出完谜，笑嘻嘻看着杨同记。杨同记猜勿出，摇着头说："要我猜四个姐姐，我一个姐姐也猜勿出。"

"一个姑娘瘦条条，头重脚轻站勿牢，两个耳环飘左右，说起话来咚咚叫。"小姑娘又出一个谜。

"佛杖。"杨同记想了想说。小姑娘嘻嘻地笑，没点头。

"风铃。"杨同记又猜一次。小姑娘笑得很厉害，腿上搁的琵琶也在摇晃。

"铜鼓。"杨同记努力猜，又改口说，"勿对哉，这铜鼓是站得牢的，腰圆身大，勿像小娘瘦条条站勿牢，那又是什么东西呢？"

"杨老板再猜一次，如果猜中，今晚她就跟你走。"朱二毛突然说道。杨同记听清楚了，顿感突兀，脸上浮起来的笑容僵住了，心里有点惴惴，他好像看到朱二毛狎媚的眼光在嘲弄着自己。杨同记想到朱一茗反复叮嘱的话，心里渐渐沉静下来，他决定不再猜谜，避免落入这朱二毛的圈套里去。

"这是（摇鼓）呀。"小姑娘突然说，而且语速很快。杨同记也听清楚了，觉得这小姑娘也是在暗中回拒朱二毛的承诺，这小姑娘内心是抗挣的，不愿意的。

“谁叫侬漏底的？”朱二毛脸露不悦地说，“好了好了，吾勿要侬出题哉，来来来，吾出个谜，杨老板猜中，把她带走，真的！”朱二毛语气很重，说得小姑娘红了脸低垂下头，脚尖在青砖地上磨，不敢看杨同记。

“带毛五寸长，戳进洞里厢，叽里咕噜响，流出豆腐浆。”朱二毛讪笑着说。杨同记听了这个谜题觉得很恶心。小姑娘的头埋得更低。那几位小青年只是坐在红木椅上哧哧地笑，也不吭声。朱二毛等待杨同记回答，见没动静，嘿嘿干笑着说，“杨老板不敢猜，是猜错了方向，这个谜底是（牙刷），哈哈，形象吗？”

“亏侬想得出，这也算猜谜？侬勿要把这清清爽爽的小姑娘弄残了噢！”杨同记叹了口气说。那小姑娘抬起头来，朝杨同记深深地看了一眼，轻轻说道：“谢谢抬爱，吾愿意为侬弹奏一曲！”说完，将膝上琵琶竖起来，弹了一曲《梅花曲》。这首曲子很古老，杨同记听得很认真。小姑娘弹完，站起来朝杨同记作了一揖，就携了琵琶退出厢房而去。

“杨老板，好听哇？”朱二毛讪笑着说。杨同记好像还沉浸在那小姑娘的琴声里，没回答。“来来来，今晚吾俚索兴再搓搓麻将白相相，杨老板肯定高高兴兴来，开开心心去，对哇？”那几位小青年赶紧附和，去后屋张罗麻将桌。这一次，杨同记没再推辞，与朱二毛玩到天亮才回酱园店去。

“同记酱园店”将要开张，杨同记听从朱一茗的建议，邀请了汇龙镇上有名的粮户朱鸿儒及十八家商店店主吃酒席，时间定在腊月初二。朱一茗还建议邀请苏州戏班子演一幕越剧折子戏助兴。细娘几次看过苏州戏班子里花旦香凤的戏，很想接近香凤，就跟着朱一茗去戏班子见香凤。戏班子的人几乎将这客栈住满了，客栈的走廊上摆满戏担子、箱子等杂物，厨房里也堆满杂物，屋檐下挂着十几只饭筲箕（盛饭的竹篮），长条橱柜台上搁了洋油盏，橱里有许多芦花靴。

天井里有几个人在晨练。

“班主在吗？”朱一茗问客栈老板娘。老板娘微笑着朝跟随进来的细娘点点头，算是熟人了。老板娘转身朝一位中年男子努努嘴巴，那人正在金鸡独立。“头牌花旦在吗？”细娘凑上来问老板娘。“她在后厢房，还未露面，昨晚去一个粮户家唱堂会，喝了酒。”老板娘说。

桂花树下，金鸡独立的班主听到朱一茗等的询问，主动放下架势甩甩双手朝老板娘喊道：“有客啊？”老板娘回答道：“找您的，前头屋里空着，有一张四仙桌，吾去唤厨娘来给你们沏茶。”

“谢谢你啊！”班主说，朝朱一茗拱拱双手，示意去前头屋洽谈。细娘无所事事，在天井里转，看见屋廊下柜子里藏着的芦花靴，觉得很稀奇。她在江南从没看见过这种纯粹用芦花絮和草绳打制的暖鞋。细娘把芦花靴拿出来试着穿。

“哎，当心穿破脚板头，这新打制的，里面还没缝衬垫呢！”有个好听的女人的声音从细娘背后响起。细娘站直身子，转身一瞧，哦，原来是香凤在关注着自己。这香凤十七八岁年纪，一头浓浓的黑发，由香帕扎了，穿着很柔软的丝棉袄，棉袄上套了一件较大的绸袍，绸袍长长的袍裙几乎遮住双脚，显得很飘逸，一副戏子模样。

“你叫香凤？”细娘说，“我在江南枫泾镇看过你演戏，好听的唱腔，头一次听就迷住了，前几天又在汇龙镇看你演戏，真的很佩服你呢，嘿嘿嘿……”细娘好像碰到故乡人，说了许多好听的话。香凤静静地听着，没说话，等细娘说完，问了一句：“你认识胡老四吗？”细娘脸上的笑颜停了，睁圆了眼睛，想从这香凤眼睛里查看点什么，有点发愣。

“你问谁？”细娘喘口气反问道。

“胡老四，做药材生意的小伙子。”香凤说，眼睛盯着细娘，好像要瞧瞧她的反应。细娘的脸红了，又白了。顿了一息，将手里的芦花靴放置到柜子里去，转身又反问香凤："你也认识我吗？"

"不太认识，我今天是猜的，你应该就是百岁桥那边鼎和斋茶食店的三小姐细娘！"

"啊……"细娘有点喘不过气来的感觉。香凤见细娘惊异的惴惴不安的表情，慢慢地笑了，且笑得很开心很灿烂。

"三小姐，请别担忧，我这是猜的，因为我听到过关于你的故事，很精彩的故事……"香凤开心地笑着，谈笑风生，很大方很开朗的女孩子。细娘听着她的笑声，心里嘀咕着，埋怨着家乡人的唐突，也埋怨着那位河南人胡老四的轻狂，猜测着这传言的原因。细娘很为这香凤的猜测而感到难堪。

客栈门口的街上有几辆独轮车推过去，车上载的芦苇席子、芦苇帘子堆得高高的，车夫大声吆喝着。阳光里人影晃动，有卖竹制品的农人肩挑手拎着竹篮、竹筐擦肩而过。

"有空房子吗？"门口闪进来几个大汉，有的胳膊里夹着长柄农具，铁犁的刀刃发着白光，有的肩上扛着乌黑黑的"罱泥夹子"，好像是新移民。他们在天井里东张西望，门口的家眷小孩们在老街上站着，吃着刚出炉的大饼。天井里的客人多了，一副热气腾腾的样子。细娘和香凤也被这些新来的客人吸引住了，把眼光盯到他们身上。

"来了来了！"老板娘好像刚刚忙完事从后面的厢房里冒出来，"喔唷，欢迎你们来老街啊，都是出门人要相帮呀，还拖家带口的很不容易呀，来来来，我给你们推荐一家新客栈，保管满意呀……"老板娘一边说着话，一边唤厨娘过来倒茶水。那些客人也看到客栈里已经住满了，乐意老板娘为他们推荐。他们喝了茶，老板娘领着他们去了，客栈里顿时清静许多。

"这条老街越来越热闹，江南人喜欢这里的好风水，移民过来了。"香凤说。

"唔。"细娘答道，转身细瞧香凤的脸，心里还在想着她刚才说的话。

香凤好像对细娘的事并不太关注，话头岔开了，“我从小跟着师傅出外学唱戏，第一次来沙地，觉得这里蛮好的。老街的人说，这里冬暖夏凉，看，天冷了可以穿上芦花靴，屋里放置一只烘缸，烘缸里焙两只大红薯，一天到晚孵孵太阳光，暖烘烘的，多么开心……”香凤滔滔不绝地闲聊，好像把刚才说细娘的事全忘记了，说的时间长了，看细娘的眼神都很亲切的样子，细娘心里的那点阴影在香凤的闲聊里慢慢消逝了，几乎没了踪迹。

“细娘！”朱一茗从前头屋里走出来唤道，戏班子的班主笑吟吟跟在他身后。朱一茗看到细娘与香凤在聊天，双手朝香凤作揖，以示尊重。“这是朱小官人。”班主在朱一茗身后介绍说，香凤晓得班主的意思，赶紧向朱一茗还礼。“恭喜你们！”香凤郑重其事地向细娘道喜，香凤的脸上笑靥如花。

杨同记看到朱一茗办事稳当，索性将新店开张的事都交给他去办，自己天天跑到朱二毛宅上去玩。那朱二毛勾上了杨同记暗暗得意，叮嘱跟他玩的几个玩伴小青年小心伺候，别沾了杨同记的光。朱二毛陪杨同记玩麻将牌，故意让杨同记赢钱。杨同记呢，玩牌上了瘾，还喜欢那个弹琵琶唱歌的歌女。那歌女含而不露、欲说还羞的姿态令杨同记有点着迷。朱二毛晓得杨同记的心思，钓鱼般钓他，嘴巴上推托着迟迟不肯把那歌女再邀请来唱歌。杨同记问他，那唱歌的小娘哪里的，你如果请不来，就让我去请。朱二毛滑溜兮兮假正经地笑着说，那唱戏的小娘可是清清白白的良家少女，杨老板不可以瞎弄的。杨同记说，谁说要瞎弄，请来唱唱歌陪我们打打麻将，这可是很正经的事呀，她是卖唱的，多给铜钿有啥不妥，嗯？

嘿嘿嘿……那朱二毛笑嘻嘻的只管玩麻将，弄得杨同记心里越来越痒痒。

几天后，老街最北端靠近潘家弄的地方新开了一家“蓝印花染布店”。杨同记被朱二毛拉去看这家新店。潘家弄的染布店店面不大，染坊却占了很大的地盘。天井里挖了一口特大的土井，新染好的蓝印花布晾晒在天井的架子上，长长的花布被风吹动，飘飘洒洒。冬天的日头暖洋洋的，街坊邻居都来了，挤在天井里观看花布，人头簇簇。染布店老板娘江南口音，辛苦地给大家分发喜庆糖果。有些眼光的女人在品评印花布，什么“龙凤呈祥”“凤凰团花”，边说边抚，很喜欢的样子。

“喔唷，快来看，这里还印着人物呢，多么标致多么稀奇……”杨同记听到有人在惊奇地呼喊，也凑近观看。哦，新染的布面上印着几位淑女的形象，淑女手臂上抱紧着花瓶花篮或者腰里缠着绸带，妖妖艳艳，袅袅娆娆，非常好看。杨同记也有点喜欢这种蓝印花布，伸手在淑女的脸上摸来摸去。嘻嘻……杨同记身后传来少女好听的笑声，回首观望，哦，原来是弹琵琶的小姑娘也挤进来看，看见杨同记的稚气，忍不住窃笑。

“你——”杨同记有点惊喜，他看到那小娘也穿着蓝印花布的大胸襟衣服，左胸的一排扣子缝着细腻别致的蝴蝶结，细软的腰身被一件绣着彩色图案的背兜衫包裹了，淡蓝之间嵌着暖色，越发的清嫩标致。嘻嘻，那少女抿嘴笑着，在杨同记面前的几块蓝印花布间转来转去，背兜衫贴着那些刚出缸的花布搓来搓去，越发透着少女的青春靓丽气息。杨同记看呆了，想唤她，可是那小娘没理睬，只管围着蓝印花布转，用手摸，用脸蹭了一会儿，转身钻到布丛里不见了。咦，杨同记有点疑惑了，难道是眼花了？急忙拨开蓝印花布去寻觅，哪里还有弹琵琶少女的身影。杨同记又追寻到染布店门口，进进出出的街坊邻居很多，也有小姑娘小媳妇三三两两地结伴而来，热烘烘的。店里的老板娘分发喜庆糖果也发到门口来了，拿了一把糖果直往杨同记上衣口袋里塞。

“杨老板……”朱二毛突然从门口的转角处钻出来，一把拉了杨同记的衣袖，满脸堆笑地说，“这里人太多哇，牛皮哄哄的，吾俚还是去玩牌吧，吾俚屋里厢清静。”杨同记甩了朱二毛的手，两只眼睛仍然往人群里寻觅着，“好了好了，杨老板侬勿要再寻了，等两天吾一定邀她来，保证你称心，哦？”

杨同记寻不到琵琶女，失望地跺了跺脚，回头瞧一眼笑嘻嘻的朱二毛，说今天吾店里还有点事，甩甩胳膊走了。朱二毛脸上笑纹更深了，从老板娘的糖果盒子里抓了一把糖果，摇头晃脑哼着小曲拐到东街的一条小弄堂里去，那里有一帮玩伴在等着他。

傍晚，蓝印花染布店的老板娘跑到同记酱园店作坊里，寻到朱一茗，交给他一张戏票。杨同记问演的啥戏，老板娘笑笑说，欢迎小杨老板光临，只要侬肯来看戏，演出一定精彩，呵呵。杨同记听了这老板娘神秘兮兮的话，半信半疑从朱一茗手中接过戏票，说既然老板娘诚邀，我一定来看。朱一茗替杨同记谢过染布店老板娘，随手拿了一瓶刚细切好的酱丝赠予她。朱一茗说，待酱园店正式开张时，老板娘一定要来给小店助助威啊。好的好的，老板娘眼睛里闪着光，捏在手心里的绸绢上下摇动着，开心地走了。朱一茗等染布店老板娘一走，将腰带上携的一串钥匙取下来拿给杨同记，并把早上邮差送来的一个包袱交给他。杨同记拿了，问道：“做啥，你不帮我做事了，嗯？”朱一茗脸色有点微红，有点羞涩，慢慢地开口说道：“杨粮户托我办的事我基本做完了。这爿酱园店就要开张，杨粮户叮嘱我，要我帮助你开店后，要你独立撑这市面。现在你天天往朱二毛这小蟹（读 hā）家里去玩，这小蟹是个诱人败家的主，我可以帮你开店，但是我管不住你被这小蟹诱孬了。这串钥匙交到你手上，就算是我将这店交到你手上了，让你亲自操作，让你也体味这开店的滋味。俗话说得好，创业容易守业难，你父亲是最懂得这个道理的。”

“哦……”杨同记脸儿也慢慢变红了，拿了钥匙轻轻地摇来摇去，很亲热地握了握朱一茗的手，有点难为情地说，“朱一茗你听我说，我很欣赏你的，这酱园店还未开张，许多事情要你帮我做的。我听爹爹说，等开张时他要过来的，还要带来一笔铜钿。哦，我晓得你和细娘的事，等我这店开张了，我一定再给你一笔铜钿，让你和细娘自立门户开个店什么的，你再替我做几天好吗……”

“哦，好吧……”朱一茗轻轻地摇了摇头，拿回钥匙，给杨同记一个浅浅的微笑。

杨同记晚上到汇中楼茶馆店看了染布店包场戏后失踪了，朱一茗和细娘在汇龙镇寻找了几天没有找到。朱一茗跑到老街朱鸿儒家寻找，朱鸿儒一句话也不说，把手里的嵌玉手杖甩脱在地板上，很生气的样子让朱一茗感到意外。临走，朱一茗听到朱鸿儒骂骂咧咧地吼了句：“呒啥出息的小蟹，要坍了老祖宗的台面，要害死吾俚一家门！”

朱一茗去朱鸿儒家回来，同外公文白商议。文白建议先去崇明陈家镇寻找，再到江南一带寻找，听说杨同记迷上的琵琶女家住姑苏城内山塘街，你可以到那里去看一看，也许能找到呢。朱一茗很敬佩外公，外公足不出户竟然知道这位神秘的琵琶女，这也太稀奇古怪了。细娘看看朱一茗又看看外公，解释说，外公是个睿智耄耋老人，知晓天下大事，区区一个琵琶女，何足道哉。说得文白先生摸了胡须嘿嘿嘿地笑个不停，把手里握的茶杯盖摔碎了。

第八章 寻梦到江南

朱一茗寻遍了崇明、苏州两地未见杨同记的身影。阴历腊月初二，寒风瑟瑟。今天本是“同记酱园店”开张的日子，杨粮户从崇明的“鸭乌沙”抽身出来赶到汇龙镇，才知晓儿子杨同记失踪之事。杨粮户询问了朱一茗，深深地叹着气，叮嘱朱一茗一定要把杨同记寻找回来。杨粮户把一张银票交给朱一茗，杨粮户把寻儿发家的希望交到朱一茗的手里，眼泪止不住地滴落下来。朱一茗向杨粮户深深地鞠了一躬，说杨老爷您请安心，我朱一茗一定把这件事做好，如果我没有做好，我宁愿一辈子为“同记酱园店”做事，决不食言。杨粮户叮嘱好朱一茗，擦擦眼泪走了。杨粮户坐在独轮车上，头上包裹了蓝印花布，好像一位乡下的老农。寒风吹在他身上，头巾稍稍飘起，露着额角上的皱纹和一脸衰老的神色。

杨同记到哪儿去了呢？老街流言传得沸沸扬扬。蓝印花染布店的老板娘十分焦虑，因为她做了一件蠢事。那天杨同记受她之邀到汇中楼茶馆店听戏，她对杨同记说了一番话，大意是今天本来邀请琵琶女唱戏，那琵琶女被姑苏城外的木渎镇一家富商邀走了。那琵琶女说，烦请老板娘替她转告杨同记，如果今生有缘，请来姑苏一聚。琵琶女还把一颗碧玉坠从耳朵上扯下来转交杨同记。老板娘说了这番话后，杨同记立刻离座而去。老板娘如今后悔替那琵琶女传话送物，老板娘觉得自己做了一件低智商的蠢事，她不敢将详细经过告诉朱一茗，她看到朱一茗时总是低着头匆匆而过，她想把这件事烂到肚子里去。腊月初二，“同记酱园”店开张之日，她也想去看看。当她看到杨粮户坐着独轮车愁苦地离去，心里的后悔更加一层。黄昏时分，朱二毛托人寻到她，说琵琶女和杨同记在苏州被湖匪绑架，湖匪索要赎金大洋一千块。老板娘接此孬信在染布坊的场院里转了好多圈。朱二毛的传话人威胁她，此事是因她而起，如果她今天不管这事，杨同记失踪案的罪名将会让她承担云云。老板娘无奈，跨过同记酱园店的门槛，将这消息告诉给朱一茗。朱一茗听闻，着实吓了一跳。赶紧拿了湖匪的地址去和外公商量。

“这是敲诈！”文老先生说。

“我要不要去通知杨粮户，让他拿主意？”朱一茗说。

“一分钱也不能给，这些狗东西！”细娘愤愤地说。

“先不要惊动杨粮户，可怜天下父母心，会急坏了他老人家的。茗儿啊，我想这件事还是你去苏州跑一趟，同那些人谈，尽量少花钱把杨同记赎回来……我总觉得那些敲诈的人不会是湖匪，乡间路窄的，湖匪怎么会跑到这沙地来作案，这不符合常理嘛，嗯？”

朱一茗与外公嘀嘀咕咕一个晚上，屋里的灯都照暗了。翌日，朱一茗早早出门去长江畔等沙船。寒风飒飒，吹得江边码头冷兮兮的，沙船的影子都没有。朱一茗问过码头船家，沙船还未返港，建议他去上沙码头觅船，也许能赶上潮水。朱一茗又踢踢踏踏跑到上沙码头，雇了一条小船过江。

朱一茗按图索骥，寻到姑苏城内山塘街，又寻到木渎镇等地，根本没有湖匪的影子。

染布店老板娘那晚附着杨同记耳际轻飘飘几句话让杨同记兴奋得眼睛直愣愣看着老板娘半晌没吭声。杨同记待了一会儿接连问道：你说这句话是真的吗，是琵琶女亲口对你说的吗？她现在在哪儿？老板娘说她这是传话，喏，这颗碧玉坠是琵琶女给你的，信不信由你了。杨同记拿了碧玉坠，仔细看了看，忆起琵琶女的靓影，突然站起来，说声“谢谢啊”，回转身就走了。当晚，杨同记收拾行李，拿了些银圆和细碎铜板往江畔码头赶去，他晓得那晚长江有晚潮水，可以搭乘沙船渡江去江南。晚间渡江，客人稀少，江上也少有船只航行，整条长江黑乎乎的，只听到江水哗哗拍打船舷的声音。杨同记孤身出行这是头一次，他望着黑乎乎的长江，心里有点落寞与惆怅。他想起父亲的叮嘱与朱一茗的提醒，隐隐觉得自己的出行有点匆忙与荒唐。可是，心里好像有一个声音在唤他，使他有点心乱，有点魂不守舍。那个标致清纯又有点小顽皮的琵琶女的影子缠住了他的心魂，使他欲罢不能了。他忆起小时候在私塾读书时，先生打他的手心，他被打了，嘴巴里还较劲说：不痛不痛。因为他背着先生偷偷读《肉薄团》那些闲书，几乎荒废了学业。先生说，读书要读正经的书，做人要做老实的人，孔圣人说吾日三省吾身，你怎么一省都做不到呢？杨同记犟嘴道：古人说窈窕淑女，君子好逑，人之性嘛！我读些闲书也算长点知识么，嘿嘿。杨同记现在为追琵琶女坐了这夜行船，突然觉得荒唐，禁不住喃喃着笑了起来。沙船的老大望见江面起风浪，赶紧落下半个风帆，嘴里呼喊着，叫船舱里的夜行客坐到底舱去。底舱更黑了，杨同记坐在底舱的草席子上凉飕飕的，好像坐到黑洞洞的小屋子里面去了。

杨同记乘的沙船航到江南岸脚时，潮水消退了船儿泊不上，在江水里晃荡了两三个时辰。后来船家呼唤泊岸的小舢板来渡，才将船客渡到岸上。江岸上冷飕飕的。杨同记问过码头的管事，才晓得去江南的路还很远，路上也不好走，尽是稻田小路。杨同记乘了夜行船受了风寒，头脑晕晕走不动这远路，只好在码头小客栈暂住几日。冬日天空飘了雨，客栈茅舍滴着冷雨，长江里的江水在灰黄的天色里愈加混沌野气，滚滚滔滔，呜呜咽咽，好像疯女人拉着野性的雨帘在天空下捣来捣去，充满了阴霾之气。杨同记肚子很饿，问客栈伙计有酒菜吗，有崇明老白酒吗？

伙计说有酒醉小螃蟹和盐汁茄脚柄，有玉米粉蒸馒头，有绍兴黄酒。杨同记说都拿来吧，这里怎么会没有崇明老白酒呢？伙计说，沙地小官人，这里已经到了江南地面，你要随乡入俗，等你到了姑苏，那里地面大，小菜多，什么爆炒黄泥螺、面拖蟹、青茄子烧洋扁豆，还有芙蓉天下第一鲜。杨同记说慢点慢点，你说的小菜好像沙地菜么，那芙蓉天下第一鲜应该是沙地的文蛤菜，从你嘴里吐出来怎么变样了呢？那小伙计听杨同记这么一说，脸上有点不悦，讪笑着说道，说你们沙地人井底之蛙没见过大世面，这芙蓉天下第一鲜还真不是海鲜菜，它是江南水乡里土生土长的特色菜，你猜不着是什么菜的，嘿嘿嘿。哦，杨同记被呛着了，不再与小伙计争论，喝了绍兴黄酒蒙头死睡，孤零零地等着雨住天晴，好去姑苏城寻觅琵琶女。

三日后雨过天晴。客栈的伙计领着两个人来到杨同记面前，一个是穿灰袍的小和尚，一个是大脑袋的侏儒。喏，沙地小倌，这两位也去姑苏，正好做伴。杨同记惊讶了，想不到客栈小伙计还是个热心人。

“南无阿弥陀佛。”小和尚一躬到底。杨同记看见小和尚肉坨坨的背和结实的绑腿，心想有这样的年轻人陪着不寂寞。杨同记问小和尚去姑苏哪里，认识路吗？小和尚点点头，回答说他在姑苏光福寺出家，前时去江北狼山广教寺送信，正月十六诚邀佛门中人去光福寺作大法事。杨同记问，何谓有缘之人？小和尚答道：世间万物流转，佛法宏大，普度众生，一物一菩提。杨同记笑了，说小和尚佛法尚浅，不知世间有缘之人。小和尚回答：佛法有空有、性相、动静、生灭、一多、住往、我与无我、执与无执、渐与渐顿、顿悟……慢慢地小和尚的话语好像一股清泉在流淌，说得杨同记心里凉丝丝的很舒服。杨同记没有弄懂小和尚说的佛经，但有点开窍，有点迷途知返的感觉，只是脚步有点迟疑，一时难以跟上。茫茫天际有彤云飞渡，天地间有根极细的线牵着，好像画家在纸帛上描摹，渐渐清晰。小和尚肩上抱紧了包袱，绑腿紧拽着云鞋，健步如飞。那大脑袋的侏儒从未说话，紧紧跟在小和尚身后一步不落。杨同记跑得满头大汗，才勉强跟得上。他们沿着小河旁的小路走，时而被繁茂的蒿草淹没。冬天的江南缺少了嫩绿鹅黄的生机与诗意，只有衰草与残败的稻田。田间浅水复照着阳光，几许龟裂的土地突兀地延伸着，连接着纵横交错的河沟，显出失落与荒芜。偶尔，远处有鹭鸟飞翔，几丛蒿草连着茅屋，高树稀稀落落，树杈上托举着鸟窝，渐渐变为小黑点，在地平线上支撑着不肯消逝。

他们辛苦地走了三天，才走到姑苏城内。小桥流水屋宇人家，街街巷巷靠着河浜，河浜内泊着小船，密密层层的楼屋细丝般缠绕着，空气里都飘荡着茶食的香味。杨同记感谢小和尚和侏儒，邀他俩在小饭店吃赤豆糕和汤包。小和尚说要去寒山寺传佛信，杨同记谢过，独自去木渎镇寻觅琵琶女。

木渎镇很长，杨同记寻觅了大半天才找到琵琶女所说的老屋。老屋夹在一条小弄堂里，门口挂着许多车上的物件，门内堆放着杂乱的木材，靠近厢房有两间稍大的屋子，有一位车木师傅正在低头做工，刀削起的木屑一圈圈地隆起来，慢慢坨成一堆堆刨屑花，将车木师傅的脸遮住了。

“请问这里是叫蛤蟆巷桂香弄庵纪堂吗？”杨同记看了好一会儿，才询问车木师傅，那老师傅抬起头，脸上沾着刨花屑，用手撸了撸，点点头。

“请问这里是否住着……”杨同记详细地问那师傅，并把汇龙镇蓝印花染布店老板娘的留条递给他看。他又点点头，用手指指车木房旁边的厢房，喘了口粗气说：“啊哈，你终于来了！朱家少爷吩咐过的，请你去那里安顿，安顿好了，明天到我这里干活，不许偷懒，做坏一件家什罚做两件，还没有工钱，记住了哦，别当耳边风，我可不吃这一套的！”车木师傅细眯着眼睛，嘲讽的口气对杨同记说。车木师傅的背有点驼，背脊上的肌肉鼓鼓的，臂上的肌肉鼓鼓的，手掌大而粗糙，指上的指甲都磨平了，结满厚厚的老茧。

"你说啥？"杨同记有点迷惘。

"我再说一遍，不说第三遍，你去把行李放了，就到我这里干活！"那人竟然有点光火，眼睛凶凶地看着杨同记。

"你叫我做啥，干活？你这是弄错啦，我是来寻人的。"

"朱家少爷向我交代的，没错，你寻的这里就是桂香弄庵纪堂，这姑苏地面最最有名气的车木行啊！"那人停了车木的车床，那个用牛筋盘带着的大轮子也慢慢停了。他手里的车刀亮闪闪的，刀口是圆弧形的，刀身较粗壮，缠着白布条红布条，刀尾上飘着长长的彩条，一飘一飘。

"朱家大少爷，这人是谁？"杨同记突然悲情了，问车木师傅。

"这个不用你关心，你是被人雇来的，自然会有人付账，只要你干活好，这里不会亏欠一分工钱。"那师傅好像有点不耐烦，脸上浮了鄙视的神色。

"啊……"杨同记看着车木师傅厚实的手掌，看着他手里拿着的车刀，再看看他有点怒气的脸，那种老实巴交的工匠气息浓烈地散发出来，让杨同记愣愣地站着，说不出话来。慢慢喘过气，好言问道："师傅别生气，我真的是来寻人的，你听说过有个叫琵琶女的小姑娘么？"

"琵琶女？是种枇杷的还是弹琵琶的？我伲乡下头还有人家叫这名字的，她会绣花，去年春上被一家绸缎庄的老板娶去当二房了，真正是小绵羊被大老虎叼走了，可惜了一朵花……"那师傅也放下架子，好言与杨同记聊开了。那人其实很会说话，脸上也堆起笑来，说着说着将那两只手挥动起来，车刀尾巴上的彩条也飞舞起来，生龙活虎的，很生动。

"不是你乡下的小姑娘，她是唱戏的琵琶女。"杨同记说。

"唱戏的？这个么你要到姑苏城里的戏园子去找，或者到大些的老茶馆里去找，还有去那……"车木师傅好像还不好意思说娼妓待的地方，用手比画着，让杨同记猜。杨同记明白他说的是娼妓，就摇摇手，叫他别说那地方。车木师傅不说了，又好言劝慰杨同记，暂且住下吧，慢慢寻找吧，你不会车木活我也不强求，待朱大少爷再来时我替你说清楚吧。

杨同记无奈，走到旁边的厢房瞧了瞧，里面空空荡荡的，只有一张小木床，一扇窗户上都沾着木屑，窗台上爬满蛛网，破败荒凉。“算了吧！”杨同记看完厢房后与车木师傅说，朝他轻轻一揖算是招呼，转身跨出这庵纪堂的门槛。有穿堂风吹响，传来车木师傅大咧咧的呼喊声：“有难事再来找我啊，小兄弟……”又传来车木的声音，嗡嗡嗡，把他的喊声淹没了。

杨同记在木渎镇晃荡着，黄昏时分，在一家老牌茶馆店歇脚，向茶伙计要了一杯绿茶和两块炭饭糕。晕红的烛光里，有卖唱女靠过来说，大爷你听支小曲么？杨同记举目细看，此女手里抱着一个琵琶。此琵琶女非彼琵琶女，穿着朴素，梳两条小辫，嘴唇淡淡的，脸孔圆圆的，眼睛里闪着暗色，两眼无光。

“会些啥曲？”杨同记淡淡地说。

“梅花小调。”琵琶女低着眉眼。

“会弹《梅花三弄》吗？”杨同记问。

“不会！”琵琶女摇摇头。

“会唱《山桃红》吗？”杨同记又问。那琵琶女抬头瞧瞧杨同记，嘴巴轻轻吟哦了一下，复低下头，喃喃道：“你要找她吗？”杨同记听清楚了，从衣袋里摸出几枚钱放到她的手上。好吧。那琵琶女拿了钱，收了琵琶，转身引杨同记往街上走。灯光里，有个人影一闪，轻轻抓住杨同记的手臂。杨同记手臂被抓疼了，哦地唤了一下。灯影里，原来是小和尚和跟班大头侏儒。“你……”小和尚的手抓得更紧一些，使杨同记停步不前。

“杨兄，请到茶厅说话！”小和尚说。杨同记回首寻觅卖唱的琵琶女，已经不见她的身影。

杨同记重新落座，小和尚问：“找到人了吗？”杨同记摇摇头。小和尚认真地瞧瞧杨同记，说，“我看杨兄印堂发暗，此来江南寻人有点坎坷。我佛慈悲，南无阿弥陀佛……”杨同记觉得这小和尚与自己有缘，看着小和尚亲和的态度，内心有点喜欢他。两人聊了一会儿，喝了茶，小和尚建议杨同记傍晚随他去灵岩山崇报寺，那寺内有他师兄弟坐读经书，可供他们借宿。杨同记想了想，谢绝了。小和尚脸露失望，稍稍叹息，从佛衣内掏出一串小佛珠送给杨同记。临别，小和尚说，杨兄虽有坎坷，但日后可以圆满，善哉善哉，南无阿弥陀佛。

萍水相逢，喜结善缘。小和尚带着那侏儒走了，消逝在街的灯影里。来也匆匆去也匆匆。杨同记望着小和尚去的地方长长叹息。杨同记在木渎镇找一家便宜小客栈栖身，天天到老茶馆等那卖唱女，一直等到腊月初八，木渎镇老茶馆开唱江南丝竹演唱年会。头天演唱的是几位拉二胡敲竹板的长者，演奏《紫竹调》，观看的都是老茶客。第二天是一对父女，弦子加琵琶，清唱《白蛇传》。第三天来了两位民间古琴演奏的高手，一位是木渎镇富商之女姝姝，一位是东山紫金庵师姐静尼。姝姝演奏《高山流水》，静尼演奏《平沙落雁》。优美的琴声引来许多听众，将老茶馆挤满了。一个身穿淡红色绸袍外加一条乳黄色裙子，一个身穿青衫胸挂佛珠，青衫内露出雪白佛衣，犹如两朵出俗的芙蓉，浮雕般镶嵌着，使老茶馆焕发出青春光彩。

弹琴的姐妹边弹边唱，老茶馆听客鸦雀无声。

月落乌啼霜满天，江枫渔火对愁眠。
姑苏城外寒山寺，夜半钟声到客船。

姐妹俩唱完一曲，歇了会儿，姝姝弹琴又唱了，静尼抚琴含笑，没唱。姝姝唱的是昆曲《牡丹亭》，用江南小调配曲，高腔中添了柔媚，格外好听。

[皂罗袍]原来姹紫嫣红开遍，似这般都付与断井颓垣，良辰美景奈何天，赏心乐事谁家院。朝飞暮卷，云霞翠轩，雨丝风片，烟波画船，锦屏人忒看的这韶光贱。

[好姐姐]遍青山啼红了杜鹃，那荼蘼外烟丝醉软，那牡丹虽好它春归怎占的先？闲凝眄，兀生生燕语明如剪，听呖呖莺声溜的圆。

杨同记头一遭欣赏到如此古雅清高的音乐，有点如痴如狂。再细细观看那弹琴少女的容颜，一个美如琼花洁白无瑕，一个高蹈清雅端庄睿智。左边弹琴的姝姝，头发梳成一把云髻，一根细细的小辫从左耳旁垂直而下，挂在胸侧，在她倾情演唱时，随耳际轻颤。姝姝的眉心有一颗痣，淡而不显，很美。杨同记的眼光全部集中在姝姝身上了，把心里的那点牵挂与烦恼轻轻地丢掉了。那天老茶馆盛况空前，客厅内外座无虚席，门口都摆了长凳，热闹得要发烫。姝姝演唱好一曲，杨同记挤到她面前，恭敬地朝她鞠了一躬，转身招呼茶伙计，赠送酬金大洋五块。顿时，引起老茶馆听众满堂喝彩。姝姝几次起身向听众鞠躬致谢，脸上喜气洋洋，并举手向杨同记致谢。茶馆掌柜说，听客酬金都是义捐给年会的，年会每年要替镇上的商家做善事，修缮街道水桥等，谢谢捐献出酬金的客人。杨同记连连还礼，说不谢不谢，引得姝姝妩媚一笑。他俩在堂前的一揖一笑，好像在演《牡丹亭》的折子戏，很传神很真实，更赢得茶客热烈地鼓掌，掌声一片。老茶馆从晌午到傍晚，客人不断，琴声悠扬，杨同记开心地玩着，把姝姝的美颜牢记在心里面，有点掰不开了。

那天傍晚，杨同记等到老茶馆客人散去，才回到客栈。客栈老板娘传话说，黄昏时有客人交代，叫杨同记明天晚上去紫云轩酒馆，琵琶女要见他。杨同记半信半疑问道，紫云轩在什么地方？老板娘皱了皱眉头说，这家店靠近灵岩山，听说有那个（用手指做了一个交媾的下流动作），客官如果要去最好结伴而行，避免落单。啊……杨同记怅惘地哦了一声，抱拳谢过。玩了几天，杨同记累了，倒头就睡。睡梦里，梦见琵琶女抱着琵琶飘飘荡荡来到他床边，弹了一曲后甩甩袖子夺门而去。又见一片祥云落到门前，有漂亮的姐妹携手进来，嘻嘻地笑着呼唤杨同记为“沙地小倌”。杨同记请她俩喝茶,请她俩唱歌。其中有个像妹妹的少女说,“沙地小倌”纯朴老实又情真意切，我们可以做好朋友么？另一个少女嘻嘻笑着说，妹妹眼光超人，这“沙地小倌”着实可爱……杨同记与这两位美少女眉飞色舞地聊天喝茶，缠缠绵绵，很开心。小和尚带着大头侏儒也跨进门来，小和尚说，恭喜杨兄弟贺喜杨兄弟，喜得佳偶，说完朝杨同记深深一躬，用佛袍一拂，脚旁多了一物，物内装着吉祥之书，书上画着两只小熊，熊背很厚微微凸起，好像隐隐的山峰。杨同记问小和尚这书里的画是啥意思，小和尚笑着不回答，那个大头侏儒用两只胳膊做了一个抱物状,意思是多子多福呢还是喜得财帛呢,杨同记有点不知所指。那喝茶聊天的姐妹俩乐呵呵地抢了那本吉祥书来看,脸露喜色,沉浸其中。

杨同记的好梦一直做到天亮，天空没太阳，阴沉沉的，好像要落雪的样子。江南的冬天来得迟，天气愈来愈阴湿，坐在被窝里也觉得有点寒冷。推窗望去，西北的群山隐藏在云层里，寒风飕飕刮进来，好像要掀了杨同记身上的衣服,刺痛杨同记的皮肤,胸口里灌进了冷冰冰的东西,将晚上的好梦弄碎了。杨同记丢了昨晚的好梦，迷迷糊糊想不起来。只记得客栈老板娘说的话。思来想去，决定去那家酒店见那琵琶女。他把行李中的那颗碧玉坠摸出来，细腻光滑的吊挂沾了女人的脂粉气，有点特别的妖艳。为防不测，他想邀灵岩山送信的小和尚陪伴去。

灵岩山很高，有三百六十丈，数千级台阶。杨同记折了树枝做手杖,拾级而上，爬了三个时辰终于爬到灵岩山顶。他拜了崇报寺大殿内的菩萨,询问小和尚及大头侏儒的行踪,有住持回答说来过的,已经下山去了。杨同记愣了一会儿，谢过住持，急急下山而去。

晌午时分，杨同记下得山来，寻找那家紫云轩酒馆。山路崎岖，苦竹几丛,树林掩遮,在山坳里有酒肆的旗帜。沿着溪水,杨同记寻觅而去。慢慢地，看到酒馆了，一座山门用竹子编织而成，围墙也由竹子编织而成。酒馆筑有二层，由木板与竹子混搭的，底墙山石筑砌，楼柱圆圆的，挂了红灯笼。“紫云轩”的匾挂在二楼厅门上方。寒风飕飕从山坳吹进来，酒馆门扉紧闭。杨同记敲门进去，店内有桌椅和酒坛子，店小二迎接问安。

“我找木渎镇的琵琶女。”

“可有请柬或者信物？”

“没有，客栈老板娘转告的口信。”

“噢，请随我上楼。”

二楼铺着毯子，桌椅擦拭得清清爽爽，茶几上放着紫花盆，有香炉置在厅内，香气氤氲。

“听说客官侬要寻吾？”客厅后面的房间里缓缓走出一个女人及侍女。女人很漂亮，“客官侬好，从何而来？”那女人礼貌地深深一揖。

“我要找的琵琶女不是你呀，好像弄错了，对不起。”杨同记看清了那女人，女人圆圆的脸，柳叶眉，眼睛里水汪汪的，含情脉脉的样子。她的细腰上系了一件短裙，恰到好处地显出她的身材，将那种弱不禁风的娇柔气息轻轻地溢出来。

“哦，侬是说会弹琵琶，我会呀，就怕你不识货。喏，我这里就有一个琵琶，很古老的，这姑苏城内外算得上顶尖的乐器，也许客官侬从未见识，闻也未闻呢……”那女人讲话语速很快，对杨同记很热情。她觉得杨同记是来找她的，许多想找她的客人都这样，说话吞吞吐吐，吊着女人的胃口。

“你真的误会了，哦，是那个卖唱的琵琶女弄错了，这……”杨同记支支吾吾有点说不清。

“唔，客官的意思吾明白了，弄错了，那就算弄错了吧。有缘千里来相会，侬今天已经辛苦地跑到这灵岩山里来了，就安心坐下来玩玩。喏，听吾给侬弹一曲琵琶，让侬开开心。”女人袅袅婷婷从房间里取出一个琵琶，抱在胸间。那个琵琶颜色呈深褐色，琵琶龙头上系着大红彩带，彩带缠绕处露出嵌玉的弦柄，经她手指一弹，琴弦发出铮铮之声。那女人慢慢坐下来，稍微调了调琴弦，脸紧贴琵琶开始弹奏。杨同记无奈只好坐着听了，他想起客栈老板娘的提醒，有点后怕了，不敢轻举妄动。

那女人弹的琵琶声音很轻，低沉，有些妖艳，夹着悲声。噔噔噔，楼下店小二提了新煮的热茶上楼来，给杨同记沏了茶。那女人掩了琵琶，对店小二说，拿一壶绍兴十年女儿红老酒，两块桂花糕，一盒香茗葡萄，切两份细牛肉，要多放香菜丝。哦，外加一份玫瑰金橘，采芝斋的。旁边的侍女替女人拿了琵琶，递一块香帕给她。

“客官哪里人氏，好像不是江南的？”女人擦了擦嘴，轻轻问道。

“也算是，也算不是。”杨同记小心翼翼说，“长江尾巴上崇明岛人。”

“哦，吾苏州地面喜欢外地客，吾这里老地方了，客官侬只要来玩了一次就想玩第二次，第三次，嘿嘿嘿，江南风景好人也好，美是美的咪……”女人问过杨同记，好像并不关心他是谁，来者都是客，客套的话源源不断吐出来，好像很熟识的样子。一会儿，店小二又从楼下捧上来两只烘缸，烘缸内置有炭，放在杨同记与女人之间的桌旁。女人见点的酒菜还未弄好，就问杨同记喜欢玩什么。她嘤嘤叨叨地说，吾这小馆比不得姑苏城内的怡红院、藏翠楼什么的，这里最讲究清静。吾这里也无姐妹吵吵嚷嚷争风吃醋，也无莽汉吆五喝六。那有什么？杨同记有点好奇，竟然脱口问道。呵呵，吾这里有琴棋书画，有观竹海听山风，有看奇峰谈禅道，有煮美酒燃红豆纵论天下侠女战英雄啊。

“你会讲故事？”杨同记听出那女人话中之意，惊奇地问。

“侬猜对了，侬很聪明么，嘿嘿……”女人轻轻窃笑，手里的帕子掉到膝上，被那侍女拾起来。

没等杨同记选择，那女人接着就开始讲故事，讲宋朝女杰梁红玉抗金兵时的一段女追男的神话艳情故事，杨同记闻所未闻的民间艳女故事。客厅里静静的，只闻到香炉里的熏香的味道，浓浓的熏香缓缓吸入鼻孔，使人欲罢不能。这个故事很长很长，有点像杨同记读过的《肉蒲团》，只是女主角被其换了。

客厅窗户上的亮色渐渐暗了，山里的阳光比山外亮，也暗得快。太阳一落山，灵岩山峰就被黑暗吞没了。店小二已经把酒菜端上来了，老酒瓶的盖子拔开了，香味溢出来，把满屋的熏香遮盖了。

“客官，故事好听吗，如果侬喜欢听，晚上吾俚挑灯夜谈，吾给侬讲唐朝故事，讲红线女夜战李靖如何？”那女人撒娇的口吻说道，她边说故事边喝茶，一壶热茶都喝光了。那女人的脸上容光燮燮，略显疲惫地抬了抬手臂，慵懒地往椅子上一靠，眼角示意侍女替她擦额角上的细汗。杨同记的鼻孔里灌了酒香，思绪也从女人的温柔乡里回来了，心里很温馨也很舒服。他觉得这女人很会讲故事，虽然讲的是情色故事，但从她嘴里吐出来，倒实实在在的情意胜过艳色，有点勾人却未太出格。杨同记觉得这女人心思并不太贱，巧言巧语中藏着莫名的清高。也许这里的女人并非出卖色相，出卖灵魂。杨同记仔细回味女人的话语，自己评判着女人。杨同记默默地想了一会儿，用手招了招女人身后的侍女，唤楼下的店小二来结账。侍女下楼去了。那女人朝杨同记轻轻一笑，亦未作声，兀自倒了一杯女儿红喝下。片刻，那女人说道：“客官有趣，请下次再来。”说完，起身走入后房，再没露面。

杨同记辞别店小二，摸黑走出灵岩山。夜空下，灵岩山渐渐露出山峰，高峰突兀，不同凡响。杨同记好像做了个梦，奇异的梦。

杨同记听了沙地蓝印花染布店老板娘的一句话，傻兮兮地到这姑苏地面寻觅沙地琵琶女，寻来寻去寻不到。杨同记想起沙地老街朱鸿儒粮户家的顽玩家朱二毛嬉皮皮的脸，愈来愈觉得这染布店老板娘的传话是一个误传或者圈套，那个沙地琵琶女到底约没约会自己还是个谜。如今在这陌生的地方，玩是玩得开心，可是这到底是否真实，杨同记越来越没有信心，有点无厘头的感觉。他决定再逛几天就回家去，寒冬腊月天，再不回家过年，身上携带的盘缠也要花完了。

杨同记在客栈又歇了两天，傍晚时分，逛到木渎镇老街，在街河沿雨廊转弯处卖糖糕小店门前看到卖唱的琵琶女，杨同记站在她身后等她。卖唱女买了一块糖糕，捧在手里，琵琶背在肩膀上晃来晃去。

“咦——”卖唱女看见了杨同记，有点惊讶。

“姑娘勿惊，我想打扰你一下。”杨同记拱拱手说，“昨天我去了那地方，她不是我要找的女人。”

“啊——”卖唱女手里捧的糖糕差点掉落了，“那女人会弹你要听的曲调，难道她没给你弹？你不喜欢么？”卖唱女眼光有点散乱，好像在思考着什么，她想了会儿又略微低下了头，喃喃地说，“莫非是说她吗……”

“谁，她在哪里？”杨同记听清楚卖唱女嘴巴里的呢喃，赶紧问道。

“她住姑苏城内山塘街，听说去江北走亲戚失踪了，已经大半年没有音信。她家姑妈急得团团转，前几天找人传信给我，要我关心一下她的消息。”

“她有多大年纪，你怎么认识她呢？”

“十六岁，属马的，我俩是师姐妹。”

“啊……”杨同记惊讶了，他要寻找的沙地琵琶女果真住在苏州城内，这一定就是她了，“她家住山塘街哪条弄堂？”

“山塘街丹凤楼，隔壁是一家烧饼店。”

“谢谢！”杨同记有点激动，顺手从衣袋里摸出几块铜板给卖唱女，转身就往客栈跑，他要连夜赶往山塘街去。身后传来卖唱女的喊声：“您慢点走啊，夜里走山路不妥当呢，喂喂……”

杨同记不知道，这木渎镇离太湖很近，经常有湖匪的眼线盯梢，杨同记在老茶馆资助木渎镇商家年会时就被盯上了，等他落单时，要劫他财物。当杨同记走到灵岩山东侧的山坳，几个湖匪就将他绑了。湖匪绑了杨同记，用麻袋装好，推了小木车，丢送到太湖畔的一个小山村，关进小黑屋。杨同记被湖匪抢了携带的银圆与耳坠子，剥脱了身上穿的绸缎袍子与丝织的夹袄。湖匪将他从麻袋里放出来时，他已经冻得全身麻木，说不出话了。小山村四围黑乎乎的，狗叫声此起彼落，伴着北风吼叫，十分恐怖。太湖畔的风刮得特别大，吹得破屋的窗户呜呜咽咽怪叫不停。杨同记浑身发抖。也许这湖匪并非要他的命，小黑屋里堆了稻草，他才没有被冻死。杨同记觉得自己是做了一个噩梦，是被自己的痴情梦想害的。如果听从朱一茗的话，老老实实在沙地经营酱园店，今天不会遭罪。杨同记呜呜地哭了，眼泪流出来，打湿了稻草堆。

杨同记在小黑屋冻了一个晚上，早晨的阳光照亮窗户，他才蜷缩着从稻草堆里爬出来，摸摸索索，看到自己的行李包袱还在，赶紧打开，里面除了几件衣服，其他都没有了。杨同记将一套蓝布衣服穿了，把包袱布当作腰带扎在腰间，用手理了理乱发，走出小屋子。外面，西天灰蒙蒙的，远远可看见太湖的影子。风从西北的天空刮来，杂乱的小山村好像在瑟瑟发抖。杨同记看了看太湖的影子，决定往湖畔方向走，因为他看到有条小路伸向太湖。他回望了一下小山村，除了那间小黑屋，山坳间好像还有几间茅草房，杂乱的树遮住了稀少的田地，看不到人迹，只有鸟儿在山里乱飞。杨同记孤苦地走着，慢慢感觉到湖畔的荒凉，像被人遗忘的地方，愈往前走愈加孤单，连飞鸟的影子也愈来愈少。突然，耳际传来隐隐的寺庙的钟声，好像在东南方向太阳升起的地方，那地方的山峰很低，有彤云环绕，好像有许多鸟儿在云端里盘旋飞翔。杨同记停下脚步，静心聆听钟声，深沉，悠远。他被吸引了，慢慢转身往钟鸣处走去。小山村被蒿草淹没了，东南方向的山峰渐渐变得清晰。

杨同记脑海里一片荒芜，只回忆起乘沙船过长江的情景，呼啸的江风压着沙船风帆，潮水涌上船舱滴滴点点，船舱被打湿了，客人蹲在舱底呜呜地号哭。脚底下空荡荡的，身体漂浮着，摇晃着，脸孔早已被江水打湿，冷飕飕，湿叽叽。江面上天暗云低，江潮源源不断地推涌而来，仿佛要把沙船吞没。船老大没事般迎着风浪唱山歌，高音袅袅飙起来，好像有鸟儿往天上飞：

哎……
天做帐啰，那个海做床
月牙牙的脸蛋嫩朵朵的唇
猫腰腰的腰呀活泼泼的囡
那海风吹呀吹呀伊皮肤还是那么的嫩
那么的嫩
天落大雨弄湿伊的发呀
好像风神给伊抹了妆呀
望那红红的太阳升起来
海妹子的容颜要放光彩
放光彩唷
……

杨同记跌跌撞撞走了大半天，山峰还那么远，渐渐地听到钟鸣声，看见了山坳里的黄墙寺庙，觉得离那里近了。杨同记的脚步加快了，喉咙里拼着一口气。傍晚时分，杨同记喉咙里的一口气漏了，身体歪斜着倒在山门外。这是一座江南名寺“紫金庵”，寺内香烟缭绕。

“施主醒来，施主醒来……”寺内众尼围着昏晕的杨同记，寺内住持轻轻唤他。杨同记慢慢苏醒，脸上挂着泪。

“南无阿弥陀佛……”主持合掌祝颂。

“咦，师妹呀侬快来！侬看看他像谁，阿是前几天资助商家年会的小客官？”静尼师姐惊奇地说道，把众尼身后的姝姝姑娘拉进来看杨同记。姝姝俯下身子仔细察看杨同记，脸上浮起惊讶之色，转身朝住持一揖说这个男孩子吾认得，曾有一面之缘，请师尊救援。住持和蔼地点着头，吩咐众尼把杨同记扶进紫金庵。厨娘端来一碗热粥和青葱小菜，姝姝从静尼师姐处借了一件棉袄送到杨同记身边。众尼亲和地看着，嘴里念念有词。

“客官很面善，为何倒在这山门前？”姝姝看见杨同记回过神了，急急询问道。姝姝对杨同记的遭遇十分惊讶。杨同记吃了热粥又穿了棉衣，觉得自己遇到恩人活过来了,脸上热泪长流。杨同记呜呜咽咽哭了一会儿，将自己的遭遇原原本本说了一遍。姝姝听得很认真，因为她觉得这遭难的杨同记为情而来为爱而生非常可爱。姝姝身后的众尼也围着姝姝与杨同记，念念有词。

“我认识一个姑娘，曾经也乘着小船来这姑苏地面寻觅她的心上男人，这样的故事今天又发生了。师傅师姐们可以做证。喏，这人世间唯有真情最可赞，是么？”众尼似嗔非嗔地点点头，嘴巴里的佛语念得更密些，南无阿弥陀佛……亲和地看着姝姝和杨同记。姝姝跑到静尼师姐的住处，从自己的行囊中拿了几块银圆送给杨同记。姝姝叮嘱杨同记，路途艰难，小心为好。杨同记擦干眼泪，感激地朝众尼深深一鞠躬，又朝姝姝深深一鞠躬。姝姝的脸瞬间就红了。姝姝说，客官别多礼，吾俚苏州人是好客的，心肠亦好，难得侬到这老地方来寻寻觅觅。吾叫姝姝，家住木渎镇老街，愿替客官烧支高香，恭祝侬一生平安。听到此言，杨同记又哭了，泪流满面。姝姝见杨同记流泪，眼睛里也溢出泪水。静尼师姐见了，觉得奇了，又不好点破，安慰说：“好了好了，客官今天幸好遇着我师妹，如果师妹今天没来这紫金庵烧香祈愿，没来和我谈琴谱，这流泪度人的好事就没有了。今天是替菩萨做好事，菩萨会保佑你们的，南无阿弥陀佛……”

南无阿弥陀佛，众尼将杨同记送出山门。姝姝拉了静尼的衣袖不住地向杨同记招手，杨同记回头开心一笑，姝姝也一笑。紫金庵的晚祷钟声敲响了，唱喏之声渐起，佛经悠扬。

金鸡报晓，朔风怒号。汇龙镇沉浸在过年的预庆之中，家家户户门上新贴了春联，走廊里挂了红灯笼，屋檐下挂了腊肉腊肠大河草鱼，沿街河的厨屋烟囱袅袅绕绕飘荡着炊烟，蒸面粉做糕做圆子的香气盈满老街。朱一茗与细娘早早跑到酱园店做事，将几十只酱缸的盖子打开，闻闻新酝酿的酱油的香味，摸摸酱制品的温度。沐浴了露水的缸盖袒露出浑厚的醇味，在晨阳下慢慢收干弥散的酱汁，洇开甘醇的光彩，享受清香。一只一只酱缸翻看过来，再一只一只盖上。老街热烘烘的过年氛围好像酱缸飘起的醇香开始围绕朱一茗与细娘了。晨阳照耀得更热烈了，北风收住了脚步，老街上暖洋洋的。孩子们跑到老街南面的一块空地上玩跳皮绳，唱着好听的儿歌。晨阳里，酱园店的大门被轻轻推开，杨同记满脸沧桑的脸闪进来，疲惫的身子也跟着挨进来。杨同记进门头一句话就是喊朱一茗，喊声中带着哭音。朱一茗听到了杨同记的喊声，愣了几秒钟，好像做梦醒来，丢了手里的酱缸盖子，向杨同记跑来。

“朱一茗……”杨同记口内喊朱一茗，伸手紧紧抓住朱一茗的衣袖，不肯放开。朱一茗也抓了杨同记的手不肯放开。突然，杨同记跪在地上朝朱一茗作揖，脸上淌着泪。朱一茗心里有点酸楚有点慌乱，想扶杨同记起来却扶不动他。背后细娘早已经泪水涟涟挂在脸上。细娘劝慰说：“杨少爷回来就好，吾俚一直等你回来，这个店要你当家呢……”

噼啪噼啪噼啪，老街那边有人家开始点燃鞭炮，要抢先送财神。杨同记谢过朱一茗，看到酱园里的酱缸在阳光下闪着光彩，闻到酱缸里飘着的醇香，禁不住呜呜地哭了，哭了好长好长时间，脸孔都哭瘦了，结了泪痕。朱一茗和细娘劝慰着，好像哄孩子。

“朱一茗，你是个好人，细娘姐也是个好人，文老先生也是个好人，你们一家都是好人……”杨同记突然说道，嘴巴里反复叨念着这句话。朱一茗认真仔细地看看杨同记的脸色与眼神，杨同记的眼神很清晰，泪光闪闪，没啥异样。杨同记哽咽着说：“朱一茗，我心里清楚你是个经商的行家，我愿意出资资助你开店，我杨同记知恩图报，说到做到决不食言！”

“啊……”朱一茗听到杨同记的话,有点愕然。细娘赶紧劝慰杨同记说：“杨家少爷也是个好人，吾俚晓得哉，哦？”

杨同记破泪笑了，好像小孩子。

大年夜了，汇龙镇新开的街市一片灯火。杨同记诚邀朱一茗和细娘吃年夜饭，新年初一到文白先生处拜年。杨同记拿了一张银票给朱一茗，数目较大，朱一茗不肯收受。杨同记说：“这里有资助你开店的铜钿，等你赚到钱再还给我，这样可以了吧？”文白先生呵呵笑着，示意朱一茗收下银票。细娘也在朱一茗背后拉拉他的衣衫。朱一茗晓得外公的意思，晓得外公的智慧，收了杨同记的银票。杨同记开心地笑了，像个孩子。

第九章　乡间亦藏聚宝盆

元宵节，汇龙镇的彩灯挂得老街铺天盖地，街河上的三条大木桥挤满小孩，围观赏灯的人们在老街上跑来跑去，非常有趣。朱一茗被细娘拉着去观灯，在人群里凑热闹寻快乐。杨同记从一条大木桥上挤过来，从细娘手里拉过朱一茗，带着他去看老街西边靠河沿的一个地方。那里的河柳干瘦的枝条在几间楼屋的影子里飘着。杨同记说："吾观察了，这街西的河沿这块地还空着，建议你赎下来盖楼屋，靠着这河沿，前头就是三面环水的岛形地面，风水极好。"杨同记说完，将手里的灯笼晃来晃去，好像要去丈量这块空地。朱一茗开心地笑了。朱一茗说，这块空地吾也盯了好长时间了，等过了节，吾去寻朱鸿儒，想办法赎下来。杨同记说，朱一茗你要抓紧，听说盯上这块空地的粮户有好几个，暗地在价格上斗呢，如果你想法赎下来，缺少铜钿的话我来帮你，好么……

老街远处的灯笼红红的，连成一片。四围燃着烧野草的黑烟，夜空里响着鞭炮，闪闪烁烁。

过年后，杨同记提了两瓶绍兴女儿红老酒去朱鸿儒家。朱鸿儒见到杨同记，嘴巴里支支吾吾，脸色尴尬。杨同记并不提及朱鸿儒侄儿朱二毛敲诈拐骗的事，反而很热情地拜见朱鸿儒，称其"朱家大粮户"。

"杨家阿侄客气呀！"朱鸿儒收了礼，嘴里说着客气话给杨同记搬红木椅子坐，"大过年了，发财呀！"

"朱家大粮户新年发财！"杨同记向朱鸿儒作揖称颂，"小侄有一事相求，请大粮户照顾周全！”

“吾俚街坊邻居，相互照应么，应该的应该的。”朱鸿儒脸上堆笑，松了一口气，“给杨家阿侄沏茶！”朱鸿儒朝后厢屋里的佣人喊道，自己去桌面上捧了一只水烟壶吧嗒吧嗒抽水烟。

“吾打算替管家朱一茗出面担保赎一块老街地皮。”杨同记从红木椅子上起身朝朱鸿儒拱拱手。杨同记拿眼盯着朱鸿儒，逼他表态。

“哦，原来是这种事，这个……”朱鸿儒眼睛睁大了，有点吃惊。

“朱家大粮户，您宰相肚皮好撑船，这一带都晓得您开垦杨家沙 6 号圩做了善事，为沙地人造福积德要被后人传颂的，您手指缝里漏出一点点，吾俚外来户就受益许许多……”

“啊唷，杨家阿侄嘴巴很甜么……好吧好吧，看在你父亲杨粮户诚实守信的面子上，吾再替你家谋一次福利。不过，你好像要替朱小官人做保人赎土地，这倒有点奇了，讲来听听……”朱鸿儒丢了水烟壶，双手做了个安抚动作，示意杨同记坐下来谈话。后厢屋里慢慢走出一个老女人，身穿狐皮大袍子，手里也捧着一只水烟壶，水烟壶较瘦小，壶身和管口都嵌着金玉。老女人仰着脸细瞧杨同记，看清楚杨同记的脸后，转身对朱鸿儒说，这个杨家阿侄肚皮大咪，伊肚皮大侬朱家大老爷肚皮也要大啊，否则要被这沙地人笑话格，阿是哇？老女人讲完这句话，看也不看朱鸿儒一眼，转身回房去了。一会儿，从老女人的房里走出女佣人，将几张田契交给朱鸿儒。朱鸿儒晓得老女人的心思，赶紧把田契接住，脸上堆满了笑。杨同记目睹了这情景，突然想起自己头一次到朱二毛屋里玩，听见过这个老女人责骂朱二毛的声音。原来这个老女人心里清楚朱二毛做了孬事对不起杨同记，今天特地出来替朱家赎罪呢。这老女人的眼神说明了一切。

“杨家阿侄，这是吾朱家手上的几块空地皮，你想要哪一块？”朱鸿儒把田契打开给杨同记挑选。杨同记仔细看了一遍，指着老街西河沿的一块空地说，吾要赎这一块。朱鸿儒将田契收拢，沉默了很久，摇着头说，好吧。杨同记赶紧向朱鸿儒致谢。朱鸿儒叹口气说，这块地吾舍不得卖，捂在手里两三年了。说完，请佣人给杨同记倒茶，叮嘱杨同记尽快筹备好铜钱，邀请保人证人来签赎买土地的契约。杨同记开心地谢过朱鸿儒转身走了，朱鸿儒在厢房里沉默了一会儿，突然起身挥拳头拍桌子，将阿侄朱二毛痛骂一顿，桌上的茶杯砸翻了，茶水淌了一桌子。

数天后，杨同记出面牵头，邀了汇龙镇沈裕春、张耀祖、黄霓裳等人物做证人，替朱一茗赎买了朱鸿儒的那块老街西河沿的空地。屋宅地契白纸黑字，清清爽爽。杨同记替朱一茗预付了赎金。杨同记说，朱一茗，你将来做生意发财了将赎金还给我。朱一茗想了想，接受了杨同记的好处。朱一茗是付得起这笔钱的，俗话说钱财不露白，这沙地崇明来的粮户多，露白了，外来户会受崇明粮户们嫉妒。杨同记办成这件事，天天开心得像小孩，收拢了玩的心思，起早摸黑，专心于管理酱园店。朱一茗呢，得了老街那块宝地，街坊邻居好像觉得他是中了状元，见到他都敬誉三分。那天，蓝印花染布店的老板娘来寻他，见面带了三分笑：

“朱小官人，发财呀，可喜呀……”

“哦，老板娘有何事体？”朱一茗淡然应酬道。

“喔唷喂……”老板娘大惊小怪地说，“今天吾看见侬家屋檐椽子上结了燕子窝呀，要大吉大利呀……”她的话语很夸张，说着好话兜圈子，“冬天里抱暖了春天里飞，花红柳绿满地铺黄金是哇……”

“哦，老板娘客气了，你慢慢讲，噢！”朱一茗也不嫌弃，微微躬了身子，两只手将衣衫整整，放下卷曲的衣袖。这老板娘见朱一茗不嫌弃也就来了劲，掩着嘴靠近朱一茗的脸神秘兮兮地说：“有一桩事体吾要告诉侬，吾觉得这汇龙镇只有侬朱小官人可以命里有，别人是受用不起的……”朱一茗渐渐听清楚了，这蓝印花染布店的老板娘要告诉他的是一件神秘事体，她要聪明过人的朱一茗替她去察看真相，如果事体是真实的，她要赠送给朱一茗一半的好处云云。

“世上只有辛苦与积德，哪里有什么聚宝盆？”朱一茗呵呵呵地笑了，又说，“古人云，富家不用买良田，书中自有千钟粟；安居不用架高堂，书中自有黄金屋；出门莫恨无人随，书中车马多如簇；娶妻莫恨无良媒，书中自有颜如玉；男儿若遂平生志，六经勤向窗前读。书中自有黄金屋，书中自有颜如玉，读书识宝，那是讲读书了才会有智慧与才能，才能懂得世上最宝贵的东西就是你认真去做的事体，以成就你一世的功名。”

“啊……你真聪明，这件事体看来非要邀请侬去察看一下才能解释得清楚，就算吾大娘求你了……”老板娘缠住朱一茗，脸上堆满了笑颜，令朱一茗很尴尬。朱一茗沉思许久，放下抓在手里的衣角，应允了。其实朱一茗心里很清楚，这老板娘说的事体是荒唐的，他要去戳穿她的戏像镜。

三天后黄昏，那老板娘领朱一茗去看“聚宝盆”。朱一茗将这件事同外公文白说过，文白捋短须思忖半晌，脸上慢慢浮了笑颜。他拍了拍朱一茗的手臂，呵呵一笑说，身正不怕影子歪，无愧不怕鬼缠身。朱一茗弄懂外公的话意，也不同外公多说，跟老板娘去了。

晚霞还映照着汇龙镇，春天的气息慢慢渗透进来，街河旁边的柳树染上了嫩绿的颜色，在河边轻轻摇动着枝条。汇龙镇被乡间的细茸茸的草色包裹着，空气湿润，晚色朦胧。老板娘手提灯笼，身旁跟着两个店里的伙计。一行人走出汇龙镇的时候，西天还残留着一抹彩带，渐渐淹没。朱一茗出门时顺手拿了一根拐杖，扶手嵌有青玉，杖头箍了铁环，沉甸甸的。朱一茗有拐杖在手，不怕乡间的狗了。当他走到老街最东端的巷子时碰到细娘，细娘胳膊肘里挽了一篮野生荠菜。细娘听说去看“聚宝盆”，挽着荠菜篮子就跟着去了。细娘看到朱一茗手里的青玉拐杖嘴里乐得笑出声，嬉笑朱一茗男子汉大丈夫胆子小得像只小兔子。

老板娘带领一行人走了半个时辰，来到一个乡间小村庄，四面流淌着小河水，手提灯笼在河水里晃来晃去好像移动的星星。村庄有几户人家，屋里点着灯。在一条小河旁边盖着茅屋，一条黄牛在拉磨，茅屋里传出吱吱唔唔磨盘咬磨的声音。在茅屋的后面是一块很大的竹园，竹园的一边是个大荷塘，荷塘与竹园中间砌了一间比较宽敞的瓦房，一条小路通向那里，竹园里的竹子交叉着结了一个门。有点神话般的情境出现了，竹园与瓦房间有红光浮现，时隐时现。

老板娘提着灯笼在门洞前站住了，回头神秘兮兮指指点点着说，到了到了，就是那里了。朱一茗慢慢走近那道门，回首望了望夜色朦胧的小村庄，笑嘻嘻地说，一块方塘几丛翠竹，一条老牛几间茅房，此地莫非是磨豆腐的作坊么？老板娘轻声嘘嘘，示意朱一茗小声点不要惊了神仙。啥神仙呀，莫非是今夜有仙女从天而降光临这间房子，叫吾等开眼了？没等朱一茗话音降落，那间瓦屋里亮起红灯，有弹奏琵琶的音乐飘然响起，悠悠荡荡，仿佛夜空里都染了这琴声。

一行人驻足静听，琵琶声很轻很软，好像是半空里飘荡着粘到这方土地上来的，又好像是缠绕着小河的水，踩着这方土地流淌进来的，也好像是从那块翠竹园中穿绕着过来的，袅袅绕绕，纤纤柔柔，有几分缠绵有几分忧怨。老板娘脸上堆起献媚的笑，对朱一茗说，这间屋子平时空荡荡的，自从这里有红光出现，就会有琵琶声传出来，谁也不敢进去探看。村民们传说这里有“聚宝盆”，越说越神秘，今晚亲耳听到了，阿是有神仙哇？你朱小官人可是大富大贵之人，如果今晚能挖到这“聚宝盆”，那就算是神仙眷顾于你我，嗯？朱一茗也呵呵地笑了，对老板娘说，这有啥神秘的，进去看看么，无非是有人在这屋子里练弹琵琶，高手而已。正说着，屋里的灯火更亮一层，隐隐看到灯笼的影子。朱一茗回首拉了细娘的手，将手杖拨开竹叶门抢先钻了进去。进得瓦屋，眼前一亮，屋内摆放着家具，燃着香炉，有两个少女在玩琵琶，香炉里的细烟在少女的身旁缠绕着，看得见少女的手在动，琵琶声好像随着香烟在飘荡。少女见有生人进屋，惊讶之色浮于嫩脸，琵琶声戛然而止。屋的墙侧有屏风，另有女人从屏风后转身出来，拎了一只很小的手炉，手炉被摩擦得锃亮，透露出闲人的气息。女人未曾说话，脸上的脂粉气就飘了过来。

“你们找啥人哪，悄悄闯吾的屋里厢来？”女人说着，抽了衣衫上的绸绢擦脸。朱一茗放开拉细娘的手，看了看弹琵琶的少女，回答说，这琵琶弹得好，就来了，有点冒犯了，请见谅。

“哦，踏琴声而来，请问你们是……”

“吾是汇龙镇老街的，这里是啥地方呢，这么优雅，好像走错了地方了呢，嘿嘿嘿……”身后传来老板娘的声音，嗓门有点大了，好像串门的样子，毫无陌生的感觉。她带来的店员静静地站在她身后，使她的胆气特别大。那女人看到老板娘后有点气馁，甩甩手里的绸绢，转而系到大胸襟衣服的衣扣上，拂了拂身上衣衫，略低了头说，“没有呀，这里厢就是暗了点，女人们喜欢玩的地方，幽静了点，难得汇龙镇的大家属里的人来玩玩，欢迎呀……”这俩人寒暄了一会儿，女人动手搬了几张椅子放到大瓦屋的一侧，邀请朱一茗等落座。“来来来，既然来了就都是客了，喏，吾这里喜欢拨弄拨弄丝弦家伙，在这清静处野村外弹弹唱唱，勿影响人家睡觉，想弹几时就弹几时，无妨碍格……”那女人招呼后，兀自拎了手炉退到屏风后面去了，一会儿，她又走出来，手里多了两盏油灯，拿到朱一茗椅子旁边，挂好，点亮。她朝大家笑了笑，吩咐两少女继续弹奏。

细晴丝吹来闲庭院，
摇漾春如线。
停半晌整花钿，
没揣菱花偷人半面，
迤逗的彩云偏。
我步香闺怎便把全身现。

……

梦回莺啭，
乱煞伊枕边，
人一立小庭深院。
炷尽沉烟，
抛残绣线，
忆春辞情似去年？

两位少女弹奏了一会儿，对唱了一曲，莺莺燕燕，歌声妙曼。屏风后的女人又走出来，手里提了一盏大红灯笼，对老板娘说，这里的乡下人奇奇怪怪说什么前面竹园里埋着宝贝，弄得大家心里痒痒的，今晚上趁着人多，我们就去探看探看，弄个清楚，不要害得大家一遍又一遍到这里厢来，搅了大家的好梦，难为情格……那女人边说边走，兀自领着大家去前面的竹园。她说，事情发生好几天了，夜里有红光出现，那光一闪就没有了，好像就在竹园里。红光一出现，这里的狗都不叫了，你们听听一点狗叫声都没有，奇怪不奇怪？那女人熟门熟路，走到竹园旁边，将灯笼挂在一株老竹上，用手指着几株细竹的根部，意思东西就在那里。老板娘示意身后的店员去拿农具家伙，自己拉开竹园的茂竹，一步一步向里跨进去。尖尖的嫩笋透着茸茸的细腰破土而出，好像一根根钉子顶着老板娘的鞋子，弄得她插不下脚去，她又一步一步退出来，等店员回来。这样折腾了半个时辰，进入竹园挖宝贝的店员大惊小怪地说，挖着了，挖着了！他们将宝贝捧到竹园外面，拨开宝贝上沾着的泥土，将它交到老板娘手上。哇呀，真有宝贝呀，怎么黑油油的，快点拿到屋里厢去看……老板娘捧了宝贝跑到瓦屋里，轻轻放置到桌子上。什么宝贝呀，乌黑溜秋的一只小陶罐，这罐四方形，罐口很大，吊了两只铁环。罐内有粗糙的纹画，半朵睡莲斜插在一条很随意的枯枝上，睡莲有点模糊，没有根也没有花朵。

“这就是传说的宝贝了？”朱一茗惊奇地瞪大眼睛，屋里的女人摇摇手里的绸绢睨了陶罐一眼没再说话。老板娘用手遮了嘴巴靠近朱一茗的耳朵小声说：“轻点轻点，那东西长耳朵，说重了被其听见就不灵光了，那就是我要你看的宝贝，稀奇不稀奇呀，嘿嘿嘿。”停了一会儿，老板娘又说，“你听听这周围的狗都不叫呢，被其镇住了呢，今朝被你朱小官人碰着了，说明与你有缘，换了别人它不会现身……”

屋子里的弹琵琶少女不见了，两个琵琶悬挂在屏风两侧的圆柱上。屋里的女人将那盏红灯笼吹灭了，桌上的陶罐黑乎乎的有点模糊的感觉。

“朱小官人，这宝贝很神奇的，听说从前是海里游过来的，最少埋藏在土里有千年，夜里会发光，谁得到了它谁家发财致富，金玉满堂还庇荫子孙……”

“你这是听谁说的，神神秘秘，大不了这个是只古陶，哪有什么神奇可言？”

“喔唷，朱小官人要砍价哇，这宝贝事先说好的见者有份，你要拿去么也好，讲讲条件啰，嘿嘿嘿。”

“这屋子里光线暗乎乎的，看也看不清楚，拿到汇龙镇去，找光线明亮的地方再讲。”

“喔唷，朱小官人，这个宝贝见不得生人的，见了生人就漏了财气，也就一文不值了，使不得的……”

“那你拿着吧，也许真的是宝贝呢，嘿嘿嘿。”朱一茗笑了，细娘也跟着笑了。老板娘有点尴尬。屏风后面的女人走出来，用绸绢擦了擦陶罐的两只耳环，说：“既然是好东西，吾也有份，吾想用这里的屋宅田地来赎这宝贝。”

“什么，你也要分一杯羹？你这荒凉的穷地方二三亩薄田，值多少铜钿？”老板娘反诘那女人，说得那女人光火了，摇摇绸绢说：“这里有屋有田还有磨坊，着实有点值钱的还有吾屋里厢的二个琵琶女，拿到哪里都是抢手货，还比不过你那家空瘪瘪的染布店？”

“吔吔吔……”老板娘瞪眼睛了，“你晓得吾是谁的，还装腔作势瞎说瞎讲，如果你愿意，吾愿意出大价钱买你家的屋宅田地，买你手里的琵琶女……”

“好哇，你愿意出多少钱，你讲讲看？”

朱一茗看着这俩女人争论心里有点好笑，拐骗的伎俩弄到我面前，好像翻烧饼一般翻来翻去瞎胡闹，到头来弄得面目全非看你俩怎么收场。过年前杨同记被你们这种伎俩弄得人财两失，差点搭上性命，今天要我上当受骗岂不瞎了狗眼？

看到朱一茗静观不响的架势，俩女人不争论了。老板娘将那女人拉到朱一茗面前说，她有话要同朱小官人讲。女人用绸绢擦擦嘴角，说朱小官人是个有福之人，这只“聚宝盆”理当归你，谁也别想抢去的。如果朱小官人愿意出大价钱收了我家的屋宅田地，我还愿意将屋里厢的两个黄花闺女押给你，就算送你顺水人情，朱小官人要了这如花似月般的女人，称心如意的话给你做个二房三房也算是没有浪费了我栽培她们的一段心血，天地良心呀，我还有点舍不得呢……

“哎呀呀，你心里想做啥事体就快点讲出来，到这里还转转弯弯，老娘吾没心思再陪你玩呢，哎哟哟……”老板娘有点熬不住了，催着那女人。

“唔，讲明了吧，好处都给你朱小官人吧，吾家老爷还有一亩三分地，是吾家的走脚田，风水好，一并押给你，吾家老爷说只要朱小官人放弃老街西河沿那块空地，他愿意加倍偿你钱财，你看好么……”

哦，朱一茗听清楚了，这个女人才是要送他“聚宝盆”的人，神神秘秘的就是要朱一茗出让老街那块风水宝地。朱一茗晓得这女人明里是说不动的，就弄了这么个地方来诱惑他。

“哦，好奇怪的事体，你家老爷真的很聪明。老街那块空地已经由朱鸿儒大粮户卖给吾了，白纸黑字刚刚落地。如果现在就转让给你家，恐怕要被老街人耻笑，被朱家大粮户责骂，这聚宝盆再好，吾也不敢收受。关于收受你家良田闺女么吾也不敢，你看看吾身边的女人，虽然是大家闺秀，她肚量再大也大不过当着吾的脸面答允吾未娶媳妇就收小妾，且要收受你的二位如花似玉的女儿，岂不成为欺男霸女的强盗了吗……”朱一茗说话很轻也很有分寸，慢慢地驳回那女人的话题，婉拒那女人给出的好处。那女人呆呆地听着，脸孔惨白，失去刚才的那般风采。老板娘眼看事情谈不拢哉，悄悄起身拉了拉门口站着的店员的衣角，意思催他们开口。那两位店员争着说，天色已经晚了，黑咕隆咚的，回家去吧。朱一茗赶紧站起身向那女人告辞。细娘跟着朱一茗走出大瓦屋。啪嗒，瓦屋里的油灯摔倒在地，黑暗顿时笼罩了瓦屋，那里一片死静。

朱一茗与细娘回到汇龙镇时，杨同记闻信早早等在他家屋里听消息了，文白陪着喝茶。朱一茗将情况细述一遍，杨同记几乎要喊出声来。杨同记说，我被这染布店老板娘误传假信拐骗到江南，好像都有琵琶女出现，这沙地骗子的手法很奇特，弄得我晕头转向，差点弄丢了性命。杨同记将那次江南的奇遇细说了一遍，令朱一茗细娘十分惊讶。细娘说，好在你有缘遇到姝姝，不然后果很惨呢。那位神仙般的少女姝姝与我也有恩情,情同姐妹,可谓奇缘也。以后如果再见到姝姝,我必替你当面谢过,好么？啊呀……杨同记眼睛里都要笑出泪来了，世界上的事体真格神奇，原来细娘姐姐也认识这姝姝，这真是太神奇了，太有趣了，让我开心得夜里厢要困勿着觉哉，嘿嘿嘿。

杨同记在朱一茗家闲聊了好长时间才回酱园店去，细娘将篮子里的野荠菜放到罐子里，洗了手回东隔壁的出租屋里休息去了。朱一茗和外公文白坐在灯下细细商谈了许久。外公叮嘱朱一茗早点将老街那块空地砌砖盖楼开门做生意，避免夜长梦多。

第二天早上，杨同记就给朱一茗带了个木匠师傅来，杨同记说，什么送你“聚宝盆”，分明是要吞吃你的那块风水宝地。你抓紧时间弄好屋宅地，我还等着你新店开张快点与细娘姐姐拜堂成亲讨杯喜酒喝呢。那木匠师傅三十多岁年纪，手臂上抱紧一只刨子和墨斗，手掌里握了一杆短柄旱烟管，身后还跟着一个小徒弟，徒弟脸孔暗黄淌着鼻涕。

“东家，这是西河沿盖楼房的样板图，侬仔细看看好哇？”那木匠一只手掌里多了一份图纸，好像会变戏法。朱一茗笑了，说这条老街的楼屋都一个样式，你做生活仔细点替吾把好质量关，铜钿不会少你的。杨同记说，这位师傅本事很大，慢工出细活，盖楼屋就要请老师傅，百年大计么，嘿嘿嘿。杨同记交代好木匠师傅这件事就走了。朱一茗带着木匠去西河沿看那块空地。老街上赶早市的人愈来愈多，几辆独轮车吱吱咕咕推过来，有一辆推到朱一茗身边停住了，车上走下一位穿长袍的男人。男人脸孔很黑，下身系了一条蓝印花的围裙，手上戴着金戒指。

“面前这位小哥是老街的朱小官人吗？”那人彬彬有礼地说。

“啊，你是找我吗？”朱一茗疑惑地看看这陌生男人，头脑里很空白。那人拉了拉朱一茗的手，脸上堆起笑纹，“吾家老爷吩咐，要找朱小官人谈谈生意，朱小官人肯赏脸吗？”

“谈啥生意，你家老爷是做啥事体的？”

“哦，吾家老爷在黄海畔开了一家盐行，还经营棉粮生意，有好几艘沙船进出港口，生意做得蛮大呢，在沙地一带有点小名气，嘿嘿嘿……”

“哦，你是黄海畔龚家仓的？”朱一茗听老街的人谈论过龚家仓做私盐的龚老虎，此人靠黑道发家致富，贩卖私盐棉布油粮，还与海盗有染强占乡下土地，无法无天。朱一茗心里好像被什么打击了一下，胸口有点发闷。

“啊……吾是来谈生意的，朱小官人勿要听别人瞎讲，做生意最讲究诚信，勿能乱来格，乱来么要吃官司格……”那男人的嗓门有点拉大了，手指上的金戒指亮闪闪的，朱一茗身旁的木匠拉拉徒弟的衣角躲到街边的屋檐下去了。“吾今朝跑来是要传吾家老爷的话，请朱小官人明朝到汇中楼茶馆店喝茶，喏，这是吾家老爷的请帖，勿要紧格，谈谈生意交个朋友，勿要紧格……”男人边说边把一张纸头往朱一茗手里送，朱一茗推也推不开。朱一茗摊开纸头，纸头上写了一行字：

朱家小兄弟台鉴：

我家娘子要送你聚宝盆，你将西河沿空地转手给我。我家来往港口沙船较多，我要在河沿建造水陆码头，望促成。

龚家仓盐行 ×月×日

朱一茗读了纸条，脸孔发红眼睛发光，一股无名火从胸膛里燃烧起来，扑扑啦啦直往喉咙口钻。一股穿堂风吹过来，吹得街屋檐下挂的灯笼摇来摇去发出撞击廊柱的声音。朱一茗抬头望见早晨的太阳正一点点从东街移上天空，一群小鸟在天空盘旋，彩霞满天。彩霞中，细娘提着菜篮子从东街走来，脸上浮着灿烂的笑容。穿堂风往西面呼呼刮去，消逝在赶早的人群之中。朱一茗冷静下来，无奈地一笑，朝那位男人拱拱手，说谢谢你送信，做生意要讲良心，否则寸步难行。请转告你家老爷，都是做生意的人，眼光放远些，给人饭碗与人方便就是给自己方便，捆绑不能做夫妻，强求不得的。菩萨说，愿愿念弥陀，弥陀即自心。大家做好事，度人度自己，一世享清福。

啊……男人听了朱一茗的一番话有点脸红，张口结舌。他把下身系的围腰裙抓住掀起来，用力擦了擦脸，黑色的脸孔被擦出一道红杠子。愣了一会儿，举手看看天空，转身吩咐推车的车夫来装载他。车夫将车子向他倾斜成九十度，让他坐上车座。吱吱咕咕，独轮车装载着男人往西街去了，那男人悄悄回望了一下，苦着脸转过身去，跟着赶集的人们消逝到街缝里去。

大约三个月的时间，朱一茗在老街西河沿空地上盖起了一座漂亮楼屋，老街的人都来看这新楼屋，朱鸿儒也来看，朱鸿儒家里的老女人也拄了拐杖来看。那老女人嘴唇颤抖着喃喃自语，看完后用拐杖敲打着街路上的青石板，嘴巴里喊着败家啊败家啊，一路敲打着回家去。西河沿对岸的岛形地带，那个戴金戒指的男人站在柳树下观望了一会儿，狠狠折了几根树枝扬长而去。几天后，朱一茗盛情邀请老街的十八家商店的人做个财神会，以抽签的形式确定会费资助对象与期限。这种行业资助的互惠互助形式受到老街商户们热烈响应。蓝印花染布店老板娘也来入会，她做梦也没有想到抽了个头签，想到自己做了愧对朱一茗的事，脸孔红到脖子根。

朱一茗的经商才能令老街人刮目相看。蓝印花染布店老板娘拿了财神会的互助金晚上睡不着觉，第二天请人刻写了“积德行善”的匾送给朱一茗。

三月桃花盛开了，一对雨燕结窠在朱一茗的新楼屋檐下，抱出一窝雏燕，吱吱呀呀在西河沿的柳树间飞行。朱一茗请木匠师傅做了店柜台、店橱、账桌等一应家具。朱一茗与细娘商量，开店做啥生意？细娘想了想说，你想做啥就做啥，我是私奔你而来，家里老爹都瞒着，哪有我这不孝之人说话做主的份？细娘的戏嗔自嘲提醒了朱一茗，自己老早拜师学艺做茶食，一身的手艺，何不传承江南鼎和斋的百年老店之技，在这沙地落地生根开花结果呢？朱一茗把想法说了，细娘有点担忧。因为细娘曾听爹爹说过，鼎和斋老店是祖上传承而来，一些糕点的配料是秘传的，未经他允许不可外传，以避免砸了老店招牌辱没祖宗。如今自己已经私定终身，爹爹也不晓得自己做啥事体，爹爹管不到这些事自己也不可以违了爹爹意愿胡来哟。朱一茗觉察到细娘的心思，对细娘说，我们开茶食店要用鼎和斋的名头，卖出去的糕点都沾了鼎和斋老店的光，这件事体必须要得到你父亲的同意，才算名正言顺。我想去江南枫泾镇走一趟，征求你父亲的意见。细娘笑了，说那我陪你去，我爹爹会不会责骂我吃了我或者要把你赶出家门，我就把握不准了，呵呵呵。

细娘跟着朱一茗返回江南老家去，一路上无心观赏春天的风景，只想早点看到自家屋檐下那熟悉的店门。当她踏上枫泾老街的街河码头，竟然看见二姐梨花呆呆地坐在码头的廊檐下眼睛无神地望着街河里的乌篷船穿来航去。“二姐！”细娘喊了一下，梨花慢慢转了头来，脸上凝聚了泪痕。

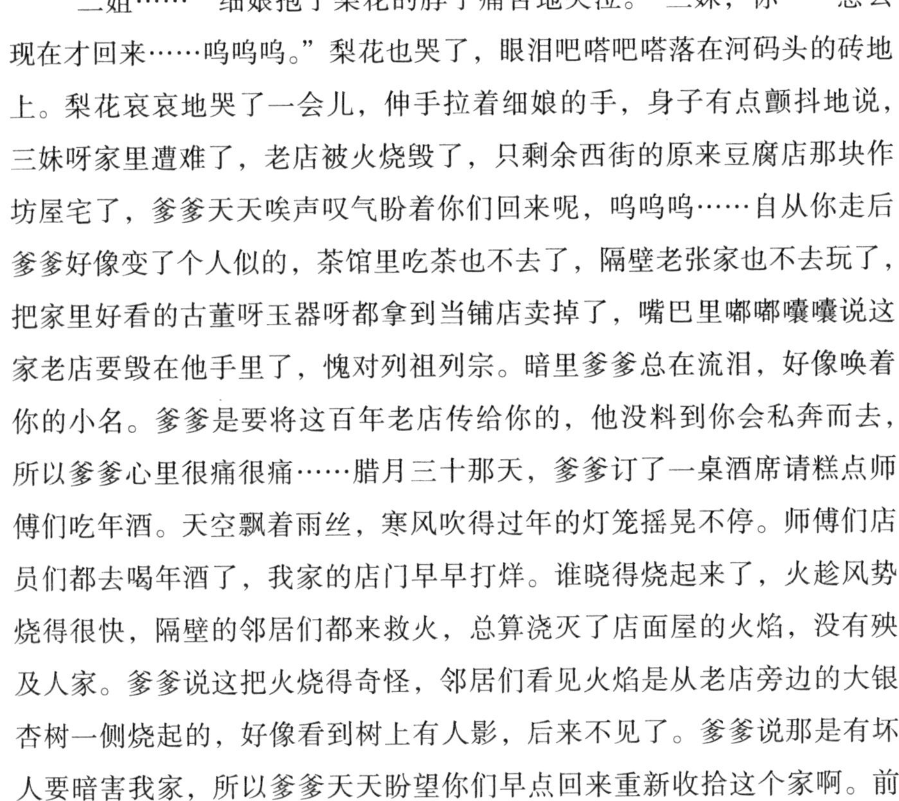

“二姐……”细娘抱了梨花的脖子痛苦地哭泣。“三妹，你……怎么现在才回来……呜呜呜。”梨花也哭了，眼泪吧嗒吧嗒落在河码头的砖地上。梨花哀哀地哭了一会儿，伸手拉着细娘的手，身子有点颤抖地说，三妹呀家里遭难了，老店被火烧毁了，只剩余西街的原来豆腐店那块作坊屋宅了，爹爹天天唉声叹气盼着你们回来呢，呜呜呜……自从你走后爹爹好像变了个人似的，茶馆里吃茶也不去了，隔壁老张家也不去玩了，把家里好看的古董呀玉器呀都拿到当铺店卖掉了，嘴巴里嘟嘟囔囔说这家老店要毁在他手里了，愧对列祖列宗。暗里爹爹总在流泪，好像唤着你的小名。爹爹是要将这百年老店传给你的，他没料到你会私奔而去，所以爹爹心里很痛很痛……腊月三十那天，爹爹订了一桌酒席请糕点师傅们吃年酒。天空飘着雨丝，寒风吹得过年的灯笼摇晃不停。师傅们店员们都去喝年酒了，我家的店门早早打烊。谁晓得烧起来了，火趁风势烧得很快，隔壁的邻居们都来救火，总算浇灭了店面屋的火焰，没有殃及人家。爹爹说这把火烧得奇怪，邻居们看见火焰是从老店旁边的大银杏树一侧烧起的，好像看到树上有人影，后来不见了。爹爹说那是有坏人要暗害我家，所以爹爹天天盼望你们早点回来重新收拾这个家啊。前几天爹爹听隔壁张老板说，那个流氓滚刀肉最近被衙门里的公人盯上了，据说滚刀肉有命案在身已经潜逃了。咱家豆腐店作坊那块天井里被公人挖到了尸骨，杨二婶的丈夫与滚刀肉被通缉了……在回豆腐店作坊的路上梨花絮絮叨叨讲了很多事情，令细娘和朱一茗感到吃惊。朱一茗只说了一句话：“善恶总有报，飞镜又重磨。”梨花只从细娘的嘴巴里听说了朱一茗，今天见到了朱一茗，好像见到梦中来客似的逐渐清晰起来。梨花不哭了，她觉得细娘和朱一茗回来了，天空乌云要消散了，这春天的阳光要光灿灿地照到她和爹爹的身上来。她觉得爹爹的心思是正确的，爹爹最看重细娘的观念并非没有道理，读书识理的细娘是她家复兴的希望。

“二姐呀，我走后你一直陪着爹爹没回乡下去？”细娘问。梨花擦去脸上的泪渍点点头说，“我家男人中间也来寻过，帮我照料了几天店里的琐碎事体后又回乡下去了。这男人看到我爹爹的难处也很同情，可惜乡下的营生放心不下，他也就回去了……”梨花说着这些话脸上又有泪水淌下来，赶紧用袖子去揩。细娘突然觉得自己有点对不起爹爹对不起二姐梨花，眼里也有泪水淌下来，落在老街的石板路上。一路上，姐妹俩说说停停，好像有讲不完的心里话。回到东街时，看到半堆半躺在街缝中的老店残墙断檐，细娘又哭了，呜咽不已。朱一茗弯腰细察了店墙与老树，那棵古银杏被烟火烧烤过，树皮呈焦黑状，树冠仍旧绿荫绵绵，还有团盖细叶伸展出来呵护着老店残墙，仿佛守护家园的老人，支撑着臂膀。朱一茗轻轻抚摸着老树，吟哦了一首古诗：

北方有佳人，绝世而独立。
一顾倾人城，再顾倾人国。
宁不知倾城与倾国？
佳人难再得！

老树听了古诗，树冠轻摇，以示回应。

细娘泪流满面。

梨花看见细娘流泪，以为目睹老店被毁而伤心，反而去劝慰。细娘不哭了，深情地凝了朱一茗一眼，破泪而笑。

第二天，朱一茗安慰了细娘爹爹，出面请了街坊邻居一桌酒席，感谢邻居们的救援之恩。第三天就开始修缮老店，按照细娘的要求将老店的门楣稍微向后移动一步之地以装下老银杏树的护犊之臂。新建的店面呈出宽敞屋廊，廊内红花绿叶相依相衬，生机勃勃。新店盖成后，朱一茗又邀请苏州戏班子唱堂会，邀请到了戏班子头牌花旦香凤。香凤到鼎和斋来演戏，看到细娘后十分惊喜。香凤拉了细娘的手悄悄地询问，感叹世事多艰又细细碎碎地聊了许多琐事。香凤又提到那个河南人胡老四，说那人前时做生意蚀了本，竟然求助到她身边。胡老四是香凤的戏迷，曾多次公开场合给香凤打赏铜钿。香凤见其性格敦厚就出些零碎铜钿资助了胡老四。一来一往，她与这河南人交了朋友。香凤说，细娘你勿要责怪我哟。细娘说，香凤妹妹你和这河南人是真心相爱，这是前世姻缘今世来聚，我爹爹晓得了还会送贺礼于你呢，嘿嘿嘿。我和朱一茗也要办喜事，我预邀苏州戏班子到沙地去演戏，不晓得你肯否？香凤说，苏州戏班子在江南江北一带转圈着演出，不知何时能转到沙地呢，这杯喜酒细娘姐姐给我留着，也许会喝得到呢……香凤唱堂会演出时非常投入，博得老街邻居热烈掌声，那个胡老四也悄悄钻进鼎和斋来看戏，坐在角落里两只眼睛光盯着香凤，好像要把香凤吃到肚子里去，学着香凤的腔调唱戏歌，哼哼唧唧独自欢笑。等堂会接近尾声了，胡老四悄悄退出去，谁也没注意到他的身影。

细娘爹爹见到老店重开，心情好得一天到晚笑呵呵，叮嘱细娘一定要打理好爹爹留给你的这爿家当。细娘说，爹爹你如果真想让女儿一世快活一世幸福你就答应我嫁给朱一茗。爹爹静心想了好几天，悄悄找细娘说，爹爹思前想后，你的眼光很好，嫁给朱一茗是你前世修来的好福气，爹爹拗不过你了。可是爹爹欠了那个河南商人的一个人情，答应了人家的儿女婚姻，如果现在反悔了，你叫爹爹今世如何做人呢？细娘笑着给爹爹透底说，你说的那个胡老四呀，人家已经有相好的女孩子了，这叫情人眼里出西施，你们老人家可能理解不了，可是年轻人相信爱情，爹爹你说是哇？啊，还有这等好事，看来爹爹真的老了，这件事情就算爹爹对不起胡老四和他父亲了，等见着胡老四了，我要送他一份厚礼，以弥补我的失信。谢谢爹爹，细娘笑颜满面。细娘叫朱一茗过来，让朱一茗准备一份厚礼赠予胡老四。细娘对朱一茗说，这份厚礼一为爹爹还了河南商人的人情，一为资助胡老四做生意。

第十章 愿随佳人到天涯

枫泾镇鼎和斋重新开张，前来贺喜的老街邻居及商店同行们来了一拨又一拨，细娘爹爹脸上光彩焕然，好像年轻十岁。突然，有个青年跑进店里来，见到细娘爹爹就跪。爹爹忙将他扶起，认得是胡老四，询问出啥事了。胡老四也不顾店内人杂，呜咽着说，请年伯救救我的香凤……

细娘和朱一茗见状也围过来，听胡老四讲述香凤的遭遇，店堂内静静的，没有了喧闹和欢乐。

香凤是苏州戏班子金班主父亲从江南一个小山村抱来的，走南闯北十数载，如一片树叶飘来荡去不知道家乡何处。偶然的机会，香凤结识了卖药材的胡老四。香凤唱戏练嗓子要买一种叫“胖大海”的药，寻觅到胡老四的药材小摊。胡老四没有这种药，但他认出香凤是苏州班子的花旦名角，答应替香凤寻购“胖大海”。一来一往，香凤好像有点喜欢上这个老实憨厚的青年人了。香凤到胡老四小摊上买药时常常随意聊天，好像无意间还问他年庚与婚姻。胡老四谈笑中说了自己与鼎和斋细娘的婚姻前缘。香凤很敏感细娘的故事，经常到胡老四小摊闲聊打听。后来听说细娘失踪了，香凤在胡老四的小摊徘徊很长时间，聊了很多话题，让胡老四渐渐觉得这小香凤有点自己家小妹的那种亲昵感觉，渐渐悟出了“相逢何必曾相识”的情韵。小香凤也觉得这北方小青年有文化，懂得体贴人，性格平和憨厚，给人一种信任依靠的感觉，仿佛梦中的情人姗姗来迟。香凤柔软的心胸被轻轻地打开了，她的呼吸里都思想着嗅闻这般清香。香凤邀胡老四去看戏，让师兄弟给胡老四端茶倒水。胡老四也常常混在戏班子里搭把手，玩得很开心。师兄弟们都是过惯了漂泊生活的人，有香凤喜欢的青年人混进来凑热闹捧场子感觉是很顺心随意开心的事了。那金班主视香凤如亲妹子，晓得香凤的心思，也很待见憨厚温和的胡老四，总觉得这样也好，有这年轻人陪着大家不寂寞。戏班子的人天性凑热闹讲义气，除了唱戏的绝活需传家立业养家糊口，其余的都是需要添加剂来调和的。香凤喜欢的人，戏班子里的人自然也喜欢啦。戏班子的人天天唱着人间婚姻传奇故事的戏词，一种唱戏融情的情怀也早已深入骨髓。透过人情世故的藩篱或浸润其间或看破红尘，戏子与戏迷的共同视觉都有脱离生活的幻想寓寄于思想之间而迷恋而痴情；唱与不唱之间都有情感混杂在思维里，就此瘾戏成迷。香凤喜欢上胡老四，胡老四也喜欢上唱戏，就好比春天的绿草在细雨浇灌滋润下欢喜生长绵绵不绝了。自此，香凤唱戏时胡老四场场观看，戏与人形影不离，弄得胡老四守那药材小摊也少了心思，生意几次亏本，私下里求助于香凤，有点本末倒置。因此，胡老四这大半年的漂泊生活都与香凤有关，好像很离奇，有点灵魂出窍的样子。

前几天，香凤被枫泾镇一家新开张的顺昌绸缎庄赵掌柜的二房少奶奶邀请去私宅唱戏。私宅很大，天井里种了好几棵大树，遮了阳光，正厅里阴气很重。香凤单身抱了一把琵琶去的。午后阳光已经照不到天井里了，香凤唱了几支江南小曲，这少奶奶才姗姗出来，拿了一只小茶壶，搁在膝上慢悠悠地边听曲边吸茶水。少奶奶穿着夹绸衫，脸孔白皙细腻，红唇白齿，走路蹚着小步，妖妖娆娆。

香凤弹唱了一曲，少奶奶吩咐佣人给香凤递茶水。少奶奶等香凤喝了茶，突然开腔问道："你认识我家赵掌柜？"香凤愣了下，回答说："不太熟。"

"不会吧，那杀头的可是看上你多时了呢，哦？"

“少奶奶多虑了，我俩不熟。”

“那杀头的神经兮兮的，你可要当心呢，那杀头的烂泥巴糊不上墙，要污了你，那才是悲剧呢，嗯？”少奶奶自言自语，嘴唇嘟着，有点委屈的样子，“那神经病脑子里沾了书屎，经常一个人在书房里唱《西厢记》，啥秀才呀小姐呀，好像要娶书里的美女为妾呢，你唱戏唱得好听，别让这现世宝男人弄得灵魂出窍,嗯……”少奶奶嘴巴噜噜苏苏好长时间，才让香凤继续唱曲。香凤在这世上混，见识过许多顾主家的形形式式的人物，像赵掌柜家的少奶奶这样的妒忌心极强的女人比较少见。

少奶奶脸上带几分阴柔的浅笑。

第二天，少奶奶又要雇香凤去唱戏，金班主询问香凤愿意不愿意去。香凤说这家顾主的少奶奶神经有点毛病。金班主说那就不去了，回了她吧。哪晓得，这家少掌柜亲自跑来邀香凤去唱戏。那人很年轻，清清秀秀，见人羞羞涩涩，一副读书人的模样。金班主见有生意又是熟客在面子上推托不过，就劝香凤去了。这次少掌柜也来听，就坐在少奶奶的身边。香凤唱了几曲江南小调，少掌柜好像似听非听，光盯着香凤看。那少奶奶好像换了个人似的端坐着一言不发，有点唯唯诺诺。

“会唱《西厢记》么？”少掌柜问。

“会。”

“唱几段来听听？”

香凤调了调琵琶，唱了一曲。客厅里静静的，阳光消逝得无影无踪。少掌柜等香凤唱完，站起来喝彩，亲自给香凤斟茶并从口袋里掏了香帕给香凤擦汗。少掌柜的动作很突然令香凤毫无防备也令香凤深感意外。香凤很快地睨了少奶奶一眼。少奶奶脸色阴沉，眼睛里似有泪水，没滴落下来。

“我最爱《西厢记》，也最恨《西厢记》。”少掌柜慢慢收了香帕说。香凤手里捧了琵琶，愣愣地听他说话，“我最恨那虚情少年张生，这薄情少年如飞絮……”

这人絮絮叨叨自说自话，讲了许多读《西厢记》的一家之言，客厅里成了他演讲的课堂，有点滔滔不绝。

少掌柜叫赵琦，老家在江南桃花山赵家庄，家有良田百亩。赵琦喜好戏文化，自幼读过许多古典戏文书籍，收藏了《西厢记》明朝版七个版本，在这些古书里浸淫而自毁，脑子里印记了《西厢记》里的张生“薄情少年如飞絮”的责骂之词。他又去读其他的戏文古书，《牡丹亭》里的杜丽娘伤春寻春冤为花魂的奇瑰艳词，《碧玉簪》里的王玉林跪妻求妻的自辱说词以及《窦娥冤》里窦娥在六月飞雪的伤心绝唱。这些繁复又奇诡的戏文，在他的幼小心灵里埋下了阴影。爱得奇诡，使赵琦有点走火入魔。于是，不满足现实的爱情婚姻，视父母媒妁婚姻如粪土。赵琦父母看到儿子读书读成戏痴了，病重乱投医，张罗着替赵琦娶了二房媳妇。这少奶奶属于可圈可点的富家小姐美人胎子，可是也不讨赵琦喜欢。去年春天，赵琦不顾桃花山二房的反对跑出深山来到这枫泾镇开了一家绸缎庄，也惹恼了少奶奶。少奶奶跟踪到枫泾镇，租了一个大宅院抓紧赵琦不放松。赵琦甩又甩不脱，爱又爱不成，就自寻乐子在这古镇上闲逛。今日听了香凤的演唱，拨动了神经，夸夸其谈。

少奶奶唤佣人去后屋做事。佣人脸露惧色，诺诺去做了。

客厅里，赵琦谈的时间长了，有点口渴，唤佣人拿新沏的绿茶。佣人问少奶奶拿哪种绿茶？少奶奶说，你把我叫你烧的茶烧好了么？你赶紧把这烧好的茶水装到罐里去拿给我！佣人脸显惊讶，手脚有点不灵活，站着没动。少奶奶眼睛一瞪，自己拂着手里的帕子进屋去拿茶罐。

一会儿，少奶奶出来了，手里拿着两只茶罐。赵琦从少奶奶手里接了一只，感觉茶罐太烫手，就换了另外一只茶罐。

“今天讲得多了，有点噜苏，明天邀请香凤姑娘再来演唱《西厢记》。”赵琦喝了新沏的绿茶，吩咐道。

"那好吧，唱得不好多多包涵……"香凤微微欠着身子，回身收拾琵琶。她抬起头来，看见少奶奶木然地看了她一眼，手里拎了热热的罐子靠上来，用力向她身子上一泼，香凤来不及转身躲避，一罐炽热的东西泼到她的脸上。香凤惨叫一声，昏倒在地。

啊……赵琦看见这丑恶的一幕，把手里的茶杯一摔，狠狠抽了少奶奶一记耳光。少奶奶也吓着了，瘫痪在地。赵琦把香凤扶起来，香凤的脸惨白无色，嘴巴里还有一口气。赵琦吩咐佣人拿被子裹了香凤，自己跑到镇上雇了一顶小轿带着少奶奶与香凤逃回桃花山赵家庄去了。

数天后，苏州班子金班主寻找香凤无果，将香凤唱堂会失踪的情况报官。

细娘爹爹将胡老四从砖地上扶起，梨花从后屋拿了干净洗脸布递给胡老四擦汗水。爹爹嘴巴里说着安慰的话，手臂却有点打战了，没想到这胡老四会为一个唱戏的姑娘来求助，爹爹平静的心思被胡老四搅乱了，不知如何是好。爹爹回忆起自己年轻时那段求人相助的经历，如今是恩人的儿子来求助自己，颠倒乾坤，如在梦中，禁不住老泪纵横。细娘梨花见爹爹哭了，也要流泪。本来欢欢喜喜一家人，突然飘落一片伤心的云烟，冷了来客。

"爹爹，这件事有点蹊跷。"朱一茗说。大家听到朱一茗开口叫爹爹，感觉很新鲜。朱一茗原本只是鼎和斋的长工，如今变成未婚女婿，又感觉很好听。老街坊们啧啧称奇。

"爹爹，据说这家顺昌绸缎庄的掌柜老家住在很远的桃花山，莫非香凤被拐去深山里了？"朱一茗说，"这桃花山靠近太湖一带，方圆数百里，如何寻找呢？"

"哎呀呀，这如何是好……"胡老四哭着说。

"哦，我突然想到一个朋友，也许此人可以帮助找到香凤。"朱一茗说。

“谁呀，你快说！”细娘催朱一茗。

“他在姑苏光福寺出家，经常在太湖一带江南江北的寺庙云游，对桃花山也许熟悉呢？”朱一茗说。

“哦，他是庙里的和尚，怎么认识的，你去那庙里烧香了吗？”细娘又问。

“他是我隔壁邻居，小时候出天花没钱医治，后来被光福寺的大和尚带走了。没想到庙里高僧用秘方治好了他的病，脸上光光的没留一点痘痕，自此留在寺庙出家了，身体还特别棒，成为寺庙高僧的信使游走四方……”

“哇，这个好，一定要请这小和尚帮助找到香凤妹妹！”细娘擦去眼泪说。胡老四也不哭了，看看朱一茗，又看看细娘。胡老四没有仔细地看过细娘，今天看到细娘为香凤的事担忧而哭泣，觉得细娘一家人都是可以依靠的，仿佛自己的亲人一般。想到这里，胡老四又流泪了，眼泪鼻涕弄成一团。

“好了好了，胡家兄弟别哭了，朱一茗说有人能帮助寻找得到香凤，你要高兴才是，噢……”梨花劝慰胡老四，说了许多安慰话，胡老四才安定些，眼睛发红，脸色惨白。细娘爹爹看到胡老四对香凤这般情深如海，心里难受，不知如何安慰这孩子。

“喂喂，这里是鼎和斋么？”门口来了两个衙门的公差，嘴里乱嚷嚷。

“你们有啥事？”细娘爹爹迎上前说道。那两人瞧了瞧店内的人，见到店内人多，有点发怵。有一人拿出衙门的一纸公文晃了晃，询问说：“这里有叫胡老四的么？”听到公差发问，胡老四以为是调查香凤失踪一事，赶紧应道：“我叫胡老四！”那公差盯着胡老四，眼睛里露出凶光来，从衣服下摆摸出一根铁链子往胡老四脖子上就套。

“吔……这是要做啥，为啥要抓我！”胡老四着急地喊起来，把脖子上的铁链子乱拉扯。那公人说：“你做了啥到衙门里说清楚，你这小贼识相点，少吃苦头！”另外的公差也来抓胡老四，胡老四被按住了动弹不得。

“你们怎么乱抓人，凭啥证据……”细娘也急了，一把抓了胡老四的衣服，不让公差带人。梨花把公差的衣服抓了，几个人扭成一团。

“大家都别乱来，听两位公差把事情原委讲清楚！”细娘爹爹说。那两位公差把手里的铁链子松下来，只系着一端。其中一位说：“事情闹大了，胡老四有拐骗女人嫌疑，县官老爷要我等抓捕，烦请各位见谅行个方便，有冤屈请到衙门里去申诉，在下谢过！”那人边说边用劲拉着铁链子，朝众人点头哈腰。

“这是胡乱抓人，天大的冤枉嘛！”细娘反驳说，抓着胡老四的衣服不放手。胡老四看到细娘这般有情义，眉间的愁容稍稍消解些。他感激地看着细娘的脸，觉得细娘很动人很可爱，又想到他曾经关于与细娘指腹为婚的事，觉得老父亲的话是正确的，这段姻缘是对的。如今细娘不管不顾地替自己喊冤，他心里的那段委屈也消逝了，有点甜滋滋的感觉。过去的事情就让它过去吧，如今为了救出香凤，自己受冤枉又算什么？想到这些，胡老四平静下来，反而安慰细娘说：“三小姐，谢谢你！我胡老四谢谢你们的情义，我会到衙门申冤的，请你们帮助我寻找到香凤，我一辈子报答你们的恩情！”

“啊……”细娘听了胡老四的这番话，眼泪簌簌往下落。细娘慢慢放开手，梨花也慢慢放开手。

胡老四被抓走了，鼎和斋里的众人愣在当场。街坊邻居的热情也消退了，店堂里只留下鼎和斋的人。细娘爹爹倚门而望，望着胡老四被公差押着走失在老街的屋宇之间，两行老泪流下来滴在门槛上。朱一茗沉默了好一会儿，心里盘桓了好一会儿，才对细娘说，这香凤一定要去救，我明天就回苏州寻找那个小和尚，你与爹爹到苏州戏班子去劝说他们为胡老四做证，将胡老四从牢内救出来。到衙门里救人要使用铜钿，这笔铜钿我来出。细娘晓得朱一茗的心思，为了细娘与胡老四的那段宿命姻缘，朱一茗要赎回自己的良心。细娘被感动了，呜呜咽咽哭了，也说不清为啥要反复地哭泣，只觉得心里暖暖的，想哭，哭了才觉得活得有意义。

四月天，桃花山里绿茸茸一片。赵家庄赵粮户大宅院大门紧闭，阴丝丝的。赵琦整日躲在书房里不敢出门。那个妒火烧身的少奶奶被自己的愚蠢行为吓着了，整天疯疯癫癫说着胡话，大小便失禁瘫痪在床。大奶奶也被吓着了，白天手里拿了香袋香烛小脚伶仃跑到后山的土地庙里烧香拜佛，晚上早早躲到后屋里念经，佛珠不离手。赵家的事都由管家支撑着。管家四十多岁年纪，一脸络腮胡子。自从赵琦在枫泾镇闯了祸逃回家，这管家就没闲着了。他把烫伤的香凤送到桃花庄神医杜郎中家里，并把一尊唐朝彩陶观音送给郎中。杜神医见到彩陶观音两眼放光，一口答应收治香凤。杜神医喜欢收藏品，对赵粮户家的这尊彩陶垂涎已久。不过，杜神医对赵管家说，这病人的命可以救下，这病人的脸救不下了。赵管家说我再多加银子，请施圣手，如果让这香凤的脸落下残疾，她的吃饭本钱就全毁了，恐怕会害死她的。杜神医说，生死由命富贵在天，这由不得她了。赵管家又求了几句，见杜神医不允，也就掷了医治香凤的银两，拍拍屁股走了。杜神医仔细察看了香凤的伤口，脸色凝重，嘴里嘘叹不已。他雇了一顶竹轿把香凤抬到山坳里的神医草堂居住，把香凤脸上的脓疮用盐水清洗干净，将一顶轻纱做的头篷盖在香凤头颈上后，收拾了采药工具出门去了。香凤正好苏醒过来，看到神医的背影消逝在门口的山坳之间。

香凤醒来的时候，闻到满山遍野桃花的香味。她不知身处何地。这杜神医的草堂整洁清雅，那尊彩陶观音正摆在香凤前面的烛台上，好像有桃花的香气围着彩陶观音在旋转。香凤身体内一点力气也没有，头脑昏昏脸上有种火辣辣的痛。慢慢地，她的思维里有许多幻影在移动，有金色的阳光照亮着乡间的路，有彩蝶围着她的身体转圈圈。乡间的路铺满花朵，缀结成彩带曲曲弯弯伸向前面的树林。树林里弥漫着雾，看不清树林里的枝枝叶叶，只听到轻轻的鸟鸣，杂乱而轻柔。树林的远方传来渔人的歌咏，哼哼唧唧，小河在静静地流淌，水波不兴。遥远的地方有打鼓的声音，又闷又沉重。她好像被人抱着，飘来飘去。桃花的香气挡不住风云的藩篱钻进杜神医的草堂里来，一遍一遍抚摸着香凤，使她在虚幻的景致里游荡，使她飘飘欲仙。

喵呜……猫儿蹲在香凤的床前叫着，好像金班主教她练功的声音。在老班主活着的时候，金班主就是她的把手师傅。一招一式，她的外在功夫都是金班主传授的。唱戏的腔调曲谱先由老班主教，再由戏班子内的老牌花旦传授。她觉得自己是由老班主扶养长大的，老班主就是她的爹爹。她很小很小的时候，老班主叫她“凤儿”。她总以为自己是随便哪里吹刮来的那种风儿，飘来荡去的云儿，在这世上漂泊的小船儿，不晓得家乡在哪里。她问过老班主，老班主用手指着远处的群山和屋檐重叠的街市说，凤儿的家乡在南方。她见了小河里的乌篷船问老班主，老班主说，凤儿的家乡在江南。她见了春天的花儿盛开了问老班主，老班主说，凤儿的家乡在花儿最美丽的村庄，在鲜艳的桃花乡，在满坡的绿草地，在弯弯曲曲流着桃花水的地方。她问老班主家乡到底在哪儿，老班主哽咽了，说当你看到天空的云彩是凤凰的形状，那天底下的地方就是你的家乡。香凤跑到小河边去看云彩，云彩倒映在河水里，有点漂漂浮浮的感觉，但没看见凤凰。香凤跑到热闹的街市去看云彩，那云彩是灰色的，夹着烟火染熏的焦煳的味道。她跑到空旷的田野去看云彩，无边无际的天空，看不到一点凤凰的影子。香凤找不到家乡，但相信老班主的话，自己的家乡在有桃花盛开的地方，在美丽的南方。

喵呜……猫儿蹲在香凤的床前叫着，有桃花的香气吹到她的脸上，一层层清润的感觉敷上来，她悠悠地进入梦乡。杜神医从桃花山里采药回来了，研磨好的草药一层层地敷贴到她的脸上。那些草药都携带着桃花的清香，雨水滋润的芬芳，晚风晨露调制的琼浆，超凡脱俗般的滋味渐渐渗入皮肤，勾兑出雨后春笋的希望。杜神医敷好草药就走了，向深山的更深处寻觅，寻觅回香凤漂泊远山的魂魄，带来香凤盼望很久的江南雨浸润的云彩。杜神医恪守医道，不怕爬山越岭磨破手脚，把香凤的魂魄装载得很远很远，仿佛看见山那边的世界。

香凤长时间在睡梦中，看到的景色是漂浮而虚幻的，看得到前面的景致，看不到自己的影子。慢慢地，她终于能看到自己了。

四月的天，草色轻轻。胡老四的身影照射到草地上，引来许多蝴蝶，有白的，有灰的，有紫的，有红的，有花斑的，一遍一遍地飞翔，一遍一遍地飞翔；南方有雨帘，雨帘是温柔的，南方有群山，群山是青绿的，雨帘打开了群山，那山峰好像胡老四的肩膀，彩云围着肩膀飘浮，有香香的味道，男子汉的味道；雨来了，噼噼啪啪地欢蹦乱跳，她想柔柔地撑起一把油纸伞，那伞是透明的，绘着蝴蝶也绘着蜻蜓，蝴蝶在胡老四的肩膀上飞翔，蜻蜓在油纸伞的伞面上头飞翔；雨还是淋湿了雨伞，伞骨子张开着，撑了一伞面的雨水，滴滴答答淌落下来……

“看看，这胡老四又来了，来看香凤的……”苏州戏班子里的姐妹们窃窃地笑她，那胡老四不闻不问，只管围着香凤转。“喂，这小阿哥替我拿一下箱子！”“喂，帮我抬一抬这桌子，还有脸盆！”小姐妹吩咐道，胡老四嘴里“噢”了一声，愉快地去做了。香凤练功时胡老四陪着她练，香凤化装时胡老四陪着她化装。香凤好像习惯他陪着，戏班子的人也见怪不怪，反正人家愿意么。香凤卸装之余就问些枫泾镇上的趣闻逸事，胡老四知道甚少就讲他自己的事。胡老四讲他与鼎和斋三小姐细娘指腹为婚的事。胡老四好像在讲别人的故事，讲得很随意很粗糙，香凤却听得很认真很仔细。香凤听了胡老四的婚姻旧事后晚上做梦了，梦见自己好像就是那三小姐细娘，在痴情地等着胡老四。她自从听了胡老四的婚姻旧事，就对胡老四有种特别的感觉，有种依靠的感觉，越来越深越来越浓。短短半年时间，胡老四黏上了香凤，香凤也黏上了胡老四。同样是青春年少，不同的是心里的那份依赖和牵挂。去年冬天，香凤随戏班子去沙地唱戏，不经意间碰到枫泾镇私奔的细娘，细娘的经历让香凤十分同情，也感觉到胡老四故事的真实和传奇。她觉得那些传唱的古代戏曲人物的故事是真实可信的，那些优美的唱词里诉说的语言是可信的，她觉得她的爱情是可信的。她的心思特别的清澈，仿佛有小河水在胸间流淌。如今在这桃花山杜神医的草堂里，她闻到的好像都是男子汉的香味，在她的脸上痒痒地爬着，氤氲满怀。

桃花山里的桃花谢了，芬芳的气息渐渐消逝。赵管家来过了，看到香凤脸上的脓疮也在消逝。五月的山风带着丝丝甜味，草莓的清香使杜神医的草堂内外变得朴素雅致。樱桃挂在树冠上，鲜艳欲滴。远眺，山影飞翠，有突兀的山峰如巨兽。山坳里藏着竹林，林间藏着瀑布，传达着山里的回音。杜神医总是悄悄地回来悄悄地外出。香凤梦里也时时飘着神医的斗笠蓑衣。在一个阳光温暖的晌午，香凤清醒过来了。为什么自己总会做梦，那梦又是轻飘飘的。为什么这里没有人的影子，却闻得到草药的香气。她从哪里来，要到哪里去？无人回答她的问题，只听到鸟儿的鸣叫。山里的阳光洒在青山上，青春般的艳丽，温柔，宁静。草堂的景致安逸舒适，声音都跑到屋外去了，满屋留印着草药的影子，黏着她的脸。她伸手扯掉轻纱头盖，爬下病榻。脚尖着地时很痛很酸麻。她的头脑清醒了，身子仍在昏睡中。她只好坐着，慢慢熟悉明亮的光线。她突然想唱歌，两只纤纤玉手举起来，哼唱：

嗨，云里烟村雨里滩，多买胭脂画牡丹咿喂。
嗨，半亩方塘一鉴开，哪得佳藕水中来咿喂。

唱毕，身子暖暖地笼了力气。翻身下榻，站在地上。举目四望，草堂盈盈，空空如也。突然，有一只小鸟从屋外的树林里飞到门口来，嘴巴里哼着单音节的歌，在门槛上蹦跳着落到地上。一会儿，又有几只小鸟落进门来，唱着同样的歌，还扇着翅膀。香凤随意地哼了一声，那几只小鸟扇着翅膀飞走了，只留下一翅羽毛。香凤盯着门口的阳光，等着那些小鸟再飞进来。光线渐渐变淡变浅，屋外的青山开始移动，有云彩遮了山头，模糊不清。脚趾的感觉越来越酸麻，身子很僵硬，迈不开步伐。香凤看到屋子中间摆了小桌，小桌上有坛坛罐罐。香凤有点头晕，肚腹里咕噜咕噜叫。她艰难地移动着脚，慢慢靠近草堂的竹墙，扶着墙壁，转过身子，看见又有阳光闪现，屋外的树叶在轻轻摇动，发出沙沙沙的声音。她忘记刚才自己曾经哼唱过的那句歌词，只感觉嘴巴随便哼唱了一段，就像门口的阳光那样自然映照下来，树叶沙沙地响。

门口有个人影一闪，树叶间的小鸟飞远了。香凤继续扶着篱笆墙往门口移动。脸庞有点刺痛有点微痒。屋外飞来几只蜜蜂，嗡嗡嗡，围着她的脸转圈圈。香凤终于站到门口的阳光里了，她看见自己穿着一件山里人的灰黑色短衫，短衫短袖间露出戏服，戏服的绸带子在阳光里显映出鲜艳的条纹。蜜蜂飞来飞去，在她的短衫短袖间穿来穿去。她用手遮了脸去眺望屋外的景致，青山重影层层叠叠，山坳宁静，很荒凉，看不清是什么地方。草堂前面是绿茸茸的土地，两侧是黑森森的树，也没有什么路。香凤吸了树叶摇动后吹来的风，轻软软甜滋滋，草莓的香味。她返回身去，摸着竹篱笆墙退到床榻旁，伸手将那个轻纱头罩抓住，头罩上混合着草药的味道，斑斑点点的痕迹。她看着头罩眼睛有点湿润，可是没有眼泪淌出来。她想用手去摸眼泪，眼泡有点胀痛。她摸到了脸上的疤痕和残留的草药，心里的痛突然像撕裂了皮肤一般从胸间涌出来，无法抑制。她支撑不住了，倒在床榻上哭了，没有泪水只有呜咽。

蜜蜂飞走了，屋内渐渐昏暗。门口的人影闪进来，用手里的一张绳网罩了香凤。

"啊……"香凤喊道，双手抓了绳网用力摇动，无法挣脱。

“神仙姐姐，你别害怕，我带你回家去……”那个影子说道。

“你是谁，家在哪儿，你是要害死我吗，呜呜呜……”香凤哭喊。

“神仙姐姐，我叫黑娃，家住桃花山观音峰仙人阁，那里有姐姐喜欢的东西，我带你去……”黑娃自报家门，收拢绳网将香凤背起来。

“你这是要弄死我么，呜呜呜……”香凤哭闹了一会儿，哭不动了，只能哼哼。黑娃也不多说话，把香凤背到屋外的树林里，放到一只大竹筐里，盖好，背着它往深山里走了。穿山风呼呼刮着，竹筐在黑娃的背上一耸一耸，在树叶间穿行。杜神医的草堂隐没在山坳间的树林中，听得到一波一波瀑布流动的声音和黑娃的喘气声。黑娃好像是这山林里的大野猫，躬着身子爬上一坡一坡的山冈，直往观音峰而去。

黑娃对杜神医的草堂很熟悉。好几年了，黑娃进出桃花山都从这草堂经过。这杜神医春天来这深山坳采药，熬制好几味特殊药丸后就回桃花庄去了，要到深秋时节才偶尔进山光顾一下。黑娃就把这间草堂当作自己的客栈，来来往往熟悉透了，也不在意杜神医会对自己的鲁莽行为责骂。黑娃借宿草堂后总会把草堂四周弄得清清爽爽。杜神医觉得有人在替他照看草堂，又不知道是何人，就把桃花庄的好看东西拿到草堂里摆放，以谢照看之人，譬如花瓶、竹编，偶尔还带几本绘画书籍。去年将一本《织女传》带来看，回去时忘记带走，竟然被这黑娃拿去仙人阁了。黑娃看了《织女传》，他的梦里都是七仙女的形象。四月天，桃花山花儿盛开，黑娃瞧见了杜神医又来深山采药，想看看带来什么新鲜东西。黑娃看到了香凤，黑娃闻到了草堂里特别的清香。黑娃突然觉得香凤就是杜神医带到这桃花山的仙女，杜神医医治好仙女也要做神仙。黑娃觉得不能让杜神医将仙女接走，他要学《织女传》里的牛郎，把这下凡的香凤抱回家去。黑娃就天天摸着山涧的石头来这草堂瞧香凤被杜神医治好了没有。今天黑娃看到香凤苏醒过来，黑娃觉得可以把香凤接去仙人阁了，就出手把香凤装到早就准备好的竹筐里背上山去。黑娃背着香凤，浑身都是劲。

黑娃背着香凤边走边唱山歌，黑娃好像在梦中。香凤坐在竹筐里全身都麻了，昏睡着，任凭这黑娃在深山里攀爬折腾。香凤睡得很香，灵魂在桃花山飘荡着，离人间俗境越来越远。天黑的时候，黑娃把香凤背到了观音峰仙人阁。

观音峰位于桃花山主峰一侧，从桃花山腹的东南一侧的山峰间稍稍凸出，自半山腰始独立，直达山岭，形似兀立的观音。观音峰远观与主峰脱离，衔接处的山岭又插着一块巨石，好像观音手里的净瓶，巨石上长着一棵老人松，仿佛净瓶中的柳枝，拂着山岭的风独自摇摆。黑娃的仙人阁就在这块巨石旁边，隐藏在观音峰与主峰的山坳里。进入仙人阁的甬道就在观音峰左肩的一条石缝里，石缝被观音峰遮挡着，拐角处长着石笋，石笋又被许多翠竹覆盖，陌生人无法寻觅得到。黑娃背着香凤进入仙人阁，浑身被汗湿透。黑娃自幼在这仙人阁长大，进入仙人阁就是回到了家。黑娃的仙人阁很舒适，平坦的山坳里有祖宗留给他的两间石头砌墙的木头房子。房梁做工很精细老到，门窗上还雕着花纹。房子的一根大柱子上雕了一只老鹰，那鹰的脖子上戴了一个佩饰，佩饰上写了“忠王”两字。黑娃只记得他有个很文静的老爷爷，他很小的时候老爷爷跟他讲“忠王”的故事。老爷爷教他写字认字。后来老爷爷死了，黑娃就一个人生活。黑娃在这仙人阁已经生活了十几个春秋，早已熟悉了桃花山一带的地形。黑娃听老爷爷说，他们隐居在这深山里，是在等候一位仙人。老爷爷没说那位仙人长什么模样。老爷爷说隐居在仙人阁是他们前世修来的福气，黑娃以后千万不能让陌生人进入，冲撞了仙人阁的福气，仙人就再也不会寻来了。黑娃后来觉得老爷爷说得很对，生活在仙人阁是他们的福气，这里什么都有，屋后的田地种啥长啥，什么都不缺。老爷爷说，他们的前辈是很有钱的人家，带到这深山里的东西吃不完用不完。这世上很乱很脏，这里却很干净。以后寻到仙人了，他会带你去更加好的地方。老爷爷说我姓李，黑娃你不姓李。黑娃问自己从哪里来的，老爷爷不肯说，只说等寻到仙人了，你就会知道了。黑娃对老爷爷的仙人之说深信不疑。当读到《织女传》的故事后，他觉得七仙女降落人间就跟老爷爷说的传说很相像。难道仙人是个女的？她会到这桃花山来吗？黑娃睡觉时天天做梦，梦见仙女降落到桃花山山坳里来。黑娃把香凤带到仙人阁，放到暖屋里的那张大床上，床上铺着草垫，床的周围放置了几坛杜鹃花，弥漫着淡淡的清香。黑娃站在屋内看了香凤一会儿，看清了香凤脸上的疤痕。黑娃没觉得香凤残破的脸有什么要紧，老爷爷说过，仙女下凡时都会装扮成普通人或者颜面很奇怪的人。黑娃心里很开心，跑到屋外呼吸着傍晚的空气，有点湿润的香甜的空气。天空中有一道很细很细的彩霞，渐渐变幻成一条小溪一根丝线，游弋着从观音峰的西南方向驶往天空。天空很清晰，许多鸟儿在山峰间飞翔，忽上忽下，好像要追逐那丝云彩。黑娃张开嘴巴唱歌了，那是小时候老爷爷哼唱过的歌。

哎嗨，
东山太阳西山雨，月牙牙露出一点点唷喂。
凤凰山下种格树，马响鼻喷涕金蝉落唷喂。
纵横万里叶落土，满山冈挂着尘和雾唷喂。
花开花落春几度，恼花嗔酒梦真糊涂唷喂。
哎嗨，
忽一日爷坐那金銮殿，众将官喊吾万岁爷唷喂。
眼前官帽一片片，吓得吾从此不敢看官爷的脸。
……

那黑娃唱得兴趣浓，折了一根树枝当马骑，在屋前的场地上打圈圈，快乐到极致。玩了一会儿，听听屋内有无香凤的声音，随手点亮一盏油灯，照映出香凤的睡姿，听到她轻轻的呼吸。黑娃突然感到腹中饥饿，把熬熟的小米粥置于土灶上烘，土灶里的炭慢慢红了，屋内增添一些亮光。

屋外星星满天，天空很晴朗。香凤睡得很香，没有苏醒的迹象。黑娃吃了粥，坐在门口的一只矮凳上，捧着头数星星。老爷爷讲故事时说，天上的仙女下凡后，星星会飞。黑娃盯着天空盼望着星星飞，一遍一遍地数最亮的星，一直数到睡着为止。

天亮的时候，仙人阁的树丛里鸟儿叫着，杜鹃的叫声特别响亮，把这片山林都叫醒了。黑娃早早煮了粥，等香凤醒来。

树林里的鸟儿不叫了，晨光满满，空气清新。屋里睡着的香凤醒了，门窗虚掩着，渐渐透进阳光。香凤腿脚不便，她只好坐着，慢慢熟悉明亮的光线。她突然想唱歌，两只纤纤玉手举起来，哼唱：

> 嗨，云里烟村雨里滩，多买胭脂画牡丹咿喂。
>
> 嗨，半亩方塘一鉴开，哪得佳偶水中来咿喂。
>
> ……

香凤重复唱了这两句歌词，想从床上爬下来。黑娃赶紧来扶她。香凤用力甩了黑娃的手臂，“你是谁，家在哪儿，你是要害死我吗，呜呜呜……”香凤哭喊。

“神仙姐姐，我叫黑娃，这里是我的家。”黑娃回答。香凤两眼直直地盯着黑娃，呜咽着。“神仙姐姐，吃粥，香喷喷的小米粥。”黑娃盛了一碗粥递给香凤。香凤低头闻了闻，拿过粥来喝了。黑娃搬来一张小矮凳，扶香凤坐。香凤摸摸头皮用手指搔痒。黑娃递来一个水罐，用布条浸了水替香凤擦头发。香凤没推黑娃的手臂，让他拭洗。黑娃洗得很仔细，一绺一绺发丝地洗，洗出油黑光亮。香凤嘴角显了一丝笑，脸上紧绷绷的，香凤不敢多笑。黑娃替香凤洗了头发，再弄些干净的山溪水擦洗她的脚和手，取了一双干净鞋子给香凤穿。香凤穿了鞋子能站起来了，香凤站起来后盯着黑娃说，"你是谁，家在哪儿，你是要害死我吗……"黑娃说，"我是黑娃，这里是我的家。"香凤不再哭了，蹒跚着走出屋子，眯了眼看天空。黑娃拎了小矮凳给香凤坐，香凤不坐，在屋外的小场地上转圈子，两只纤手举起来，唱歌，仍是那句歌词。整个早晨，黑娃就坐在门口的小矮凳上看着香凤唱歌。黑娃觉得很好听，很像天上仙女唱的歌。太阳照耀着仙人阁，暖融融的。山上的风吹着，香凤的头发飘起来，在她的白白的脖子上滑动。黑娃觉得有清香浮起来，在山岭的石板上打转转，在明媚的阳光里飞翔。黑娃不看她的脸，光看她的脖子和飘动的黑发。黑娃觉得很喜欢她唱歌，她的歌声比爷爷的好听，好听一千倍。

中午时分，黑娃去后山抓回一只兔子，挖几棵春笋煮了兔子肉给香凤吃。晚饭还是小米粥和兔子肉。黑娃喂饱了香凤，觉得很开心，因为香凤走路稳了不哭了，也不再说那句口头禅。晚上香凤早早睡觉，黑娃想听她唱歌，几次推醒香凤。香凤坐起来，揉揉眼睛说："你是谁，要害死我吗？"黑娃不敢推她了，躲到门口去看星星。黑娃希望星星飞过来，告诉香凤我是黑娃我喜欢听仙女唱歌。

黑娃就这样陪着香凤，直到第七天的中午，黑娃出了甬道到山涧抓野鸡，回来时发现香凤不见了。黑娃好像丢了魂，寻遍仙人阁不见人影。黑娃觉得这神仙姐姐可能下山去了，就急忙从观音峰上爬下来去追踪香凤。一直追踪到神医草堂。草堂里一切如旧，只有桌子上摆着一双鞋子。黑娃仔细一认，这是他给香凤穿的鞋子。黑娃拿着鞋子呜咽着抱头痛哭。黑娃哭得很伤心，手脚都麻了。黑娃哭过，拿了那双鞋子塞进怀里，他觉得香凤的味道都在这双鞋子上。黑娃又复看了草堂一遍，看见墙根下放置了一只彩陶。黑娃把彩陶捧了，回身点了一把火，把草堂烧了。

黑娃不晓得，香凤是被杜神医接走的。杜神医那天傍晚回到草堂，瞧遍了草堂内外,没见着香凤的身影。杜神医很茫然。香凤的伤势很沉重，脸上的脓疮烂到肉里，几度出现生命之忧。杜神医为救治香凤，天天爬上桃花山采药。为采到深山灵芝，他甚至爬上了从未攀登的观音峰。透过观音峰的松树林，他看见观音峰的东南面的山腹里有炊烟，他觉得也许是猎人的野炊而未多关注。如今香凤突然失踪，杜神医觉得这与观音峰的炊烟有关系了。杜神医身为江湖郎中，一生侠骨柔肠。他决定去观音峰查探。

观音峰很高，那块大方石上长的松树从观音的怀里透出来，在观音峰的左肩膀上随风摇动，远远望去就像净瓶里的柳枝，在云端里招摇。杜神医觉得这棵松树将观音峰带活了，云呀雨呀都凝聚到观音峰的净瓶里去。杜神医遥看着观音峰上的松树，沿着松树下面的山涧石峰攀登，渐渐靠近那块大方石。那块石头的一端插在山峰里，凌空倒挂，飞檐绝壁。杜神医不晓得这块飞来石的后面就是黑娃寓居的仙人阁。石壁前有许多石笋嵌在观音峰的肚子里，杜神医在这块巨石旁钻来钻去寻找、徘徊。杜神医寻找到第七天，早晨的雾都散尽，突然看见石笋里穿行出黑娃。杜神医惊讶得要喊出声来。黑娃踏着山涧石缝边的崖石往观音峰的后山去了。杜神医拨开石笋旁的竹叶找到了那条甬道,钻进黑娃的仙人阁。香凤呆然地坐在屋门口小矮凳上，看着门前的空场地上跳跃的小鸟轻声哼着那句歌词。

“你是谁，家在哪儿，你是要害死我吗？”香凤对杜神医说。香凤眼光呆滞，脸上没有表情。

“香凤呀，跟我回家去吧！”杜神医有点伤感地说，双手扶起香凤。杜神医觉得香凤的体力恢复得很好，就折了一根树枝给香凤，并用绳子把香凤的腰系了，抓了绳子把香凤拉出仙人阁，沿着山路慢慢走下去。杜神医在钻出那条石缝甬道的时候，看见石笋下面有一棵灵芝。灵芝黑油油的，伞形的边上嵌着淡淡的金线，富态的图形上滚动着露珠，好像天真的小孩正朝着自己嘻嘻地笑。“香凤啊,你有救了！”杜神医惊喜万分，将深山灵芝轻轻捧起藏入背篓之中。

杜神医回到山坳里的草堂，觉得这草堂已经不能住了，往哪儿去呢?香凤脸上的伤还未痊愈，年轻的姑娘面目被毁，精神恍惚，一时无法在世人面前行走，只能寻找能够避世之处。杜神医思来想去，他想到了桃花山唯一可以避世的地方了，赶紧收拾了给香凤治伤的草药，扶着香凤往山外走去。他走得急了，把一只彩陶丢落在草堂里，那只彩陶是杜神医花一百块银圆买来的，让杜神医心疼好几天。

杜神医要送香凤去桃花山麓西南的桃花庵，从他的草堂往那里去，要绕过大半个桃花山。杜神医扶着香凤到一个小村庄,雇了一顶竹板轿杠，请两个轿夫扛着。五月天，孩儿脸，天说变就变。好端端的日头突然被乌云遮了，山旁的小路被暴雨淋得湿透。杜神医跟着轿杠走走停停，走到桃花庵时天已经快黑了。桃花庵前面搁着一块大石头，上面栽了一棵小松树。两只小松鼠在石头下面跳来跳去。庵门虚掩着，灰瓦黄墙，墙上印刻了“佛”。

杜神医唤轿夫歇在庵外的大石旁，独自去敲门。庵内只有一个老尼在庵堂里打坐。杜神医推门走至老尼处，合掌致意。老尼微微动动身子，问道:“施主何处来？”杜神医说:“吾是桃花庄杜郎中，有事请求师父。”

“哦，吾佛慈悲，普度众生，南无阿弥陀佛……”老尼念了一段佛经，从蒲团上站起来，认真瞧瞧杜神医，脸露一丝喜色，“老尼好像见过施主，南无阿弥陀佛……”

“啊……”杜神医把背篓放下来，用衣袖揩汗。

“庵门外是你带来的人？”老尼说，她好像晓得杜神医的意思，主动询问。

“一位姑娘，需静养，故登门求助呢。”

“快把姑娘抬进来！”老尼脸上显出关切。

“感谢师父！”杜神医赶紧将庵门打开，唤轿夫把香凤抬进庵来。老尼上前细看了香凤，香凤的脸被薄纱遮着，微微闭着眼睛。

“姑娘遭罪了，施主的事吾当用心，南无阿弥陀佛……”老尼合掌喃喃着，引轿夫将香凤扛到庵堂西侧的一个厢房。此是一间较安静的寝室，室内置有熏香。杜神医把背篓里的草药拿出来交给老尼，借了庵内纸笔写了药方，叮嘱老尼说，此女脸上伤势很重，前时医治后去除了脓包，但疤痕未落，仍需敷药。今天在桃花山观音峰寻觅到深山灵芝，可以祛除她脸上的疤痕，也可以医治她心里的癔症。杜神医细心交代了香凤的病症，把草药逐一指给老尼分辨。老尼诺诺承接了草药，将之分拣后置于几个小罐子内，并贴上标签。杜神医交代完毕后，安静地看着老尼，静待老尼说话。老尼伸出枯瘦的手指轻轻抚摸香凤的手臂，将熏香置于香凤的脚旁，合掌念道：念念念弥陀，念念求往生，念念念极乐，念念得一心……南无阿弥陀佛。杜神医静静听着，把深山灵芝放到有草药罐子的桌子上，又静静地看了香凤一眼。香凤睡得很香，好像回到自己的家了。杜神医看到老尼只顾念经，不再关心其他事了。杜神医眼睛湿润了，又从怀中拿出几块银圆放到桌上。慢慢从寝室退出来，唤轿夫抬了竹轿出桃花庵而去。

咦，啊嘿嘿嘿，可怜深山种田郎，清风吹吾满屋草籽香，哪留往美娇娘，吃饭都不香……

咦，啊嘿嘿嘿，可怜深山种田郎，秋雨秋风满山树叶长，哪湛湛长空黑，四海千秋色……

桃花庵青灯点亮，庵门外留下轿夫的山歌，伴着香凤进入梦乡。桃花山都安静下来，黑夜里唯有星星照耀着，眨着眼睛，一副清静安逸的世态。山更长，水更清，山涧的溪水静静流淌着，绕过桃花庵向东流去。

桃花庵收治了香风，香火愈来愈旺。赵琦的大老婆也慕名前来烧香。大奶奶拜过菩萨，向老尼求取经书。大奶奶睨了老尼一眼，心头掠过一丝惊讶。这老尼的脸白皙而红润好似孩童，双眉淡而细好似描画的一般，细细回忆，似曾相识。这大奶奶吃斋念佛大半辈子，有一事藏匿心中始终不得解释。她孩童时期，曾经在赵粮户家读私塾。那私塾的教书先生六十多岁，身穿一袭青衣，满头银发飘飘。老先生有一位女儿青春美貌，经常唱歌给孩子们听。忽然有一天，老先生辞了私塾带着女儿离开赵家。赵家老爷将屋里喜欢搬弄是非嚼舌头的老婆狠狠打了一顿。赵老爷几次托管家去教书先生府上聘请，均未应邀。自此，赵家的私塾冷清了，孩童都跑到其他私塾读书去了，大奶奶回家守着，做做女红，看看闲书，荒废了学业。后来，经父母之命媒妁之言，她嫁给赵家。大奶奶记忆里的那位青春美貌的女人，眼睛秋水盈盈，黛眉如画。

“我是从赵家庄来的，师傅好面善。”大奶奶试探着问候老尼。

“念念念弥陀，弥陀即自心，愿愿生极乐，是心做佛祖……南无阿弥陀佛。”老尼慈祥地看着大奶奶，眼里波平如镜，细眉淡而柔顺，脸如孩童。

“师傅那时好年轻好漂亮，惹得我们童心快乐，好像就在眼前一般，永生难忘呢……”大奶奶喃喃自语，情不自禁，接了经书捧在手里，佛珠轻轻在指间揉搓，脸露迷恋。

“南无阿弥陀佛，请施主瞻仰菩萨。”老尼慈祥地微笑了，合掌祝颂。大奶奶突然感觉到观音菩萨的眼睛动了，轻轻赞道：菩萨开眼了。赶紧回身扑到蒲团上，虔诚膜拜。老尼起身合掌拜了观音，徐徐走出观音殿。庵门外进来许多香客，顶礼膜拜观音菩萨。大奶奶拜过观音，身子热热的，眼内湿润，感觉无比幸福。她回忆孩童时期的趣事，心释然，脚步轻松。回首四望，桃花庵掩隐在桃花山脚下，山前茂竹森森，春风柔柔，清高雅逸，佛光灿烂。大奶奶顺着大殿转看过去，看见老尼在一间厢房里忙碌着，稍欠从容。大奶奶好奇心起，轻轻移步去察看。哦，厢房里有草药的味道，屋内床上睡了一位姑娘，细纱笼罩着脸。啊，老尼德高，竟然还收养一位姑娘，那姑娘是谁，莫非是被少奶奶伤害的香凤？这奄奄一息的香凤姑娘竟然还活着，怎么跑到这么远的尼姑庵里来了，这香凤与这仙风道骨的老尼何缘？大奶奶平静的心思波澜起伏，心跳跳迈不动脚步。

“施主你来了。”老尼轻轻说道，把手里的草药放到药碾子里去碾碎。

“嗯，师傅慈悲心肠，收养姑娘。”大奶奶说。

“我女儿也有这姑娘那么大了，亭亭玉立呢。”老尼突然这样说道。

“哦，师傅是当作女儿收养她了？”

“也许是吧。”老尼用手推着药碾子，细瘦的胳膊从佛衣袖子里露出来，脸上细汗慢慢渗出来，滴在药碾子上。

“你女儿呢？”

“乱世生的孩子，乱世里漂泊，弄丢了……南无阿弥陀佛。”

“弄丢了，为啥呢？”

“襁褓中弄丢了，身上裹了一件小布衫，俗称红肚兜兜。”

“那小布衫是啥样子的，上面有印记么？”

“有印记的，红肚兜上缝了两颗珍珠，珍珠都带彩的，看着好像云彩，又细腻又光彩，南无阿弥陀佛。”老尼慢慢低垂了头，细而淡的眉毛轻轻蠕动，细细的泪水从老眼里淌出来，用佛衣袖子去揩。

“师傅德高望重，菩萨保佑你女儿，南无阿弥陀佛。”大奶奶被老尼感染了，泪水淌出来了，轻轻去揩。

床上睡的香凤突然醒来了，兀自将罩在脸上的纱笼拎开。香凤脸上敷的草药脱落在纱笼里。

“咦……”大奶奶看清楚香凤的脸了，脸上残留着稍许的伤痕，眉眼已经很光滑质感了，眼睛水汪汪，很美丽。大奶奶眼睛瞪大了看香凤，香凤的眉眼很像老尼年轻时的神采，“师傅呀，她很像你年轻时的辰光，这莫非是菩萨送来的福分么，好心得到好报，菩萨就是这么说的呀，南无阿弥陀佛。”

“施主好心肠，老尼感谢施主祝福，南无阿弥陀佛。”老尼听了大奶奶的话并无惊讶，心静如水。香凤从床上爬起来，伸伸手臂，回首看到厢房里的人，说道：“你们认得我，是来接我回家的么？”老尼点点头说，“姑娘，这里就是你的家，南无阿弥陀佛。”

“姐姐认得我？”香凤又朝大奶奶憨憨地说。

“认得认得！”大奶奶有点惊讶也有点惴惴。大奶奶晓得是他家的人伤害了香凤，大奶奶不晓得老尼不知道这件事。老尼的平静和香凤的迷惘让大奶奶又惊奇又尴尬，不晓得如何说话了。大奶奶坐不住了，从衣服里掏出银圆来塞到香凤的手里，大奶奶内疚地说：“愿菩萨保佑姑娘早日康复，愿菩萨保佑姑娘幸福如意，南无阿弥陀佛。”说了这些话，大奶奶转身走了，脚步蹒跚。

桃花庵的钟声响了，香客们鱼贯而出，消逝在庵门口。老尼把深山灵芝拌入草药，熬了药汁给香凤喝。香凤脸上的疤痕渐渐消失了，有笑容浮上脸颊。老尼看着香凤，心里甜甜的，老脸好像恢复青春，脸蛋粉红粉红，眉眼水汪汪的。

老尼在桃花庵开辟了一块菜地，种瓜得瓜，种豆得豆，菜地的蔬菜长得绿油油的。数天以后，老尼见香凤恢复得很好了，就缝制了一套僧衣给香凤穿，带着香凤去菜园种菜。香凤拿着铁铲在菜地上除草，除完草将铁铲一甩，双手做了兰花指唱歌了，老尼眼里泪光闪闪。香凤还是唱那两句歌词，重复唱了二三遍。

嗨，云里烟村雨里滩，多买胭脂画牡丹咿喂。

嗨，半亩方塘一鉴开，哪得佳偶水中来咿喂。

……

“姑娘唱得好听，晓得你家住何处吗？”老尼问香凤。

“姑娘没有家啊，认不得了！”香凤憨憨地回答。

“姑娘有父母亲吗，他们还健在吗？”老尼有点关切地问。

“哦，我有父母亲的，他是我师傅，教我唱戏的。”香凤说。

“姑娘会唱戏？在哪里唱呢？”老尼听到香凤说自己是唱戏的，有点惊讶不已。

“老早教的，现在记不得了。”香凤的思维不畅通，半痴呆的样子。老尼不问了，两眼看着香凤楚楚动人的模样，心里好像飞翔出一只小鸟，平静的心思被纷扰了，拄着铁铲愣愣着，嘴巴里念念有词。香凤见到老尼发呆，轻轻笑着，用手拉拉老尼衣衫，示意老尼别走神，快干活。老尼也轻轻笑了，随手挖了一些蔬菜，让香凤送去厨房。庵里有香客进门，老尼整整僧衣，去庵堂坐禅。香凤送了菜后也来庵堂，跟着老尼坐禅。老尼坐完禅去打鼓，香凤也去打鼓。香凤打的鼓与老尼的不一样，鼓声柔软之中隐藏着悲伤之音，且连绵不断。老尼听到这鼓声，心里亦泛出悲伤之情，连绵不断。老尼慈眉低垂，泪水盈眶。香客拜过菩萨来取经书，香凤帮老尼签发经书。香客捐香烛钱，香凤帮老尼手书“佛”字。香客来得多了，香凤签字累了，只发经书不签“佛”字。香客中来了一位男士，盯着香凤看了一会儿，默默地拿起佛字笔书写“佛”字。香凤觉得那男士有点面熟，就说谢谢施主，不可烦劳施主。那人说，我是赵琦呀，你不认得了？香凤复看了他一眼，轻轻哂笑说，你说啥，我不认得。赵琦怔住了，疑惑地瞧瞧香凤，香凤脸色红润，黛眉如画，两眼清澈，微笑如佛。老尼在旁边听清楚他们的对话，朝赵琦打个手势说，“世间本无物，何处惹尘埃。施主认错人了，南无阿弥陀佛……”听老尼之说，赵琦羞红了脸，从怀里掏出香资交给香凤，转身又去观音佛前膜拜，惊惧之间高喊菩萨保佑，速速退出观音殿而去。老尼回身复看香凤手书“佛”字，字迹清晰飘逸。老尼复问香凤，那男人认得你么？香凤随口回答，我只认得一个卖药材的男人，但记不得叫啥名字了。老尼问，是不是桃花庄的杜神医呀？香凤摇摇头说不是。

香凤跟着老尼吃斋念佛，几乎形影不离。入夜，老尼指导香凤读经书，香凤认字很快，念过又记不得。老尼再教，香凤再读，朗朗上口。老尼掩上经书与香凤谈经说禅，香凤随意而说，但对经书上的经文记忆不清，有点见字认识，离书即忘。老尼相信，这香凤姑娘与佛有缘，曾几次试探香凤，可否入佛门守青灯孤诣向佛？香凤沉默不语，似乎不愿削发为尼。老尼无奈，耐心教导，盼着能够打通香凤思想深处的藩篱。每天早晨，香凤醒来打坐，第一件要做的事就是伸出纤指哼唱她随口而唱的那两句歌词。老尼听惯了，也随口哼唱。唱毕低头念经，念念着这流水的光阴。不觉间春去夏至，六月十九日观音菩萨出家日，桃花庵佛光普照，信众携香烛衔尾而来，香火甚旺。香凤见到有许多香客，面露喜色。晌午时分，香客更多，其间有赵琦家的大奶奶、管家等人。赵家人拜了菩萨烧了香，围着香凤窃窃私语。赵管家与大奶奶商量，大奶奶初时不悦，经管家解说，才答应将香凤的故事直言相告老尼。老尼背靠着赵家人在蒲团打坐，双目下垂，耳根清净，心如明镜。大奶奶也在老尼身后打坐，默默等候。半晌，老尼欲起身离座，大奶奶趋身相扶，顺问老尼安好。

“施主也来烧香？”

“菩萨纪念日，敬奉敬奉。”

“施主有何体会，为吾佛弥撒宏法？”

“受师父恩德，敬仰佛寺，灵光显现，佛法宏大，南无阿弥陀佛。”

“吾佛慈悲，普度众生，南无阿弥陀佛……”

“师父，今日吾有一事相告，万望师父包涵。”

“哦，请到斋室相谈，请跟我来。”老尼抓了大奶奶的手往大殿边的斋室而去。两人在斋室谈了很久，老尼陷入沉思。

“罪过罪过。”老尼双手合十，喃喃不休。

“赵琦如今陷入痴呆，终日待在书房不问世事，少奶奶早已成为废人瘫痪在床，此事终因赵家而起，苦果理应赵家承担。香凤无故受难，能死里逃生，实乃菩萨保佑……我前次来庵烧香已经晓得香凤获救，但又不忍将真相坦告，烦扰了师父的一片佛心……”大奶奶缓缓叙述，泪眼婆娑。

“罪过罪过，南无阿弥陀佛。”

“原想到有师父收留，好事结尾，今天听了管家劝说，才想到菩萨心肠，理应送这苦命的姑娘回家，不枉我等吃斋念佛一辈子不违天理哪，南无阿弥陀佛。”

“罪过罪过，南无阿弥陀佛……”老尼也眼含热泪，喃喃不已。

“香凤姑娘神智有小恙，待她清楚了，送她回家也不迟。”大奶奶见老尼哽咽，似有不舍香凤之意，就劝慰道。老尼哽咽了一会儿，慢慢拭去泪水，回答大奶奶道：“世间事物终有因果，施主有心向佛老衲岂能违天？烦请施主把那香凤的家人请来，老衲可当面征求香凤意愿，如愿随老衲吃斋念佛，老衲当替菩萨收养此女，如不愿随老衲吃斋念佛，老衲一定遂她心愿……”

“如此甚妥，南无阿弥陀佛。”大奶奶破涕为笑，紧紧握了老尼的手。老尼的手干瘦如枯枝，微微颤抖。

桃花庵香烟缭绕，香客们在佛钟前排长队敲钟祈福，观音殿里信众满堂，祷告菩萨的声音连绵不断，铺天盖地。庵门外，赵家人在大奶奶招呼下坐轿拎佛袋离庵而去。赵管家如释重负，脚步如飞。

香凤遭难中仍惦念的胡老四被枫泾镇衙门公差胡乱抓去后一直关在狱中。衙门因无香凤消息，原告苏州戏班子又不肯撤案，故将胡老四关押以图抵案。朱一茗多次设法营救未成，又苦等香凤消息无果，先自返回沙地去了,留下细娘照顾狱中人。胡老四狱中的牢饭都由细娘出资奉送。狱中的牢头看在细娘暗中关照的面子上，对胡老四没有横加虐待。梨花看到细娘为胡老四坐牢而照顾周到，也暗自叹息，细想如果鼎和斋没有聘请朱一茗师徒来做茶食，也许与胡老四的前世姻缘已经成功了。又想到细娘为还爹爹的婚约情债，心甘情愿地吃那苦头，也算对得起胡老四。梨花帮着细娘管理鼎和斋，也为细娘、胡老四的事整天胡思乱想。细娘爹爹做惯了店里的甩手先生，每天早早捧了那只水烟壶去茶馆店喝茶听唱书，看到细娘为胡老四跑东跑西，心里的遗憾也渐渐抹平了，觉得世上的事总归要讲究个情理，女儿细娘是最懂这情理两字的，女儿做得很好，为爹爹撑面子了。苏州戏班子的金班主经常跑到鼎和斋来打听香凤消息，细娘对金班主又恨又怜。细娘多次劝说金班主撤了胡老四的嫌疑之案，金班主说，香凤失踪与胡老四有牵连，香凤唱过多少家堂会都无恙，唯独这次胡老四去陪她，她即失踪了。细娘说，胡老四喜欢香凤，总不会害死她吧,要娶香凤也是明媒正娶,哪里会用这种下流手段？金班主说，邀请香凤唱堂会的赵琦一家和香凤都下落不明，成为悬案，胡老四嫌疑太大，放了他，香凤失踪的案子就销了，叫我如何对得起香凤？就这样，细娘与金班主的交流几乎在对峙的话语中继续着。金班主心里明白，胡老四可能被冤枉，但又不肯撤案。金班主在极端矛盾的思想中苦苦挣扎，几乎要将胡老四缠住了，缠成一个死结。

光阴如流水，生活在苦涩之中悄然流逝。

就在细娘为胡老四的冤屈无奈绝望、愈加悲伤之时，桃花山赵家庄的管家悄悄托人给细娘送来一个消息：香凤现在桃花山的桃花庵安居，香凤安然无恙。细娘询问带信人，是谁托你带的消息？送信人回答，是桃花庵的老尼托人带的信。细娘觉得奇怪，捎消息的人为啥不给苏州戏班子捎消息，而要捎给自己呢？细娘找梨花商量，梨花想了想说，也许是你为胡老四坐牢的事吃尽苦头，感动了菩萨呢，菩萨觉得告诉你就是解脱了香凤案给你及胡老四所带来的痛苦呢，对吗？细娘觉得梨花说得对，脸上漾起笑容。细娘马上把香凤在桃花庵的消息告诉金班主，金班主很吃惊，说这香凤怎么会跑到那么远的深山古刹去了呢，这好像神话故事。细娘说，不管消息正确不正确，我们一定要去探看。金班主说，三小姐你真是个好姑娘，香凤的事让你费心了。这样吧，我这里派个管事的银嫂陪你们一起去，香凤看到银嫂就会跟着回来了。香凤的事如果是真的，银嫂回来后我就立刻去衙门替胡老四撤案，好吗？细娘回答说，我们和银嫂明天就起程，防止夜长梦多。

细娘回家后将要去桃花山寻找香凤的事同爹爹讲了，细娘爹爹说，桃花山很远，女人进山都要雇用轿子的，雇用了轿子又招人惹眼，很不安全。让梨花跟你一起去吧，她在乡下生活时间长了有经验。另外带些饼呀糕呀的干粮，荒山野岭的，找不到吃饭的地方。你们姐妹俩穿的衣服要朴素些，最好穿旧衣服，用灰布啥的包裹了头脸，好让山里人看不出你们身份。出门当心惹了事，去找小羔羊结果又丢了老绵羊那还了得？细娘觉得爹爹说得对，就翻箱倒柜寻出老旧的衣服和布包袱试着穿戴，从镜子里看到自己灰暗的身影，嘴角露出一丝笑颜。第二天，细娘一行三人急急往桃花山而去，山路崎岖，偶遇荒村山里人，都不搭话。数日后，她们终于寻到桃花山麓西南脚下的桃花庵。天气炎热，细娘三人的衣服湿透了再晒干，汗迹斑斑。

青松荫庇下的桃花庵显得几分清凉，老尼在观音殿的蒲团上坐禅，香凤在右侧的边门旁翻经书。梨花看见香凤了，张嘴想喊她，被细娘拦住了。细娘朝梨花银嫂摇摇手，示意她俩别呼喊。细娘引着梨花银嫂拜观音菩萨烧高香，再到老尼身旁的蒲团上坐下来，静候老尼。观音殿内静静的，其间有几位香客来烧香，老尼低头坐禅，眼皮都没抬一下。香凤看了经书睡着了，头枕着桌上的一本香客签名簿，一头乌发落在肩膀上，几只小彩蝶在她的书桌旁飞来飞去。

观音殿两侧柱子上雕刻了佛语：清净为心皆普陀，慈悲济物即观音。

老尼怀里揣着一本经书，扉页上写道：观自在菩萨，行深般若波罗蜜多时，照见五蕴皆空，度一切苦厄。老尼入定，眉间深嵌皱纹，身上僧衣整洁无尘。

时值正午，观音殿内清静如初。老尼心思转定，睁眼观殿内外，殿前的香炉内青烟缭绕。

“恭祝师傅佛德高扬，打扰师傅。”细娘望见老尼睁眼瞻望，赶紧从蒲团上站起来。

“施主有事？”老尼双手合十，双眼炯炯地望着细娘，脸呈一丝柔软。

“我等从江南枫泾镇赶来，寻找失踪多时的香凤妹妹……”细娘如实相告，从容淡定，梨花、银嫂眼睛急急盯着老尼，仿佛可从老尼嘴巴里立即领走香凤。老尼拿眼光扫了她俩一眼，似悟非悟地摇摇头，转而朝香凤熟睡的桌子那边看了看，轻声说道：“香凤认得你们吗？”

“认得认得。”细娘回答。

“好吧，你们去唤她。”老尼淡定地说。

“香凤，香凤。”梨花和银嫂将香凤推醒。香凤擦了眼睛，将香客签名簿翻开，迷糊的语言说：“要捐么，这里签字。还有经书，要请么？”

“香凤，我是银嫂呀，你认不得我了吗？”

“银嫂？你不认字么，我可以代你签字。”香凤说着把佛字笔拿起来，蘸了墨含在嘴里，用眼温柔地看着她们。

“香凤，你？”银嫂惊讶不已，眼睛瞪得很大。梨花说：“香凤，寻找你多时了，我们带你回家。”

“我的家就在这里呀！施主别说那些没来由的笑话，佛家从来不打诳语，南无阿弥陀佛。”香凤脸上微微呈笑，将手里的佛笔轻轻搁到笔架上。老尼静静地望着，脸上也呈一丝微笑。细娘也看懂了香凤的动作，泪水瞬间从眼眶内涌出来，滴在殿内的蒲团上。细娘回首看着老尼，说："多谢师傅照顾香凤，香凤这段时间遭受了委屈了，如果没有师傅恐怕难有今天的平安了，师傅高德，我们感激万分……"

"难道施主还不晓得她的情况，如今香凤不认得你们，这叫老衲如何处置？"老尼说道，眼光睿智，炯炯有神，"施主来认领，可有啥身份凭证，或者有让这姑娘记忆的地方，可否说来听听？"

"这香凤原是苏州班子的唱戏花旦，这在江南一带凡听过她唱戏的都认得，今天有苏州班子的银嫂同来，可以请银嫂讲讲的。"细娘想了想，这样回答。

银嫂听细娘这么说，也思考了一会儿，说，我就唱几句戏歌吧，也许她会记得。老尼听到银嫂说要唱歌，就将细娘她们引到观音殿旁边的斋房，唤香凤倒斋茶给细娘等喝。

哭一声甄静姐灵魂在上
你可知曹子健九曲回肠
想那年爷为兄出征东吴
我与你图甜蜜留在洛阳
……

银嫂唱了曲《洛神》折子戏唱段，歌声轻柔婉转，香凤听了，微微而笑，没应声。银嫂见香凤没啥感觉，又哼道：

最撩人春色是今天，
少什么低就高来粉画垣，
原来春心无处不飞悬。
是睡荼蘼抓住裙钗线，

恰便是花似人心向好处牵。

银嫂唱的是《牡丹亭》里的〔懒画眉〕，唱腔很高亢，引得老尼喜色涟涟。老尼点着头喃喃着，不错不错。再看香凤脸色，似有喜色浮上眉头，但她只呆呆望着银嫂，没啥反应。银嫂急了，对香凤说，这些都是你最喜欢唱的戏歌，你为啥听不懂呢，嗯？老尼默默沉思一会儿，向香凤招手。香凤走到老尼身边，听老尼吩咐。老尼说，“施主们诚意而来，吾儿也要唱支歌呀，嗯，南无阿弥陀佛。”

香凤唱歌了，细娘梨花都听过她的戏歌，眼睛里都要放出光彩来了。

嗨，云里烟村雨里滩，多买胭脂画牡丹咿喂。

嗨，半亩方塘一鉴开，哪得佳偶水中来咿喂。

……

香凤反复哼唱了两遍，就停住不唱了。银嫂呆呆地听香凤唱这歌，眼泪簌簌往下流。香凤唱的是一支山歌，银嫂老早听老班头唱过。这支山歌是随便哼唱的，根本不编入戏词，很少有人听过。细娘、梨花听了这山歌，觉得很好听，但没有香凤唱戏时的那种神采，倒好像是听了一支儿歌。细娘、梨花都被香凤的健忘惊呆了，这香凤真的受了刺激，脑子偏愚了，不认得她们了？

“南无阿弥陀佛，让施主们受惊了。请施主小坐，慢慢聊吧。”老尼很慈祥地说。正午的阳光灿烂，殿内殿外静悄悄的，没有香客上门烧香。老尼唤香凤给细娘梨花她们倒斋茶，慢慢讲述香凤遭难的故事。细娘听了，插话说，这赵琦家弄伤了人就全家逃逸，弄得香凤的男友至今被关在狱中。

“那人叫啥？”老尼问。

“胡老四，贩卖药材的商人。”细娘说。

“哦，香风脑子失忆了，仍念念叨叨的人，原来就是他了，真可怜。”老尼说，“这老班头是香风的爹爹吗？”老尼突然问道，细娘和梨花回答不上来，银嫂细细地瞧瞧老尼，回答她：“不是，但她是老班主从半道上抱来的，亦算半个爹爹吧。”

“半道上抱来的，有几岁呀，在啥地方呢？”老尼盯住银嫂问。

“听说是从大山里抱来的，孩子在襁褓中。”银嫂说。

“孩子穿着啥衣服，有记念的地方吗？”老尼紧紧问道。

“没啥记念的地方，穿着一件小布衫。”

“是红肚兜吗？”

“是。”

“还有啥吗？”

“没有啥呀，听老班主唠叨，这香风光屁股抱来的，好可怜。”

“哦,应该是这样了,太伤心了！南无阿弥陀佛……”老尼默默低下头，拂了僧袍袖子拭眼泪，引得细娘她们也拭眼泪。这时，厨娘送来一大盒斋饭，香风拿了一大摞碗筷摆到桌上。老尼对香风说，这是你老家的人来接你回去，吃了斋饭你就跟她们走吧。香风听懂了，呆呆地望着老尼，说：“师傅难道不要我了？”老尼听了，两行热泪又淌下来，用僧袖掩面，哽咽起来。细娘她们觉得这老尼很重感情，爱香风爱到骨头里去了，真的让人感激啊。

吃了斋饭，老尼从柜子里翻找出香风的衣服，叠好包袱交给银嫂。又拿了一册她亲手抄写的《华严经》放到包袱上，对银嫂说：“这卷经书让她随身带去，吾佛慈悲，南无阿弥陀佛……”

银嫂说:“谢谢师傅！”老尼转身望了望香风,爱怜地抚摸着香风的手，许久不肯松开。香风伏在老尼的肩膀上哭了，低声呜咽。老尼从怀里掏出一只金手镯戴在香风手臂上。

香风终于别了老尼，跟着细娘梨花银嫂她们走了。老尼送到庵门口。

庵外的老树上响起金蝉的鸣叫声，愈叫愈响。老尼站在庵门口，身前身后都弥漫着午后的阳光，老尼脸上挂着微笑，安逸清瘦，眉眼慈祥。

细娘一行走出庵门很久很久，桃花庵响起钟声，在山坡的那一边回荡。

细娘一行走了两三天，衣服被汗湿许多遍，领子上渗出了盐渍，终于辛苦地回到枫泾镇。

香凤被细娘她们领回戏班子，金班主瞧了香凤好一会儿，问香凤："阿妹你到哪里去了？急得我双脚跳呀，为啥跑到那么远的深山里去，跑到那尼姑庵去？到底遇见了啥事呀？"香凤看见金班主，淡淡一笑，说："你是谁，我好像在哪里见过，哦？"就不吭声了。金班主又问香凤："怎么长时间逛在外面，难道你不认识我了，我是你哥哥呀？"香凤又看看金班主，摇摇头，说："我要回家，你让我回家！"金班主惊讶地看看香凤，回头询问银嫂，银嫂苦着脸说："香凤这次遭遇大难，能够活着回来，已经很好了。听桃花庵的老尼说，香凤那次到赵琦家唱堂会，被赵家的小老婆……"

"嗯呀，原来是这样，这香凤真正是大难不死……"金班主嘘叹不已。细娘劝慰金班主，说这香凤姑娘现在已经基本恢复了，被伤害的容貌也医治得好了，看不出疤痕。金班主点点头，很感激细娘，眼里有点湿润，唤银嫂拿上等的龙井茶给细娘梨花喝。细娘喝了茶，金班主说明天就去县衙的监牢里去赎人，冤枉了胡老四了，让其吃了莫明官司。细娘听了这句话，脸上浮出笑容。细娘说，这香凤姑娘的脑子有点愚钝，但是心里还是记挂着胡老四，所以这胡老四为香凤姑娘吃官司，一点也不冤枉。银嫂与梨花听得笑了，金班主也跟着笑了。细娘将香凤的事交代妥当，辞别金班主和香凤。香凤看到细娘要走了，转身也跟着要走。细娘拉住香凤的手，说香凤妹妹先留住这里，明天姐姐再来看你。香凤拉着细娘不放手，香凤说，姐姐你怎么不要我了，让我给姐姐唱支歌。说完，香凤翘起兰花指，唱了那首山歌。听到香凤唱歌，金班主的眼泪就忍不住了，簌簌落下来，滴在地板上。

细娘与梨花走出戏班子很远了，香凤还在唱着那首山歌，且飘得很远很远。细娘梨花听了，眼睛里也有泪水裹着，好像没有啥开心的，心里仍然沉甸甸的，很痛的感觉。细娘问梨花，香凤现在这种情况，后面的路怎么走下去呢？梨花想了想说，傻人有傻福，让香凤嫁个好人家也许就是她的福分了。细娘叹息了一会儿说，只能这样子了。

第二天，细娘与金班主去县衙投撤诉状纸，衙门里的师爷接了状纸说，县衙的官司非同儿戏，岂能这样想打就打想撤就撤？这个案子弄在县衙里多时了，老案，要经过几番审核才能结案，你们慢慢等着吧。细娘争辩说，失踪的人已经找到了，那个被抓的胡老四是受冤枉的，与他一点干系都没有的。师爷绿了脸说，是你审案么，回家等消息吧，别在这衙门里乱嚷嚷。金班主看出这衙门师爷的嘴脸，忍了气，拿出几块银圆塞到他的手里，说请师爷帮忙撤了这案子，这胡老四确实冤枉呢。师爷见了银圆脸上呈些笑容，说这胡老四如果真的受冤枉，又有原告撤案担保，过几天县衙审案后就释放，行吗？说完甩甩袖子走了。细娘与金班主只好再去牢内探看胡老四。大热天，牢里臭气冲天。胡老四头发胡子很长很乱，见了细娘就问香凤找到了么，她在哪里？细娘将香凤的情况一一告诉了他，胡老四听后呜咽着哭了。金班主说，胡老四你受委屈了，冤枉了。胡老四哭得更厉害了，牢头跑过来喝他，胡老四也不管不顾地痛哭了一场。

数天以后，胡老四被衙门释放了。胡老四无家可归，就在细娘店里的员工宿舍住。细娘爹爹见这胡老四吃了冤枉官司很可怜，就与细娘商量，资助胡老四在这枫泾镇开店做生意。细娘说，胡老四为恋香凤吃了官司，在这镇上做生意恐怕名声不太好呢，如果他愿意，我和朱一茗带他到汇龙镇去谋生，也许有一条活路。爹爹说，带他去汇龙镇孤男寡女的，这恐怕也不妥当吧。细娘笑了，说爹爹你别瞎想，这胡老四恋着那小香凤呢，经过这段奇幻曲折的经历，胡老四会放弃香凤跟我们去汇龙镇吗？

这小香凤如今半残了，不能登台演戏了，今后不依靠嫁个好男人过活，还能行吗？爹爹笑了，说有情人千里来相会，这段天赐姻缘，拆不开呢，嘿嘿嘿。细娘与爹爹商量好后就去见胡老四。细娘说，香凤已经半残了，唱不成戏了，胡老四你还愿意娶她吗？如果愿意，我就去同金班主说。你娶了香凤，我和朱一茗带你们去江北，资助你们在汇龙镇开店过活，行吗？胡老四想了想回答说行，他对细娘一家感恩戴德，细娘怎么说他都愿意。细娘与胡老四商量着，店门外有人喊着要见细娘。细娘跑出去一看，原来是银嫂。银嫂将细娘拉到一边说悄悄话。银嫂说，香凤回到戏班子整天愁眉苦脸不吭声，戏班子里的人问她到哪里去了，为啥不开心，她就说，我不认识你，我要回家。弄得戏班子里的人都烦她了，怎么办？细娘说，我叫胡老四去见她，如果她认识胡老四又喜欢胡老四，银嫂你一定要做个红娘，香凤她一辈子感激着你……银嫂笑了，说细娘心肠太好了，你是活菩萨。

细娘唤来胡老四，胡老四跟着银嫂走了。细娘目送他俩走远，嘴里喃喃自语。细娘不经意间学着桃花庵老尼的口吻，念念有词：大慈大悲观世音菩萨保佑，南无阿弥陀佛。

香凤　　（插图：金小萍）

第十一章　为伊看破红尘

香凤愿意跟着细娘、胡老四去江北沙地汇龙镇，金班主不放心，唤银嫂送香凤去江北沙地。金班主赠予香凤一笔嫁妆，放在一只手饰盒内。金班主把手饰盒交予细娘保管，细娘推辞，金班主说，细娘你如香凤的亲姐姐一般，我只信得过你。细娘只好接了，打开一看，原来是一件红肚兜和两颗彩珠及一张银票。这两颗彩珠特别大，价值不菲。金班主说，这些都是香凤的家资，我爹爹老班主留存着的，现在交给你打理，帮助香凤成家立业，以了我爹爹的遗愿。细娘伸出手指轻轻抚摸了缝制在红肚兜上的彩珠，忽然想起桃花庵老尼的话，惊诧得手指有点发抖。细娘回首看看香凤，眼含泪水，慢慢将手饰盒盖好。

细娘要带着香凤等人去江北沙地了，细娘爹爹有点伤感，茶馆店不去玩了，陪细娘聊聊天。细娘对爹爹说，这次我们去江北沙地谋生以后爹爹你要自己照看这鼎和斋老店了，你唤梨花常住家里帮忙吧。爹爹说，这店里的事务我会聘个账房先生或者掌柜来管理，你带一个做茶食的老师傅去汇龙镇，把这老店的手艺传承下去吧。爹爹说着这些话，悄悄拭泪，细娘看见了也拭泪。细娘说，爹爹你也跟随我去江北沙地吧，那里很好的，沙地菜很好吃的。爹爹摇摇头说，我这把老骨头舍不得这块老地方，你们年轻人眼光远大去新地方创业安家，爹爹心里想着你们疼着你们，你们一定要多争气，让爹爹开心，嗯？爹爹说着，从衣袋里拿出一册线装书交给细娘，细娘翻看，原来是一本制作茶食的秘籍。这本书很薄，纸页又软又黄，但手绘的字图仍然很清楚。细娘惊诧爹爹的保密意识，细娘接替爹爹管理这鼎和斋老店多时，爹爹从未示人。爹爹交给细娘线装书后长长叹了口气，说这百年老店并非浪得虚名，你好好保管它。爹爹说完这句话，突然轻声告诉细娘，这镇上祸害我们的贼人“滚刀肉”马小辫已经被衙门的人抓到了。细娘惊讶得瞪大眼睛看爹爹，说这么大的好消息从哪里得来的？爹爹咬着牙说，善有善报恶有恶报，这贼坯犯下弥天大罪在东海畔被抓到了，要被杀头了……爹爹说着话，脸上浮现一丝舒心的朗笑，颜面如孩童。

七月流火，街河里的水热得发烫，枫泾镇风景依旧。街河旁边的柳树下站着梨花与爹爹，爹爹脸庞显着一些桃红，好像喝过老酒一样，目送细娘带着香凤等乘乌篷船走了。

两年以后，细娘邀请汇龙镇“同记酱园店”的杨同记、“大德隆粮行”的胡老四、香凤到“鼎和斋茶食店”赴儿子诞生百日宴。胡老四请汇龙镇的黄霓裳老先生写了一副喜联：

喜庆临门一枝梅，花开花馨香画屏。
诗书传家百事兴，旺祖旺宗君有幸。

喜联贴在百日宴的大厢房正厅板壁上，黄老先生的小篆书法笔力遒劲，朱一茗与文白对其书法津津乐道好半天。细娘邀请的亲朋好友不多，除了杨同记、香凤、胡老四外，另邀请了汇中楼茶馆店的钱老板，汪大有客栈的张大妈，沈裕春烟烛店的沈老板等邻居，在内厅摆了三大桌。细娘从江南移居沙地后早已经熟悉沙地的乡风民俗，邀请街坊邻居，请其中的一位长者拿一杆大秤和竹篮替她儿子称分量；请香凤给儿子额头上点朱砂，穿红肚兜，发百日糕等。亦雅亦俗，喜乐融融。杨同记这两年埋头经营酱园店，不吸水烟不参赌局不近女色，几乎与俗世娱乐隔绝，今日突然想起这“大德隆粮行”的香凤曾经是成名的戏角，就提议请她为这喜宴唱一曲助兴。香凤含笑不语，向厅后的屏风招招手，说了声：快请师妹出来吧，这杨老板都要急得等不得了。香凤话音未落，一个少女手捧古琴款款而出。少女身穿绿衫，长发飘逸，脸颊一侧挂垂了一束很细的辫子，辫子上打了一朵极细的蝴蝶结。杨同记惊呆了，他忽然觉得好像见到了一个故人，这故人曾让他萦牵梦绕，魂断姑苏，细细观之又不是，似曾相识。

香凤引荐小师妹时说了一番话，大意是：这位小师妹是我特地从苏州戏班子邀请来的，技艺高超，以助雅兴。我和夫君曾受细娘一家深恩和沙地乡亲关爱开店谋生聚福，无以为报，今天借花献佛，聊表心意……香凤口若悬河，滔滔不绝，思绪清晰，已无语言障碍，让细娘朱一茗等大吃一惊。杨同记两眼只盯看少女，没在意香凤的变化，嘿嘿嘿地傻笑不止。香凤说完，那少女朝来宾深鞠一躬，揾指弹奏。大厅内顿时鸦雀无声。少女弹奏的是古曲《夕阳萧鼓》，铮铮琴声将宾朋亲友带到清新美丽的春江花月夜：漫漫江水在春风里荡漾，白帆点点渔歌晚唱，如梦如幻。杨同记有点如醉如痴，拿起酒杯跑到朱一茗细娘身边说，朱一茗你还欠我一个人情，你家细娘从老远的江南跟你跑到这沙地上来为你生儿育女，使你光宗耀祖，我对你佩服得五体投地，今天你一定要陪我喝上三大杯，不醉不休也。朱一茗陪他喝了三大杯。杨同记又跑到胡老四香凤身边敬酒，也要喝三大杯。胡老四喝了三杯，劝慰说喝多了酒要伤身子。香凤也来劝阻。杨同记说，香凤妹子你好福气，带来的师妹真漂亮，我很羡慕你们，江南姑娘就是好看，心肠好人品好说话软绵绵，弹的古琴好像仙人弹奏的，听得我心都要醉了，身体都要飘浮起来了……香凤你也要陪我喝三大杯，不醉不休，哈哈哈。杨同记不管香凤劝阻自酌自饮了三大杯，喝完酒后呜呜地哭了，弄得香凤哭笑不得。细娘、朱一茗把杨同记的酒杯夺了，细娘知道杨同记的心思，劝慰他说，杨老板少年英俊，心肠也好，哪个姑娘嫁给你都是前世修来的福气，嫂子我一定替你物色一个极顶标致的姑娘，哦……杨同记突然不哭了，对朱一茗细娘说，我明天就去江南寻找我的梦中情人，我一定要把她带回来，让大家看看，我杨同记有那本事……朱一茗细娘都笑着劝慰说，我们相信杨老板的话，杨老板寻江南娘子的本事比沙地小官人都要大呢，哦？杨同记转而露笑，又要喝酒，被朱一茗劝慰着扶到椅子上坐了，静下心来听香凤的小师妹继续演奏。在大家的喝彩声中，小师妹又弹奏了一曲《高山流水》。杨同记闭着眼睛听着，泪水簌簌往下流，用袖子揩了，不让朱一茗看见。

少女演奏完毕，向来宾深深鞠躬致谢。香凤从怀里掏出一个红布包和贺岁钱交给细娘，细娘推辞，香凤慢慢解开红布包给细娘观看。细娘惊讶了，原来是两颗大彩珠，在香凤的手里熠熠生辉。使不得，使不得。细娘连连推辞，吃惊地说道。香凤说，彩珠送恩人，菩萨保佑你全家福佑双至。今天阿侄百日诞辰，我愿意为他献唱歌曲一首。香凤唤小师妹替她伴奏，小师妹欣然受命，重新落座。小师妹弹奏的仍然是《高山流水》，香凤开唱的却是琴曲《醉翁操》：

> 琅然清圆谁弹曲，空山寂寂林中月，哈依唷；
> 明月风露娟娟舞，瀑渲潮头绕指柔，哈依唷；
> 山有时而童谣传，水有时而回声切，哈依唷；
> 听曲飞仙天外天，惊醒梦里两三弦，哈依唷。
> ……

香凤一开唱，古风飘浮，字正腔圆，霎间把细娘朱一茗等都带进了一个意境高远的梦幻境界，文白先生更是手指敲着桌沿随琴而歌如入无人之境，妙不可言。杨同记似醉非醉，用双手挥着，好像要飘舞起来的感觉，被香凤的歌声倾倒了。那几位商家同人和邻居目睹如此高雅欢庆场面，又惊又喜，不断鼓掌，手掌都要拍麻了。细娘将里屋睡醒的儿子抱出来，香凤端了一个盘子让宝宝挑盘内的吉祥物。宝宝双脚乱蹬，对盘子里的三件吉祥物（毛笔、算盘、手饰）不感兴趣，小手伸着要抓小师妹的手，抓小师妹手指上戴着弹琴的银指环。香凤开心地笑了，说细娘姐姐你这儿子要学弹琴呢，将来要做演艺家。

香凤的美颜重生令杨同记羡慕不已，杨同记在欢庆之中暗暗下定决心，去江南寻找自己心仪的美娇娘。杨同记擦干眼眶里的泪水，安静地倾听香凤继续演唱。香凤又唱了沙地小调《打铜锣》,腔调浓郁,情感深深，别有一番滋味落在听者的心头。杨同记更觉乡情眷恋，情韵浪漫。

第二天，杨同记将酱园店托付给掌柜代管，到汇龙镇新建的河码头雇了一条沙船悄悄出港去江南。杨同记躲在船舱里瞧着沙船离开汇龙镇，听着沙船航过的河岸边芦苇沙沙的飘舞声，听着杨柳树上夏蝉一阵阵的鸣叫，心里独自喃喃。好几年过去了，他心里思念的姑娘可否安好，自己还能再见到她么？杨同记心思里灌着独自的相思与暗恋，怀抱着那种悠悠荡荡的一丝希望。那种蝉鸣的热烈，那种飘逸的情思，在他的胸臆间徘徊游荡，慢慢悠悠地掉落到沙船咿咿呀呀的桨声里去，好像在迎接一次设计好了的漫长等待，如鸿雁归去，荷花露蕊，叶叶茜茜。

杨同记雇的沙船出港口后升起风帆，飘飘荡荡过长江。没几天，杨同记来到了姑苏城。两年了，姑苏城更加繁华，街街巷巷里挂着红灯笼，酒肆茶楼的招牌鲜明耀眼，街河里航着小船，沿河排列着小贩的摊子，飘出甜食的香味。杨同记很想逛逛姑苏城，但心里惦记着弹古琴的妹妹，玩的心思就淡了。他逛了几家手饰店，觉得玉观音挂件很好看。杨同记脖子上就挂着玉观音，是祖传的老古董，他戴在内衣里面很少示人。他最后挑了一只白玉手镯，那白玉上有淡黄的彩条，透明欲滴。他觉得妹妹会喜欢。他逛到山塘街，从街河东面往前瞻望，千年古塔耸立在河的尽头，塔影倒映在山塘河里，好像在诉说岁月的漫长。黄昏时分，有月儿浸在河水里，在船娘的摇橹声里晃荡，乌篷船里偶尔露出歌女的衣衫，在河水里漂浮，勿映勿没。杨同记想起姝姝身穿绿衫弹琴的倩影，望着河水里荡着的船影笑了。河水悠悠，岁月悠悠，青春流彩，思绪绵长。杨同记低头观看河岸水桥畔洗衣女子袅袅柔柔洗衣的样子，河水被拉出一圈一圈的水波。

“沙地小官人，是你吗？”身后传来熟悉的喊话声。杨同记回头一看，呀，是光福寺的小和尚，双手合十，正笑眯眯地望着自己。

“哇呀，原来是小师傅，幸会幸会！”杨同记惊讶地说。

“小官人这次到姑苏来又要办啥事体，看你脸色红喷喷的，要有喜事呢。”小和尚站在河岸畔的一块牵船石旁，身穿的僧服洁净宽大，一双僧鞋是新的，圆圆的鞋头上系着黄绒线。

“没啥喜事，来玩玩么，这姑苏城越来越漂亮了。哦，我上次来，托师傅的福，后来却遇到劫难差点把性命弄丢了呢。真的一言难尽……”

“哦，你慢慢说，喏，我俩到前面这家茶楼坐了，边吃茶边叙旧，嗯？”

“哦，一言难尽……”杨同记上前拉了小和尚的手臂，去山塘街一家“绿茶坊”喝茶。茶博士穿着绸衫，手里拿了一本茶点羹粥谱恭敬地送到桌头上，微微弓着身子，候着杨同记。杨同记翻了翻说，“拿最好的绿茶，两杯银耳羹，一盆香酥糕。”茶博士诺诺着，收了粥谱，朝店堂里喊话，去拿茶壶泡茶。

“你认识这佛珠吗？”杨同记从口袋里掏出一串小佛珠在小和尚眼前摇了摇。小和尚笑了，“善哉善哉。”小和尚接过佛珠轻轻拨动。“就在你送我佛珠的第三天，我寻到了要寻的人。”杨同记感慨的口吻说道。

“她是谁？是那个弹琵琶的女子吗？”小和尚问。

“不是，她叫姝姝，家住木渎镇，会弹古琴，演奏时常常穿一件绿衫。”

“啊……南无阿弥陀佛，大慈大悲观世音菩萨！”小和尚显出十分惊讶，“她认识你？你惹她了吗，南无阿弥陀佛，色即是空，空即是色……”小和尚眼睛里流露出一丝惘然，眉间有忧色。

“她弹得一手绝妙古琴曲，我等可能从未听到过，竟然让我碰上了，且……”杨同记喝了茶博士送来的绿茶，慢慢讲述两年前的那段奇事。小和尚默默听着，一言不发。杨同记喝了满满一壶茶水，才将那段奇事讲完。小和尚仍默默不言，好像有点木呆兮兮地看着杨同记，眼光有点散乱忧伤。杨同记见小和尚不说话，心想也许这出家人回避女色，尤其是极色才女。杨同记慢慢喝着茶，唤茶博士给小和尚添茶水。慢慢地，小和尚吸着茶水，嘴巴里发出吱吱的吸茶水的声音。

“沙地小官人，我讲一段关于姝姝的故事给你听，说来话长，如果你与她前世有缘分，这段故事你要认真听好了。出家人慈悲为怀，普度众生，南无阿弥陀佛……”小和尚一本正经讲了一段故事，小和尚脸上没有一丝表情，有点像在庙里讲经说法。小和尚一只手抚在桌沿上，一只手半举在胸前，眼光平和地看着杨同记，慢慢说来。

小和尚说，如果杨同记碰到的木渎镇姝姝就是他知道的姝姝，那么他讲的故事就是姝姝的事体了，如果杨同记碰到的姝姝不是故事里的姝姝，那么就算他讲了一段传奇故事，沙地小官人你不必当真就是了，南无阿弥陀佛……

小和尚说，姝姝本姓程，祖上是个官宦人家，后因经商致富。如今的程家是个家资殷实的粮户，在东山西山置有田地。程粮户做事历来谨慎而不事喧哗，年前去上海滩接一笔生意，引来了英国商人欧·亨利的儿子小亨利。这小亨利一到木渎镇，正值小镇商会庆典邀请姝姝与师姐静尼演奏古琴，小亨利盯上了美艳的姝姝。

“哪里会有怎么巧的事？”杨同记说。

“世事难料，无巧不成书嘛。”小和尚说。

程粮户把姑苏马塘村的民间刺绣收购来，加价贩卖给欧·亨利。这英国商人派儿子来苏州看货，因为这小亨利在上海滩的十里商场混迹，对苏州刺绣有研究。他看苏绣重在看绣画的神似。譬如看《犬》，他细观小狗狗的两只眼睛，如果那狗眼细腻有神，柔软里嵌着灵动的萌呆或者喜悦的光彩，那么这幅绣品就算上品之列。如果绣品的狗眼里无光彩，那么就是平庸之作。再譬如看《绣娘》，一看穿戴，古色古香的绣娘服饰是否鲜艳，二看绣娘手里的绷布上的画变形得是否合理，是否有真实的感觉等。如果他看中的绣品属于上品，那么他会千方百计弄到手，如果他觉得这程粮户推荐的绣品属于下品，那么程粮户哪怕说破嘴唇皮他也不松口。程粮户收购来的乡间刺绣到了这碧眼金发的小亨利手里，一般都会大打折扣。程粮户对这精明的小亨利既恨又有点喜欢。因为这小亨利能讲一口流利的中文，有时还会说几句苏州的俏皮土话，与程粮户讲价钱时常常用手指动作，示意为钱的意思，嘴巴里说着“阿是票子，几货票子？”两根手指头搓得咯咯响。

自从小亨利观看了姝姝的表演，小亨利就四处打听姝姝的情况，结果打听到程粮户手里了。程粮户吃了一惊。程粮户静静心对小亨利说，先生你是否研究过中国历史，你知道《梁山伯与祝英台》的故事吗？如果你不知道，请你去找来研究研究再说这件事好么？小亨利眨眨眼睛说知道呀，不就是《罗密欧和朱丽叶》的故事吗？我很想当这罗密欧呢，请程粮户你万全。程粮户看出这小亨利聪明极顶，无法蒙骗，就说，这姝姝正是程家小女，从小熟读诗书，琴棋书画样样精通，眼界很高，恐怕她不会喜欢洋人的。

“情人眼里出西施。”小亨利说，眼睛盯着程粮户。小亨利说这句中文时一本正经，又用英文说，“I love Zhu Zhu.”(我很爱姝姝)。

“哦，这件事难倒我了，请让我问了小女再说好吗？”程粮户支吾了回答，眼睛不敢看小亨利。程粮户回身将推荐给小亨利的几幅苏绣草草卷好，放置于盒子里。小亨利放下身姿，指着盒子说：“这些苏绣很漂亮，我都收购了。”程粮户脸上浮现一丝惊讶，说：“这盒苏绣都属于上品，先生可否再看看，别看走眼，做那蚀本生意，哦？”小亨利说：“程粮户客气了，程粮户家里的千金小姐如此美丽，令鄙人仰慕，失敬失敬。”小亨利的态度如此恭敬，让程粮户尴尬不已。程粮户把盒子递给小亨利，手指微微发抖。程粮户感觉这趟子买卖有点烫手，他内心里真的不愿意将姝姝嫁给这碧眼金发的洋人，哪怕这洋人家财万贯，才高八斗。

“这洋人后来要逼婚吗？”杨同记吃惊地问小和尚。

“程粮户几次推辞不给小亨利见姝姝，结果……”小和尚回答。

“难道这程家害怕被洋人欺侮而要妥协吗？”杨同记眼睛里都要冒出血滴来了。小和尚拍拍杨同记肩膀，示意别性急。

“也许是巧合吧，那天小亨利又到程粮户的绣品店看货，结果碰到姝姝……”

小和尚说，姝姝给小亨利吃了一碗闭门羹。小亨利正与程粮户看绣品，姝姝来了，仍然身穿绸衫外罩着一件夹袄，长辫子上打着红绒线蝴蝶结，嫩脸上挂着纯情的微笑。程粮户见到女儿闯进店里来，眼睛都快要急红了，示意姝姝离开。姝姝坦然大方地说：“爹爹，谁要嚷嚷着见我？我天天在这条小镇上走着，谁还不晓得本姑娘的性子，这有啥好看的？”说着，靠近小亨利的身边，在小亨利的耳朵旁边轻轻说道，“请先生好好做生意，别打歪算盘，弄得大家不开心。”说完，转身就走，走到店门槛又回转来，再到小亨利身旁轻轻说了句话。小亨利听后脸上浮现苦笑。姝姝走了，绣品店门口没落下她的身影，让小亨利呆呆地望了半天。小亨利喃喃着，讲了一长串的英语，碧眼里似有泪水，他强忍着没掉下来。程粮户怅惶地看着小亨利，手轻轻颤料。小亨利从手提包里掏出一支笔，醮了墨水，在一张银票上签了字。小亨利对程粮户说，这张银票你先拿着，算是我预付款，我订购苏绣一百幅。另外请程粮户替我定做一幅《弹琴少女》，必须以姝姝原型为模样。如果绣得不像的话，要你赔付加倍的罚金。小亨利说完就走了，脚步蹒跚，让见过许多世面的程粮户惶惶不可终日了。

“姝姝讲了一句什么话让小亨利如此懊丧？”杨同记插问道。

“不晓得，但伤人了。”小和尚想了想回答。

程粮户拿着银票两只手瑟瑟发抖。回到家里就问姝姝，你同这小亨利讲了什么话了，弄得人家失魂落魄的样子，要给程家惹祸呢。姝姝知道爹爹性急，又怕爹爹责怪自己，就好言相劝说，爹爹你别为这事操心，女儿的事情自己会解决，女儿如果做错事了，请爹爹多多包容，女儿会孝敬爹爹一辈子，不让爹爹为女儿操碎心。程粮户说，爹爹从来没强迫过你，女儿你要认真想好了，嫁与不嫁爹爹都听你的，爹爹决不会做唱戏中说的祝英台父亲那种人，爹爹看好女儿的眼光，爹爹这把老骨头最能通融，决不强迫女儿的，哦。程粮户与姝姝讲了好多贴心的话，程粮户从来没有这样子同女儿谈话，说得姝姝泪流满面，程粮户也拭着老眼里淌出来的泪水，话儿特别的多。

第二天，姝姝离家出走了，程粮户托人四处打听寻觅，一时杳无音信。那位小亨利也多次来苏州询问姝姝的下落。小亨利似笑非笑着对程粮户说，你家千金同我玩失踪游戏，如果你不介意我会玩“王老虎抢亲”，就请程粮户把女儿藏好了,别让我看见啊。小亨利的话深深地刺激了程粮户，气得浑身发抖。程粮户回答他说，女儿已经被你吓跑了，生死不明，请先生不要再说这种无厘头的话，婚姻这种事情是要讲缘分的，强扭的瓜不甜……小亨利默默听着，哑口无言。

“姝姝失踪了，木渎镇上的老街坊们都议论纷纷。现在每当茶客们到老茶馆喝茶，都谈论这件事。我前几天到木渎镇附近的寺庙办佛事，老茶客讲的就让我听到了。姝姝现在在哪儿，谁也不晓得……”小和尚讲完了，将一只手放下来，捧了茶碗喝茶，嘴巴里发出吱吱的声音。

“世界上真有这种事，就发生在这木渎镇？就发生在姝姝身上？”杨同记反复咀嚼着这句话，脸色惘惘，变得心事重重了。

“今日凑巧碰着沙地小官人，我明天还要到东山的紫金庵办佛事，要不你陪我去散散心？木渎镇你就不要去了，寻不着妹妹的。南无阿弥陀佛……”

“好吧。”杨同记说，眼光忧郁，让小和尚见笑。

杨同记与小和尚喝了茶，小和尚去寒山寺办事，杨同记陪他去。小和尚说：“这寒山寺有一口古钟，敲一下，回响着千年的钟声，你是否听到过？”杨同记回答说：“耳朵没听到过，心里头曾经听到过。”小和尚好奇地看看杨同记，“沙地小官人开悟了？你是想念着妹妹的美妙琴声呢，还是听到了古老的钟鸣之音，两者意思相左，不可同日而语。”

“琴音有清誉，清音即古声。”杨同记说，“唐朝诗人张继的《枫桥夜泊》，那千年的钟声已经落在人间许久许久了……”

“啊，沙地小官人不俗啊，南无阿弥陀佛。”

第二天，杨同记跟小和尚去东山紫金庵。路上，小和尚说了许多关于紫金庵的逸事，杨同记没有好好听进去，心里只是想着妹妹曾经救援自己的往事。他俩沿着西南的弯弯山道往东山走去，纵横交错的小河，烈日下的稻田和小河边的杨柳树渐次而来，伴着金蝉狂鸣。小和尚讲完紫金庵逸事，问杨同记为何选择这炎炎夏日出行，这江南赤日如火，烫人皮肤呢？杨同记说，这两年来自己苦心经营酱园店，自觉内心清静，有点超然，其实脑海里仍然浮想联翩根本静心不下来。现在打听到妹妹有难发生，我这心里的思念好像要爆炸了似的，怎么也控制不了。原来是这样啊，小和尚叹息了，将杨同记引到一个树荫下，抓了几块土疙瘩做矮凳，坐着歇息。前面的小山坳里隐隐传来哭泣声。小和尚细听了一会儿，跳起身子就往那边跑去。小和尚脚力甚快杨同记追赶不上，只能沿着小路寻找过去。小山坳里星星点点有几户人家，茅草房的门框上都挂着白布，屋内哭声很悲伤很绝望。小和尚从一家人家的茅草房子里走出来，脸色铁青。小和尚见到杨同记，拉了就走，走得很急。杨同记有

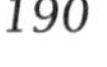

点气喘吁吁，浑身冒汗。走了一二里路，小和尚才放了杨同记的手。小和尚对杨同记说，这里闹瘟疫，赶快离开，会传染人的。杨同记被小和尚的话吓着了，紧跟着他匆匆往东山而去，不敢回头。慢慢走得远了，小和尚喘口气对杨同记说，这种传染病很凶险，他小时候就差点为此而亡呢，后来被光福寺的住持师傅救治好了，才出家当和尚呢。啊——，杨同记惊讶极了，难怪这小和尚刚才见之心惊，闻之色变。

小和尚带了杨同记走了一天山路，又沿着太湖边走了近两个时辰，才走到紫金庵地界。紫金庵的东边是东山镇，密密匝匝几条街道，原本热闹的老街冷冷清清。几家大商店的店门开着却很少见到顾客进门。小商店关门打烊了，没有一点声息。原来东山镇的人闻悉乡村闹传染病，各自小心防范。有点家资的人家也早早离家避祸去了，只留下空荡荡的街道在晚风里凉着，没有人气。杨同记被小和尚拉着手一路急奔，又累又渴，寻到老街拐角一口古井，提了吊桶打水喝，被小和尚阻止了。小和尚说，现在的井水不可乱喝，也许空气里都带着风儿吹来的瘟疫病菌，喝不得的！快走几步路，到紫金庵喝水吧，那里的师傅们有防范瘟疫的措施。杨同记吓着了，将吊桶水泼了，跟着小和尚继续往山里走。杨同记口干舌燥，背脊上被毒日晒得火辣辣的疼。杨同记不敢多想，盯着小和尚的衣服一步不离地跟着，渐渐望见深山里的山峰与树丛筑成的影子越来越近，慢慢挡着了太阳光的复照。山风吹来阵阵清凉。夏蝉的鸣叫远了，寺庙的钟声近了。紫金庵正藏在东山坳里渐次飘出缕缕香烟。杨同记闻到了烟烛的味道，好像看见了大殿上观音菩萨微微闭着眼睛，将手里的净瓶托举着，施甘露于人间。紫金庵慢慢从东山坳里显出轮廓，落日余晖把寺庙的金顶抹得金碧辉煌。杨同记看到一丝透明纯净的佛光，将他眼睛照亮。不觉间,小和尚已经跨进庵门槛里去了。古刹的钟声响起，众僧在做晚祷，祝颂之音高低起伏，抑扬顿挫。

“欢迎施主到小庵，静尼师姐请施主到斋室小聚。”庵门口站着小尼，恭敬地迎着杨同记。杨同记轻轻“哦”了一声，很惊讶。“师姐早知道施主会来，天天盼着呢，施主今天终于来了！”小尼又补充了一句，眼光平静地看着杨同记，好像很熟悉的样子。“这怎么会呢……”杨同记喃喃着，跟着小尼去斋室。

“难得施主一片心意，我佛慈悲，南无阿弥陀佛……”静尼师姐从斋室里跨出来，迎接杨同记，小和尚站在她身后，“施主静心喝茶，今日小庵有佛事，小尼去去就来，南无阿弥陀佛……”静尼说完，与小尼姗姗而去，只留小和尚陪杨同记喝茶。小和尚说，今天来得晚了点，赶不上佛事了。小和尚又神秘兮兮看着杨同记，面露微笑地说，沙地小官人与吾佛有缘，菩萨会保佑你，南无阿弥陀佛。

“小师傅说我有佛缘，就算是吧。也许我前世修来的。如果没有这寺庙里的僧人相救，我早就被强盗弄死了，嘿嘿嘿……”杨同记喝着斋茶说，耳朵里听到众僧在大殿上祝颂做佛事的声音，感觉很好听，“刚才小尼说的话使我有点不解，她说这静尼早就估盼着我会来，这怎么会呢？”

“凡事都有缘，菩萨会告诉你一切，南无阿弥陀佛……”小和尚说，脸露微笑。

大约一个时辰，晚祷做完了。静尼回到斋室，静坐片刻对杨同记说：

“施主今日是为我师妹而来？”

“她来过吗？”杨同记反问道。

“来过的，师妹是为避祸而来。南无阿弥陀佛……”

“她现在在哪儿？”

“西山凤凰村。”

“为啥去那里？”

“为躲祸，那里是我家乡。”

“哦，她好吧？”

“她得病了。”

“我能去见她吗？”

“不能！”

“啊……”

“她捎来一封信，给你的。”静尼说完，给杨同记倒茶，眉宇间似有愁意，被杨同记睨见了。

“信呢？写给我的吗？”杨同记有点吃惊。

“信写得很简单，只有几行字，好像是醮了血水写的。”

“写了血书？那血书呢？”杨同记惊讶极了，眼睛瞪着静尼问道。

“看来是她用针刺手指，用毛笔醮着血写的。这是她的绝笔，令人心酸。小庵乃佛门清静之地，跳出三界之外，红尘俗事见不得的，被我烧脱了，施主勿怪。”

“哪几行字？”杨同记额头上渗出细汗，脸孔绯红。

“杨同记：百年修得同船渡，千年修得共枕眠，五世修得红绣球，哪里牵来哪里圆？姝姝绝笔。”静尼平静地朗然念道。

“啊……”杨同记站起来急急问道，“这里有去西山的路么？”静尼说：“晚上有去西山的渡船，渡口离小庵五里多路，施主现在不要去西山！南无阿弥陀佛。”

“听说紫金庵高僧懂得医道，可否有预防瘟疫的汤药？”小和尚突然问道，静尼回首朝小和尚点点头，起身唤小尼去厨房拿汤药。喝了汤药，静尼说，这次乡村瘟疫来势凶猛，这点汤药难于遏止，南无阿弥陀佛。

“小师傅，我求你一件事。”杨同记又盯着小和尚说。

“去西山么，师姐不让去呀？”

“陪我去桃花山桃花庄去请杜神医，天无绝人之路！”杨同记说，脸上浮了坚毅之色。

“桃花山，离这里有上百里路程，小官人走得动？”小和尚说。

“走得动！”杨同记咬着嘴唇说，眼睛里溢着泪花。静尼平静地看着杨同记，从斋室的抽屉里取了一物交给杨同记。杨同记接了，拿在手上沉甸甸的，仔细一看是一只金蟾。静尼说，这是姝姝师妹托我转交的，她说资助施主急需之用。

夏日的夜晚姗姗来迟，凉风吹得松树轻颤。

静尼唤小尼去厨房拿点干粮，简单打点行装，领着杨同记、小和尚去太湖渡口。杨同记对小和尚说，小师傅陪我去桃花山，恩情难报啊。小和尚说，你陪我到紫金庵，现在我的佛事办完了，陪陪你也是一报还一报呀。再说，我也要到江南慈恩寺送佛信，顺道呢。原来如此，杨同记释然了。

太湖晚渡，湖山影影绰绰，湖水缥缥缈缈。港湾里驻着渔船，桅杆稀稀落落排列着，闪着点点渔火。杨同记与小和尚乘了去桃花山方向的渡船，辞别静尼。静尼在岸边的牵船石旁向他俩拂着手，青色的僧衣在晚风里飘拂，几团萤火虫组成的光带围着她转，飘飘逸逸。静尼拂了一会儿手，双手合十喃喃祝颂，南无阿弥陀佛。

渡船起航，船老大掌舵又摇橹，静静的湖水荡漾起波澜。小和尚问杨同记：“你怎么晓得桃花山的杜神医能治瘟疫？”杨同记望着缈缈湖山回答：“沙地汇龙镇的朱一茗告诉我的，他的小细娘为寻找失踪的香凤曾经去过桃花山。那香凤被桃花山桃花庄的地主小老婆用热汤烫伤了，是杜神医救的她。”

“哪个朱一茗？”小和尚惊奇地问道。

“哦，朱一茗原来老家也在木渎镇，后来去江南打工认识了枫泾镇鼎和斋茶食店的细娘，因为替细娘家追查谋害她家人的流氓滚刀肉而被绑架……”

“啊，朱一茗这小倌竟然还有如此奇遇，他小时候与我是穿开裆裤的玩伴，亲如兄弟……南无阿弥陀佛。”

“太好了，等治好姝姝，我邀请你去沙地汇龙镇玩……”

杨同记与小和尚在渡船里热热聊着，不觉间渡船已经升起风帆，在夜色里摇晃着，不时发出呜呜的声音，渡船驶得飞快，湖水里的渔火愈来愈远，渐渐消逝在夜幕中。

几天后，杨同记与小和尚赶到江南桃花山。桃花山人烟稀少，密林里的小山坳里住着少许山民。杨同记寻了一位向导，跑了很长山路，终于找到桃花庄杜神医家。杜神医刚刚从深山里采药归来，屋里摆着许多药罐子与草药。杜神医抬头看见屋里跨进来一个陌生的小和尚和一个年轻人，吃了一惊。

“杜先生好，南无阿弥陀佛。”小和尚向杜神医行礼，脸色恭敬。

“小师傅哪里来，看啥病？”杜神医问道。

“小僧听闻杜先生医术高超又怀有济世救难的菩萨心肠，特来邀请先生出山救治吾同乡少女姝姝的难症，万望先生拨冗相助，救治姝姝脱离苦海，南无阿弥陀佛……”

“难得小师傅远道而来，你那同乡少女的病有何症状，说来听听？”杜神医盯着小和尚，脸色虔诚。杜神医突然回想起两年前救治过的少女香凤，后来因为得到桃花庵老尼相助，才将重伤的香凤医治好。杜神医自此开始信佛，觉得救治伤病，一靠药物，二靠菩萨心肠。

“出痘，发热……”小和尚简单描述一番。

“啊……”杜神医低下头来，默默无语。杨同记见状，害怕被杜神医回拒，推了小和尚的背脊，被小和尚暗示勿急。杨同记仔细观察杜神医的脸色，杜神医已经不年轻，稍短的山羊胡子间杂了白须，花白的长发扎了一把马尾，眉宇间嵌着细细的皱纹，脸皮稍黑，有点饱经风霜的老态。

“唉，记得那年为救治一位少女老朽躲进深山，结果竟然被山民一把火烧了草堂，弄得吾采药做药丸的屋子也没有了，还弄丢了一只珍贵的古瓷。”

“先生喜欢古玩？先生如果肯随我们去，吾愿意赔赠先生上等古玩。吾老家崇明岛老宅里摆着一件很老旧的古物，是吾上辈上辈再上辈的祖宗留存下来的。”杨同记突然插话说，两眼急盯着杜神医。

“啥古玩？”杜神医睁了眼睛看杨同记。

“一只玉麒麟。”杨同记做着手势，描述着古玩。

“耳听为虚，眼见为实，小官人休要糊弄吾。”杜神医并不相信杨同记的话。杨同记急了，从身上摸出那只金蟾，说道：“这只金蟾是贵重之物么，我愿意用此物抵着，如果先生肯随我们去，救了姝姝，我再酬谢先生以玉麒麟。”

杜神医接过金蟾细看，脸上闪过一丝惊喜，点点头说，这只金蟾也算是古物，清朝乾隆年间铸造的，非常珍贵。杜神医又说，这位小官人出手豪爽，愿以金玉相赠，稀奇稀奇呀。杜神医观赏了一会儿，把金蟾交还给杨同记，轻轻叹息着说，你们年轻人视友情为世间神物，视金玉如粪土，老朽岂能轻受，这病患少女真是有福气呀。说完，杜神医没再多聊，进入药房精心挑选药材，用布包袱装了。又把一盒行医金针放进包袱，把腿上打着的绑带解了，换穿一双新鞋子。又到屋里寻了一本药书塞进包袱。杜神医回首对小和尚说，佛家讲普度众生，菩萨要我们芸芸众生多做好事积德行善，为家人及下辈子祈洪福积阴德，多多益善是吗？小和尚合掌向杜神医致礼，口里喃喃不休，南无阿弥陀佛。

杜神医随杨同记小和尚走出半里多山路，从桃花庄追出一顶小轿，有汉子在呼喊杜神医。杜神医停了脚步，说，有病人求医，等等吧。一会儿，那顶小轿抬到杜神医面前。这是一顶竹椅轿，竹椅上躺着一位穿着绸衣短衫的小妇人，那妇人紧闭着眼，歪躺着，嘴巴里冒出吐沫。杜神医看了一眼病妇，从包袱里取了金针盒，很熟练地在病妇身上扎了几针。那病妇嘴巴里不吐了，眼睛睁开睨了杨同记一眼。杨同记看见了那病妇死鱼一样的眼珠。

“好了，抬回去吧。”杜神医挥挥手说。两个抬轿的汉子点点头，抬着竹轿走回去了。杜神医整理好金针盒，叹息着说，害人害己，这妇人被她男人一巴掌打脸，把经脉打残了，瘫痪多年无药可救了。

“她是不是桃花庄赵琦家的少奶奶？”杨同记追问道。

“咦，小官人怎么晓得的？”杜神医惊讶了，回首看了看杨同记。

“俗话说得好，好事不出门，丑事传天下，做了坏事总归要报应的。”杨同记说着，朝竹轿的方向啐了一口。小和尚闻言，嘴巴喃喃着，紧闭了眼睛赶路。杜神医不说话，将包袱挎好，紧跟着小和尚，加快脚步。

走在桃花山的小路上，穿山凉风一直贴着杨同记他们的身子不停地吹拂，解除了行走的暑热，两天后，当他们走出这树荫庇凉的大山，迎面扑来太阳的灼热时，杨同记他们走得很艰难，几乎一路暴晒，一路炽热难耐，口干舌燥。杜神医年轻时拜师学医走过这长长的路，小和尚游走四方也练就一副铁脚板，唯有这杨同记从未经受如此磨炼，早已累坏了。杜神医说，大暑天走这趟远路必须要有防暑措施，小官人你们不可蛮行啊。杨同记觉得有道理，就去稻场村雇了一顶竹轿，请杜神医和小和尚轮流坐轿，自己雇了一头小毛驴，让脚夫拉着走路。小和尚觉得骑驴很新鲜，与杨同记抢着骑，惹得杜神医一路上呵呵呵笑个不停。小和尚骑着毛驴嘴巴里念着经，有点仙风道骨的影子。杨同记感恩小和尚的义举，触景生情，随口编了几句小诗，让小和尚评价。小和尚只是念经不评价，满嘴南无阿弥陀佛。杜神医细心听着杨同记念的诗，连连说好。杨同记吟完诗，杜神医也顺口哼了一首小曲，令杨同记小和尚十分吃惊。

东山太阳西山雨，月牙牙露出一点点唷喂。
凤凰山下种格树，马响鼻喷涕金蝉落唷喂。
纵横万里叶落土，满山冈挂着尘和雾唷喂。
花开花落春几度，恼花嗔酒梦真糊涂唷喂。

忽一日爷坐那金銮殿，众将官喊吾万岁爷。

眼前官帽一片片，吓得吾从此不敢看官爷的脸。

……

“先生哼唱的是民歌吗？”小和尚骑着毛驴微微睁开眼问道。

“半道上偷学的，不晓得是啥歌曲，就算是山歌吧。”杜神医回答。

“先生听过佛歌吗？”小和尚问道。

“很少听到，常年钻着深山老林。”杜神医回答。

“哦，先生有唱歌的天赋。”小和尚赞叹道。

“移居我们沙地的香凤姑娘唱歌最好听,还会弹琵琶。”杨同记插话说。

“哦，就是吾医治过的那位香凤姑娘？你们认识？”杜神医说道。

“就是这位姑娘，先生医术高超，赛过华陀！”杨同记说。

“她是不是唱过这首歌，听听吾学得像不像？”杜神医来了精神，轻声哼唱一首民歌：

嗨，云里烟村雨里滩，多买胭脂画牡丹咿喂。

嗨，半亩方塘一鉴开，哪得佳偶水中来咿喂。

……

“太像了！”杨同记赞叹道，心想原来这杜神医极顶聪颖，听了歌曲就会哼唱，难怪医道娴熟，好像救苦救难的活菩萨。杨同记对杜神医敬佩致臻。

“南无阿弥陀佛……”小和尚骑在毛驴背上摇晃着头颅，眼睛闭着好像睡着了一般。

姝姝　　（插图：默然）

第十二章　相濡以沫

天青色从烟雨里走来，
越过江湖河海，
任指间绽放着朵朵明媚，
任一树牵挂着的心事，
任一袖盈盈的笑脸，
日夜兼程，千回百转，
只为今生与你相遇；
山水遥遥，天地迢迢，
在梦里在天涯，
一恋一念一生一世，
都会成为你的痴恋，
回眸一望，已是千年。
天青色从烟雨里走来，
我们将浑为一体，相濡以沫。
……

西山太湖凤凰村码头边，端坐着一位抚琴少女正弹奏着古曲《相濡以沫》，旁边站着穿一袭青衣的僧尼，望着湖水，迎接一帆而来的小舟。小舟上载着杜神医，船尾坐着杨同记。

"先生一路辛苦了，南无阿弥陀佛。"僧尼抬起头，双手合十。

"原来是静尼师姐。"杨同记在小舟上喊了一下。杜神医在稍远的太湖里就听到码头上飘来的琴歌，好像航到一个熟悉的地方。这里他曾经来过，也听过这琴歌，恍如在梦中。杜神医再细看静尼的脸，似曾相识。杜神医心里沉甸甸的，似有话要倾吐却说不出来，眼里湿润，神情呆滞。杨同记看到杜神医的老态，赶紧上前扶持。

"哦，原来到了西山凤凰村。"杜神医惊讶地说，"这里啥时建了码头，村口的那棵大榕树还在吗，百年老树了，树如团盖。"

"先生请坐小轿。"静尼唤轿夫将一顶简易小布轿扛过来，"原来要到明月湾码头的，现在凤凰村也砌好了。"

"哦。"杜先生上了小轿，唤杨同记把随身带的药箱等行李也放进小轿。静尼往小舟上瞧了瞧，问杨同记，小和尚怎么没来？杨同记说，小师傅去江南慈恩寺了，难得他帮助了我。静尼点点头，念了南无阿弥陀佛。

一路无话。凤凰村很大，码头到村里的大户宁粮户家要走一个时辰。村头的那棵大榕树前几年被天雷劈成两截，现在只剩半截老树杈，树杈上又长出新枝，绿莹莹的叶子好像撑了一把稚嫩的小伞。杜神医从小轿里看到了，连连叹息，嘴巴里说，不认得了不认得了。到达宁粮户家，轿夫吭吭着直接把小轿抬进院门里去。

宁家大厢房的大厅里端坐着一位穿薄衫的老人，看见众人与小轿进院门，颤巍巍地站起来，朝众人招招手，示意迎接。静尼紧走两步，扶持住耄耋老人。静尼又唤家人给杜神医、杨同记沏茶。

"这是我家宁老爷。"静尼向杜神医、杨同记作介绍说，"我爹爹和老母早年过世，家中都由老人家主持。"

"宁老爷好！"杨同记抢先向老人行个礼，杜神医睨了宁老爷一眼没作声。家人上前倒了茶，杜神医稍微歇了歇，就问静尼，病人现在何处？静尼伸手指了指偏房，又转身指着后厢房说："妹妹妹妹的卧室原来在偏房，因病重而移到后厢房，以隔离为妥。”杜神医站起来往后厢房而去，一会儿就出来，喝了几口茶，吩咐静尼说，姝姝病势很凶，你到明月湾的一口千年古井里汲些井水来，我有急用。静尼点点头，转身就走。

静尼晓得这口古井，它就在母亲老家的旧宅前面。古井很小却很深，冬暖夏凉。静尼小时候常常在这井边玩，母亲曾经悄悄地告诉她，这口井是圣井，井水清凉，有仙气。静尼对母亲的话深信不疑，因为母亲说话从来不骗人。静尼的父亲在她很小的时候生病死了，母亲带着她活得很孤独。母亲常常在桃花盛开的时候发病，半痴半愚，对着镜子自言自语。母亲说，静儿啊，你父亲丢下我们一个人去桃花山了，不回来了。静尼问母亲，桃花山在哪里？母亲指着镜子里的影子说，就在那里，在那里。每当桃花开落了，母亲的病也好些了，不胡言乱语了。静尼十四岁那年，母亲郁郁而逝。母亲去世时将静尼叫到床前，给她一只金蟾。母亲说，这只金蟾是母亲的心爱之物，如今母亲去了，没念想了，留给你吧，别弄丢了。静尼藏好金蟾，埋葬了母亲。静尼亲历了母亲的孤寂难堪的生活，深受感染。母亲死了，万念俱灰。她不顾宁老爷爷的劝阻出家了，遁入佛门。

杨同记见静尼出门办事去了，杜神医忙前忙后地配制汤药，只有他一人空闲着喝茶呆坐。杨同记悄悄站起来，趁杜神医不注意，溜到后厢房去看望姝姝。

“姝姝，姝姝，你好点了吗？”杨同记看到厢房的一张暖床上侧躺着一个女人，半透明的薄衫有点紊乱，一只手臂裸露在床边。

“你是谁呀？”姝姝无力地问道，眼睛紧闭，脸孔绯红，额上眉眼边耳朵旁都沾了水疱，糊糊的一片。

“我是杨同记，帮你请桃花山的杜神医来了，你的病会治好的。”杨同记轻轻地说，踮着脚尖，在离姝姝三尺的踏板边上望着。

“哦，是沙地小官人呀，你终于来了，呜呜……”姝姝轻轻呜咽，泪水从紧闭的眼里淌出来。杨同记赶紧叮嘱，“姝姝千万不哭，哭坏了眼睛……”

杨同记正劝着姝姝，杜神医来了，一把抓了杨同记的手就往厢房外拉。杜神医说，小官人不要命啦，这里是你来说话的地方吗？杨同记深知姝姝此病的厉害，赶紧向杜神医道歉，返回前厅去。姝姝听到他们的对话，泪水流得更多了，浸湿了枕头。

杜神医把杨同记拉走后，拿了草药来给姝姝敷。杜神医一边敷药一边与姝姝聊天。杜神医问姝姝，你怎么认识静尼与杨同记，他们是你什么人？姝姝把与静尼的共同拜师学琴的师姐妹关系说得很详细，把认识杨同记的原因说得很简单。杜神医听后笑了，说姝姝你对那沙地小官人是不是很不上心，他可是拼了老命来深山求医救你的呀？姝姝说，谢谢神医伯伯救我，这沙地小官人吗，人品还行。神医伯伯，你可别为那小官人说情，我听静尼的师父说，婚姻自由天定，强求不得的。世上的事情是要讲缘分的，嘴巴上讲得花好稻好，没有缘分再好也是不好。杜神医点点头说，姝姝说得很对。杜神医又问静尼的姥姥家是否就住在明月湾，她的母亲是姓皇甫吗？姝姝微微睁开眼，看到杜神医苍老慈祥的脸，轻轻嗯了一声。姝姝也是个乖巧聪明的女孩，突然悟到杜神医从很远的深山里来到这里给自己治病，竟然又很熟悉静尼的家事，晓得碰到贵人了。姝姝忍不住要哭了，泪水止不住地流淌。杜神医看见姝姝哭了，心有灵犀，再不问了。

杜神医为救治姝姝，在凤凰村宁老爷家待了半个多月，天天用明月湾古井水给姝姝擦脸擦身子，再敷自己熬制的草药，喝药汤。姝姝的脸上水疱慢慢退去，皮肤露了光彩。杜神医再慢慢给姝姝施金针，姝姝终于活过来了。杨同记也陪着杜神医在宁家住了半个多月，天天看姝姝喝药打针。杨同记在宁家待的时间长了，宁家把他唤作杨少爷。姝姝与杨同记混得熟了，也叫他杨少爷。静尼听到了，暗暗嬉笑，说姝姝妹妹你认亲啦，此杨少爷非彼杨少爷。姝姝也嘻嘻笑着说，此时姝姝也非彼时姝姝。我姝姝感谢你们舍命相救，师姐你说啥我都认，哪怕我将来远嫁他乡，也是我喜欢的，命里注定的，呵呵呵。静尼见姝姝的病见好了，就东山西山的两头跑，带了寺庙的好香替宁家人驱蚊，给杜神医赎来上好的草药。杜神医呢，没有一点神医的架子，很像宁家的老仆人，起早贪黑，很辛苦。静尼对姝姝说，师妹呀，你的病就要好了，你最最感激的人是谁呀？姝姝嘻嘻嘻嘻笑着，想了半天，说最应该感谢这位桃花山来的神医伯伯，他是天外高人，神仙派来救我的！姝姝又用神秘的眼神看着静尼，悄悄附着静尼的耳朵说，你猜这位神医伯伯是何高人？你猜一辈子也猜不到他是谁，嘿嘿嘿。静尼好像有点吃惊，问姝姝，他是谁？姝姝眨眨眼睛说，我就是不告诉你，将来你一定会晓得的，嘿嘿嘿。

杜神医医好了姝姝，终于要回桃花山去。杨同记把带来的银票拿到木渎镇的银号里换了许多银圆，用红布包了，要送给杜神医。杜神医推辞不受。杜神医用很慈祥的眼光瞧着姝姝，说，姝姝你好福气啊。姝姝有点羞涩地看看杨同记，说谢谢神医伯伯。杜神医说，伯伯年轻的时候也曾经爱过恨过，伯伯经历了很多，伯伯却没有你们幸运，你们要珍惜啊。杨同记只是呵呵地笑，姝姝却哭了，哭得很伤心。静尼也来送杜神医。静尼看见杜神医不接受杨同记的钱，就拿出杨同记还给她的那只金蟾，说，神医伯伯这只金蟾送给你吧。杜神医一只脚已经踏上去桃花山方向的小船，听到静尼唤他，又抽回那只脚。杜神医把金蟾捧在手掌里轻轻抚摸。杜神医眼睛里好像有泪水在流淌。静尼附着杜神医的耳朵轻轻说，神医伯伯，这只金蟾是我母亲的传家之物。杜神医含泪点点头，说："你母亲是个好女人！"杜神医细细地看着金蟾，好像很疼爱地对静尼说，"既然是你母亲的传家之物，你理应好好保存，也就算是伯伯我的心愿吧。"

"神医伯伯，你说什么？"静尼说。

"姝姝说世上的事情都是有缘分的，我是与你们有缘而来又有缘而去。"

“啊，伯伯也信佛吗，南无阿弥陀佛。”

“静儿，你母亲姓皇甫，单名一个秀字，是吗？”

“是啊，伯伯你是……”

“好好……”杜神医大步跨上小船，头也不回地乘船走了，湖水荡漾，太阳的光辉照得透亮，金灿灿一片。

静尼望着杜神医消逝在太湖的光辉里，对姝姝说，神医伯伯认识我母亲。姝姝说，神医伯伯眼睛里都是泪花。静尼会心一笑，说姝姝你的眼睛真厉害，能看到未来。杨同记对姝姝说，姝姝你愿意跟我到沙地去吗？姝姝羞涩地一笑，说你去问静尼。杨同记就转身问静尼。静尼仍遥望着杜神医远去的太湖水，喃喃着。静尼望了好一会儿，回首对姝姝说：

“师妹还喜欢弹琴吗？”

姝姝回答说：“喜欢啊。”

静尼说：“那你到我家再多弹几曲给我听，将来你跟这沙地小官人走了，谁来陪我弹琴？”

姝姝说：“姐姐你喜欢哪支曲子？”

静尼说：“那支《相濡以沫》。”

两天后，姝姝跟着杨同记去了沙地。

一路上，姝姝问了杨同记许多沙地的风土人情。杨同记问了姝姝两个问题。一个是姝姝对那位洋少爷小亨利说了一句什么话，一个是静尼说姝姝给他写了一封血书，这是真的吗？姝姝想了想回答，那洋少爷是个小顽皮，对这种人就要来点无厘头，我没说啥骂话，只说了一句：“先生你是一厢情愿，吾只当你发痴！”那封血书嘛，你如果相信就有，不相信就没有啦，嘿嘿嘿。

后　记

沧桑如梦，日月如梭，沙地的百年老街真的老了。

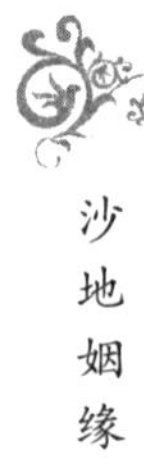

二十世纪初叶某年某个草长莺飞的时节，汇龙镇九曲河两旁一簇簇青草芦苇随风摇动，将茸茸的身姿浸润在河水里，一片满满盈盈的样子。

汇龙镇开埠时十八家商铺之一的潘家弄蓝印花染布店内出现了悄悄的变化。商品陈列橱窗里的老旧的“蝴蝶牡丹”“喜鹊登枝”“梅花迎春”花式布被“细娘传奇”蓝印花布取代，橱窗内濡染着那种“高雅香艳”的气色。

这是从江南漂泊而来的雕花版大师傅创作的新花样。

大师傅复姓欧阳，中等身材，奇瘦。从江南漂来时，他一手提着一只灰黑色的包箱，箱子四角用铜皮包嵌，经岁月的磨砺，黄铜皮发出金灿灿的光辉，显出不凡的来历。

大师傅的雕花版技术极好，雕刻时将灰黑色包箱内的二屉打开，二屉内存放着雕刻工具及一本翻破了的雕花版样书。大师傅雕刻时偶尔翻看一下，随手抽上一通水烟，磕去烟灰，埋头雕花版，直到一张花版雕成，心无旁骛，专心致志。大师傅漂来数年，潘家弄染布店生意如常，亦未有惊天动地的故事发生。大师傅爱好听唱书，抽空就笼袖了一把水烟壶去河西头的汇中楼茶馆店，寻找客堂间里清静座位，眯了细眼喝茶休闲。那一日黄昏时分，茶馆店内早早坐满老茶客，大师傅进门后被递茶的伙计拉了拉衣角，轻轻叮咛道:今天有新曲可听，内厅给你留了座位，快去。

大师傅一笑，赶紧找座，接了茶伙计递来的龙井，细细品茗，顺耳倾听唱书。

汇中楼茶馆店特邀的唱书艺人都是从江南来的，有上海滩的评书艺人、有苏州府的唱书老者，时而也有唱曲艺人等混杂演出。唱书演出有二种，称大书、小书。那天始，茶馆邀来的唱书艺人为父女二人，开唱孤本新书《细娘传》。因为唱新书，闻讯而来的都是老茶客老戏迷，店堂内人声鼎沸，热烘烘的。大师傅的座位靠墙，较清静些，因此，他慢慢喝茶，专心听唱书了。这部《细娘传》唱了一月有余，竟然场场客满，老茶客无一疏漏，大师傅也无一疏漏。唱书艺人唱完这部书，继而开唱《窦娥冤》，老茶客仍天天满座，唯有大师傅空座了，不见他人影。大师傅不听《窦娥冤》，也不进染布店雕花版，天天闷在自家屋内画草稿。大热天，屋内屋外蚊子嗡嗡叫，他也不管不顾。从炎夏到深秋，树上的知了没有了声音，河里的青蛙不再傻叫，秋风秋雨淋坏了梧桐树叶，潘家弄染布店门口落叶满地，都飘进店堂屋里了，大师傅才从自家屋里跑出来，拿了一叠花版样纸喜滋滋地走进染布店，大咧咧地对店老板说，从今往后这潘家弄染布店的招牌要变了，你来看我替你弄的新花样，好看不好看咃。老板娘从店堂内闻声走出来，抢先要看大师傅的新雕花版样式，老板木讷讷地让她抢先看了。

“喔唷，好香艳的花版，真格勿一样格，新潮得很呢，喔唷唷……”

“拿来拿来，侬女人头子晓得啥，侬看雕版勿在行格，只要大师傅说好就好，明天就请大师傅弄几张，印染好放置到这店橱里试试卖卖看，阿行？”

老板夫妇俩拿着新花式边看边嘀嘀咕咕。老板有点老眼昏花，回店堂里取了放大镜细细地观赏。老板看了一回，抬头问大师傅，这新样式叫啥名字？

“还未想好，暂时叫‘细娘传奇’，后头还有几幅，让我慢慢画出来。”

大师傅笼袖了一只水烟壶，吧嗒吧嗒抽水烟。

“哦，真格难为你了，真格让你费心了，我俚厢小染布店多出些新花式，买布客人才越来越多，生意才好……”老板看完雕花版样式，嘴里喃喃着，将老花眼镜放到店柜的抽屉里去。

“啧啧，多好听的名字，好像唱戏的曲目，怪不得这雕版花样的曲线有点像女人的细腰和兰花手，真格好香雅，真格好香雅……这细娘是吾俚沙地人么，怎么没有听说过？”老板娘甚喜欢这新花式，连连称赞。大师傅抽完水烟，长长舒了口气。有梧桐树叶飘进店里了，大师傅轻轻将水烟壶丢在柜台上，弯下腰去拾，被老板娘喝住了。她回头喊店里的伙计去打扫。她轻轻软软地叮嘱大师傅：

“以后这种店里的杂活你不要做了，你专心做你的雕版活，你是我伲小店的大师傅啊，勿要再做那些下人的生活……”

自此，大师傅的名头就叫开了，潘家弄染布店的人都这样叫，慢慢地，整条潘家弄，整条老街的人都这样叫了。数日后，大师傅的新款式蓝印花布面市，老板娘吩咐将店橱柜里的老式花样换成“细娘传奇”，一时顾客盈门。

自此数年，潘家弄染布店生意很好，沙地人很喜欢这种蓝印花布，有小贩将其贩到外地，苏州、上海、宁波的客商也闻名而来。俏布销售火爆，惹得同行眼馋，不免生事。那年初冬的一天下午，在汇龙镇博得盛名的雕版大师傅突然失踪，其徒弟仅在他的那只灰黑色包箱里找到一本日记，断断续续地记载了一些关于“细娘传奇”系列画的原型故事。大师傅的雕花版构思都是出自这些故事，这让徒弟读罢暗自流泪，独自关在房内三天不肯出门。徒弟吸取了大师傅的创作精髓，慢慢接续后两幅的雕花构画，他极想演绎大师傅的技艺。可是，徒弟技不如师，雕印出来的花版没有大师傅的神韵，显得极其平庸无彩。徒弟最终放弃新花式，将这神秘的“细娘传奇”系列画丢弃在师傅的包箱之中。慢慢地，潘家弄染布店生意清淡了，这叫好的新花样布也被一个外地客商打包买去，自此失传。

又三十年过去了。

潘家弄蓝印花染布店的大师傅在失踪了三十年后突然又在汇龙镇现身，步履蹒跚。大师傅带来了他精心雕刻的“细娘传奇”系列蓝印花布完整版。大师傅嘴里叨叨着一句民谚：“唧唧复唧唧，木兰当户织”，让他的徒弟染制一套蓝印花布，放置到店橱窗里展览。大师傅叮嘱徒弟只印制一套。样布印制出来后，大师傅仔细察看一遍，指着其中一幅图案“细娘教子夜读”说，这细娘家以读书明理传世，第六代传人朱鼎魁的后代走出沙地参加民主革命成为沙地人的移民偶像，成为老街的英雄，可敬当颂。大师傅说完这些话后就走了，把雕版也带走了。大师傅去了哪里，谁也不晓得。